심야 치유 식당 2

사랑하기에 결코 늦지 않았다

심야치유식당 2

정신과 의사
하지현 심리 에세이

두 번째 이야기

사랑하기에 결코 늦지 않았다

푸른숲

오늘도 누군가를 만나고, 사랑하고

헤어짐을 반복하는 당신에게

백 퍼센트의 사랑을 기다리는 당신에게

사랑 참 어렵다. 다가갈까, 기다릴까, 지켜볼까? 사랑이란 망설임과 고민의 연속이다. 처음에는 잘 몰라서, 경험이 없어서 그런 거라고 생각한다. 막상 여러 번 사랑의 설렘과 기쁨, 그리고 아픔을 겪고 이런저런 겪을 만한 일은 다 경험하고, 유치하기만 해 보이던 드라마 대사나 노랫말이 다 내 얘기로 들리는 것이 남의 일이 아니라는 것을 알아차린 다음에도 여전히 사랑은 어렵다. 도대체 답이 있는 것일까?

한 번 사람을 만날 때마다 애써 추슬러놓은 감정이 출렁거린다. 작은 물결에도 나라는 조각배는 출렁거려 뒤집어질 것 같아 무서워진다. 저 멀리 모터보트가 휙 지나가며 생긴 출렁임은 내 삶을 꽤 오랫동안 흔들어놓는다. 롤러코스터를 한 번 세게 타고 나면 다시는 타지 않으리라 결심을 하지만, 얼마 안 있어 또 타고 싶어지듯, 다시 누군가가 있기를 바라는 마음에 '혹시나'의 세계로 들어가는 나를 발견한다. 다시 상처받기 싫어 마음의 문을 닫기도 하지만 누가 그 문을 열어주기를 바라는 마음은 절대 사라지지 않는다. 이쯤 되면 중증이다. 왜냐고? 외로우니까.

우리는 사랑을 원한다. 혼자만의 외로움을 해결할 가장 좋은 방법은 사랑이다. 사랑에 다친 상처에도 최고의 연고는 사랑이다. 그런데, 문제는 사랑이 너무 어렵다는 것. 쉽게 쓰기도 어렵고, 또 쉽게 지워지지도 않는다. 한 가지 정답이 없고, 원칙도 없다. 학교도 없고 교과서도 없다. 그렇지만 배우지 않으면 너무 많은 고통을 겪게 된다. 모두가 연애 고수이지만 또 동시에 연애 백치들이다. 몸으로 부딪치고 마음으로 아파해봐야 배울 수 있다고 하지만, 생겨먹은 성격 때문에, 나쁜 습관 때문에 매번 실패하고 실수하고, 또 본의 아닌 상처 주기를 반복하는 사람들이 많다.

오늘도 여전히 누군가를 만나고 사랑하고 헤어지는 것을 반복한다. 사실 아직 아무것도 끝나지 않았고, 아무것도 시작되지 않았다. 사랑이 가장 즐겁고 행복해질 수 있는 길이라는 것을 본능은 끊임없이 말하고 있기 때문이다. 본능에 귀를 기울여야 한다.

하지만 사랑의 아픔은 쉽사리 무뎌지지 않는다. 이성적으로 분석하고 해석하려는 시도는 늘어나고, 내가 다칠까 봐 무서워 시작도 못하고, 부딪칠 엄두를 못 내고, 끌고 나가며 견뎌볼 용기가 없을 뿐이다. 그래서 좋아하는 사람이 있어도, 망설이다 떠나보내고, 고백을 하고 싶지만 거절당할까 두려워 지켜보기만 하다가 타이밍을 놓쳐버리기 일쑤다. 덕분에 관계의 진전을 못 하는 사람들이 많다. 또 정반대로 관계에 휘둘려 나를 잃어버리고 끊임없이 상처와 굴욕을 겪으면서도 여전히 관계의 균형을 찾지 못하는 사람들도 있다. 내가 지금 하는 게 사랑인지 몰라 헤매고, 지금 만나는 이 사람이 바로 최고의 인연인지 알 수 없어 진행이 되지 않는다. 끝없는 헷갈림의 연속이다.

그래서 갈구한다. 도대체 사랑이란 어떻게 움직이는 것인지 깨닫고 싶다고. 은은하고 보일락 말락 하는 사인을 읽지 못해 지나쳐버린 인연이 머릿속을 간지럽힌다. 안타깝지만 당신만 그런 게 아니라 다들 그러고 있다. 백 퍼센트짜리 사랑을 갈구하지만 그런 것은 없다.

해결책이 있을까. 아마도 의존성을 인정하고, 사랑하는 사람에 대한 기대란 그가 아니라 내가 만든 이미지라는 것을 깨닫고, 동시에 결국 내가 좋아서 하는 일이라는 것, 즉 사랑하는 그가 아니라 사랑을 하는 내가 좋기 때문에 그래서 사랑을 하는 것임을 인정하는 것 아닐까. 거기서부터 사랑이란 어려운 관계는 쉽고 즐거운 관계로 진화 발전할 수 있다.

이 책의 주인공 철주는 전직 정신과 의사로, 노사이드라는 바를 운영하며 찾아온 손님들의 고민을 자기만의 방식으로 치유해나간다.

철주를 찾아온 이번 손님들은 이게 사랑이라는 것을 알면서도 시작하는 것을 머뭇거리고, 오랜 관계의 배반을 경험하고 그 자존심의 상처를 치명상으로 안고 살아가며, 고백이라는 것에 대한 두려움으로 매번 타이밍을 놓치고, 일방적인 관계에서 끌려가는 데 급급하며 지쳐버렸거나, 첫사랑에 얽매여 새로운 시작을 못 하고 있거나, 혹은 결혼을 앞두고 고민에 휩싸인다. 그들은 각자의 고민을 안고 노사이드를 찾아 답을 구한다.

이들 모두가 바로 우리의 모습이라고 생각한다. 치열하게 오랫동안 고민했지만 쉽사리 풀리지 않는 사랑이라는 문제. 때로는 이기적으로, 또 때로는 바보같이 몸으로 부딪쳐 경험해보면서, 철주와 노사이드의 친구들과 함께 이야기를 하다 보면 어느새 풀려 있을 것이다. 노사이드를 찾아와 식구가 된 사람들이 그랬듯이, 이 책을 열어본 여러분의 사랑에 대한 고민 또한 방향을 찾을 수 있기를 기대한다. 우리는 이제 겨우 조금 시작했을지도 모른다. 아직 끝난 것은 아무것도 없다. 목적지에 도착하지 않은 한 이미 늦었다고 포기할 나이는 없는 것이다. 사랑하기에 결코 늦은 시간은 없다.

차례

프롤로그

백 퍼센트의 사랑을 기다리는 당신에게 006

0

노사이드는 그 자리에 있었다 014

1

애매모호함을 즐겨야
사랑이 시작된다
_철벽녀에서 벗어나 관계를 시작하기

남녀 사이에 '왜'는 존재하는가 038
비관의 여왕과 애매모호함 042
그녀의 철통 방어막 049
낙관적 자세로 애매함을 견디기 056
철주의 업타운걸이 찾아오다 066

2

미워해도 된다
_남친의 배신에 대처하는 자세

너 나한테 왜 그런 거야? 074

레일라, 괴로운 내 마음을 어루만져주세요 080

좋은 관계를 잃은 건 상대방이다 089

그녀가 그날 나오지 않은 이유 095

사랑에 자존심이 개입하면 101

누군가가 미우면 미워해도 돼요 110

3

까칠한 난주 씨, 파이팅!
_수동적인 관계에 끌려다니지 않는 법

여자친구를 수리하고 싶은 남자 116

싫다는 말을 할 수 있을 때 사람은 다시 태어난다 127

007 제임스 본드처럼 주장하기 137

이제는 정말 달라질 수 있는 걸까? 143

4

남이 아플 수 있다는 걸 알아야
관계가 유지된다
_노사이드의 위기

원하는 것을 늘 얻을 수는 없다 148

우린 다 인생의 재활 치료 중 153

철주의 비밀 164

목숨을 걸고 지킬 것 170

누군가에게 의존한다는 것의 의미 181

5

말을 해야 하나, 하지 말아야 하나?
_고백을 앞둔 당신이 알아야 할 것들

수지와 엄마의 거래 192

상자를 열어볼 것인가, 덮어둘 것인가 199

서로에 대해 전부 오픈하면 하나가 될 수 있을까? 213

조금씩 다가가는 법 223

6

첫사랑은 사랑의 기준점
혹은 성장점
_첫사랑의 상처에서 헤어나오지 못하는 당신에게

모든 사랑 이야기는 첫사랑 이야기 238

각인효과와 사랑의 기준 243

우리 각자의 첫사랑 253

7

저 사람을 내 인생에 포함시켜, 말아?
_결혼에 대해 우리가 두려워하는 것들

선을 봐서 세 번 넘게 만나면 262

네버랜드에만 머무를 수 없다 265

결혼 앞에서 불안한 이유 270

사랑이란 긴장으로 가득 찬 이기적 관계 279

상견례와 연애 사이에서 285

누군가에게 계기가 되어준다는 것은 293

에필로그

관성의 틀을 깨는 계기, 사랑 304

노사이드는
그 자리에 있었다

아무도 모르는 곳으로 가버리고 싶었다. 그날 밤 노사이드를 나온 철주는 그대로 고속버스 터미널에 가서 막차 버스표를 끊었고, 눈을 떠보니 목포 앞바다였다. 속풀이 대구탕에 아침 해장 소주 한잔을 하면서 생각했다. 가보지 못한 곳, 나란 존재를 드러내지 않아도 되는 곳으로 가고팠다. 일곱 잔째의 소주를 털어넣고 나자 망설임은 확신으로, 도망치는 것이라는 수치심은 '열심히 일한 자 떠나라'라는 용기로 전환되기에 이르렀다.

아트 가펑클의 〈트래블링 보이Traveling boy〉를 무한반복해서 듣는다.

A traveling boy and only passing through

But one who'll always think of you

Take my place out on the road again

I must do what I must do ······.

잠시 스쳐 지나갔지만

언제나 당신을 기억할게요

일어나 다시 길을 떠나요

이제껏 그래온 것처럼

그러나 2주가 지난 지금, 아직 철주는 한반도와 그 부속 도서에 머물러 있다. 여권이 없었다. 아무리 생각해도 여권이 어디 있는지 기억이 나지 않았다. 다시 만들러 가는 것도 귀찮았다. 거기서 끝. 아마도 거기까지였나 보다. 조금 고마웠다. 이 작은 땅덩어리, 육로로는 더 이상 갈 곳이 없는 이 땅이. 그냥 즐거운 상상으로 족했다. 저지르기 전에 그래서는 안 되는 이유를 만들어내고, 거기까지 한 것만으로도 반은 만족이 됐다고 여기는 것, 그것으로 큰 불은 끌 수 있었기 때문이다.

그냥 이곳저곳 돌아다녔다. 혼자 돌아다니는 여행은 뻘쭘하고 조금 쓸쓸하기는 했지만 아주 못할 노릇은 아니었다.

"살아 있나?"

"노사이드는 우리가 지키고 있어요. 휴가 빨리 마치고 오세요."

처음에는 부르르 울리는 진동이 싫었다. 철주는 자기 전화번호를 아는 손님들이 이렇게 많은 줄 몰랐다. 정신과 의사를 할 때에는 휴대전화번호를 알려주는 것을 무척 꺼렸다. 업무시간 외에, 진료실 아닌 장소에서 타인의 상담을 하거나, 보호자의 하소연을 듣는 것이 싫고 힘들었다. 일로 만난 사람들이라고 해도 전화번호를 알고 나면 시도 때도 없이 전화해서 무작정 자기 하소연을 수십 분씩 하기 일쑤였다. 노사이드를 하면서는 그때 생긴 경계심이 많이 풀렸다. 이제는 바쁠 일도 별로 없고, 주위 사람들에게 조금이라도 도움이 되었으면 싶었고, 또 단골을 만들기 위한 현실적인 이유도 없지 않았다. 하지만 훌쩍 떠난 후 한동안은 걸려오는 전화를 모두 씹었다. 문자가 들어오는 것까지는 어쩔 수 없었지만 처음에는 모두 부담이었다. 그런데, 일주일이 지나고 나니 괜히 기다려졌다. 아홉 시가 되면 어김없이 부르르 휴대전화를 흔드는 대리운전 업체의 문자메시지조차 반가웠다. 노사이드라는 식당에 모여든 사람들의 인생에 개입하면서 쌓였던 책임의 무게가 스폰지에 물이 스미듯 무겁게 느껴졌던 철주였다. 그래서 어머니가 느닷없이 나타났을 때 화도 났지만 한편으론 '힘든데 잘됐다' 싶었다. 그런데 막상 떠나보니 이상하게도, 궁금해졌다. 사람들이, 음악이, 왁자지껄함이, 그리고…… 노사이드가.

#

'이렇게까지 피해야 할 필요가 있었을까?'

죄지은 것도 없는데 왜 이러는 건지. 왜 아버지와 어머니라는 단어
만 들으면 평온하던 마음이 흔들리는지 철주는 의아했다. 오랫동안
훈련받은 정신과 의사인데도 어려웠다. 이성으로는 이해할 수 있다.
그러나 마음은 통제되지 않는다. 나주에서 시외버스를 타고 강진으

로 가면서 창밖을 멍하니 지켜보던 철주는 문득 카프카가 떠올랐다. 카프카에게 아버지는 오르지 못할 벽이었다. 벽에 기대 서보려고 하면 아버지는 벽 틈에 손을 끼워 넣어 클라이밍을 하라고 부추겼다. 그러다가 떨어지면 능력이 모자란 놈이라고 타박했다. 넘어져 울고 있어도 어머니는 그냥 바라볼 뿐 손을 내밀지 못했다. 그러다가 남편에게 혼이 날까 봐, 그게 아들의 아픔을 어루만지는 일보다 더 중요했는지 모른다. 이때 카프카가 택한 것은 글을 쓰는 것이었다. 작가가 된다는 것은 자기만의 영역을 만드는 일이다. 카프카는 절실함이 있었기에 엄청난 작품들을 써낼 수 있었고, 미치지 않고 살아갈 수 있었다. 철주는 어떤가. 노사이드에 어머니가 찾아온 것은 애써 확보한 자기 영역이 침해당하고 오염된 것일까.

처음에는 그렇게 목적의식 없이 돌아다니는 것이 좋았다. 사실 매일 밤 노사이드를 지키는 것도 쉬운 일은 아니었다. 그래도 오랫동안 몸에 밴 성실성은 술장사를 하면서도 여전했다. 몸살이 나도 문을 열고 음악을 틀었다. 외과 계열 전공의들은 너무 힘들어 죽을 것 같은 위기의 순간에 야반도주하듯 병원을 빠져나간다. 무슨 목적이 있어서가 아니라 너무 힘들어서 어떻게든 빠져나가고 싶어서일 뿐이다. 그런데 신기한 것은 일주일 정도 지나면 병원에서 찾는 전화가 오기를 내심 기다리게 된다는 것이다. 며칠 동안 종일 잠만 자고 친구 만나서 술을 퍼마시고 나면, 몸이 근질근질하고 딱히 갈 곳도 없다는 것을 발견하게 된다. 결국 병원으로 다시 돌아간다. 교수나 연차 높은 전공의들도 한두 번의 일탈은 누구나 겪고 넘어가는 통과의례로 보고 어디서 뭐 하고 왔느냐고 묻지도 않는다. 십대 시절에도 해보지 못한 가출을 나이 한참 먹어서 하게 되는 셈이다.

강진에 내렸다. 바닷가의 갈대가 바람에 날렸다. 사람들이 다니지 않는 을씨년스러운 작은 바닷가를 거닐며 이리저리 눈을 돌려봤지만 적당한 숙소가 보이지 않았다. 더 다니는 것이 귀찮아졌다. 무작정 집을 나온 십대 청소년이 기껏해야 집앞 놀이터에서 서성거리는 사정이 이해가 갔다. 엄마가 아파트 베란다에 나왔다가 발견하고 버선발로 뛰어나와 붙잡아주기를 바라는 것 같은 마음. 붉은 등이 켜진 다 낡은 여인숙이 눈에 들어왔다. 스팅의 〈록산Roxanne〉이 연상되는 붉은 등이었다. 그 등 밑에 록산이 드레스를 입고 추위에 떨며 손님을 기다리고 있을 것 같았다.

You don't have to put on the red light.
붉은 등을 켤 필요 없어요.

더 이상 걸어다니기에도 발만 아프고 이제 그만 방에 들어가서 쉬고 싶은데, 며칠 전 묵었던 비슷한 수준의 여인숙이 연상되었다. 담뱃불 자국이 남아 있는 퀴퀴한 이불과, 아무리 창문을 열어봐도 빠지지 않는 찌든 술 담배 냄새가 진동하는 방에서 밤새 아침이 오기만을 기다렸었다. 망설이고 있는데, 여인숙 뒤로 회색 콘크리트 건물이 보였다. 버스 터미널의 쿰쿰한 기름 냄새가 이렇게 반가울 수 없었다. 철주는 진로를 바꿔 매표소로 가 서울행 버스 티켓을 끊었다. 내가 나를 부른다.

#

노사이드는 그 자리에 있었다. 있어주기를 바란 것이 그 자리에 그 대로 있다는 것은 이렇게 반갑고 고마운 것이다. 겨우 2주 남짓한 시 간이 지났을 뿐이다. 혹시 모든 게 다 사라진 것은 아닐까 하는 마음 도 있었다. 엄마의 팔베개를 하고 잠이 들었던 아이는 깨어나 눈을 떴 을 때 엄마가 없으면 엄마가 영원히 사라져버렸다고 생각해 울기 시 작한다. 마음 안에 아직 엄마의 이미지가 충분히 담겨 있지 않기에 눈 에 보이지 않는 것은 없는 것이라고 여기기 때문이다. 부엌에 있던 엄 마가 우는 소리에 돌아와 껴안고 다독여줘도 아이는 쉽사리 울음을 멈추지 못한다. 엄마가 자기를 영원히 떠나버렸을지 모른다는 유기 공포는 아주 깊은 수준의 공포와 불안감이기에. 이 불안은 소년기에 는 버림받을지 모른다는 불안, 나만 빼고 모두 사라져버릴지 모른다 는 불안으로 진화하고, 어른이 된 다음에는 사람에 대한 믿음과 적절 한 거리를 지킬 수 있는 능력으로 직결된다. 보지 않고 만지지 않아도 마음으로는 항상 그 자리에 있다는 것을 믿는 것, 원하면 마음 안에서 언제든 꺼내볼 수 있고 느낄 수 있다는 믿음은 삶의 근본적 안정감이 된다. 그 대상은 사람일 수도 있고, 공간일 수도 있다. 노사이드가 많은 이들에게 그런 역할을 했듯이 철주에게도 안전한 베이스캠프가 되어 있었다. 언제든지 훌쩍 떠나버리고 말면 그만이라고 여기던 대학가 후미진 뒷골목의 이 작은 공간이 말이다.

'머릿속에서 이해만 한 것도 아니고 환자와 상담할 때 반복해서 해석했던 내용인데……'

철주는 중얼거리며 노사이드의 문을 열려고 주머니에 손을 넣었다. 그런데 열쇠가 맞지 않았다. 자세히 보니 자물쇠가 바뀌어 있었다. 철주는 그동안 잊고 있던 내쳐질 때의 섬찍함과 차가움이 치밀어 올라 오싹해졌다. 잠을 깬 아이가 눈을 비비며 다가가 두 팔을 내밀자, 엄마는 "너 누구니?" 하는 표정으로 아이를 차갑게 바라본다.

'외출복이 구겨지는 것이 싫고, 공들인 화장과 머리가 흐트러지는 것이 싫어서였겠지.'

오래된 기억과 감정은 복잡하게 엮여서 무의식이라 불리는 깊숙한 공간에 들어가 있다가 이렇게 우연히 틈새를 비집고 의식 표면으로 올라온다.

잠시 굳어 있던 철주는 머리와 몸을 한 번 부르르 떨었다. 정신이 다시 돌아왔다. 휴대전화를 꺼냈다.

"야, 나다. 어디 있냐?"

#

영수는, 아무 일도 없었다는 듯이 노사이드의 문을 열고 들어가 불을 켜고 바 안쪽의 전용 의자에 앉아 앰프의 스위치를 올리는 철주가 황당했다.

"가는 것도 지 멋대로, 오는 것도 지 멋대로."

"뭘 그렇게 궁시렁거려? 노사이드 잠깐 문 닫는다고 큰일나는 것도 아닌데, 네가 열어서 도리어 손해 본 거 아닌가 싶다. 어쨌든 오늘 내가 한 병 쏠게. 왜 그렇게 쳐다봐? 다시 갈까?"

"열쇠까지 들고 그냥 나가버린 놈이 말이야. 정신없이 혼비백산한 건 누군데. 그래서 자물쇠 바꾼 건데, 아까는 그사이 주인 바뀐 거 아니냐고 난리 치더니 왜 그렇게 쿨한 척하는 거냐. 너 그렇게 살지 마."

"내가 뭘 잘못했다고 그래. 그냥 바람 쐬고 온 건데."

"네가 옳다고 생각하는 방식대로만 사는 거 아니야."

"야, 그만해. 너도 잘한 거 없어. 어머니가 아무리 다그쳐도 끝까지 잡아떼야지, 인마."

"알았어. 그래서 내가 고생스럽게 매일 문도 열어주고 가게 운영도 해준 거 아니야. 천하의 김철주가 무서워하는 사람도 있다는 걸 처음 알았다."

"뭘 무서워해. 웃기고 있어. 소나기는 피하는 게 좋으니 자리를 피한 것뿐이야."

영수의 궁시렁이 끝나지 않을 것이 분명해 보이자, 철주는 깊이 숨겨놓았던 조니 워커 블루를 꺼내 스리핑거만큼 따르고 얼음을 넣어 영수 앞에 내놓았다. 그리고 앰프가 달궈졌는지 표면을 만져 확인하고 CD장에서 판타스틱 플라스틱 머신을 꺼내 〈텔레폰 & 위스키 Telephone & Whiskey〉를 틀었다.

"자, 한잔해."

철주는 더 얘기하고 싶지 않았다. 영수도 철주의 마음이 이해 안 되는 것은 아니었지만, 철주의 무책임함과 그 와중에 자존심을 지키려는 몸부림이 짜증 났다. 꽤 잘난 놈이라 좋아했고, 아주 가끔은 친구지만 존경하는 마음도 들었다. 그런데 이번에는 마음에 들지 않았다. 생각해보니 매번 이런 식이었다. 언제나 자기가 옳았다. 함께 해결할 수 있는 것도 혼자 다 하려고 했다. 부딪치기보다 도망을 가버렸다. 아니, 더 정확하게 얘기하자면 멀찍이 거리를 두고 "난 도망가지 않았어. 더러워서 피하지 무서워서 피한 게 아니야"라고 말하며 다들 아무 일 없었던 듯이 움직여주기를 바란다.

사실 영수도 거기까지였다. 매번 그 지점에서 열 받지만 거기서 끝. 영수는 일이 복잡해지는 것이 천성적으로 싫은 타입이다. 지금 영수의 편도체에는 더 나아가서는 안 된다는 경고등이 켜졌다.

"알았다. 자, 한잔 마시고 보자. 첫 잔은 원 샷. 후래자 삼배."

영수가 잔을 들었다. 철주와 영수가 잔을 부딪치고 술을 털어 넣었다. 몸이 후끈 달아오르고, 알코올이 혈관 속에 바이러스같이 퍼져 나가면서 애매한 어색함도 조금씩 옅어져갔다.

아무 일도 없었다는 듯이. 철주도 영수도 그걸 바라면서 마법의 약물을 삼키듯이 위스키를 마신다. 시간이 한 방향으로 쉬지 않고 흘러간다는 사실은 모든 괴로움의 근원이 되기도 하지만 동시에 축복이기도 하다. 한번 지나간 것은 그것으로 넘겨버려야 하기 때문에. 그러나 대부분의 사람들은 시간을 되돌리지 못하는 상황을 탓하고 자책한다. 그로 인해 계속 또 다른 후회를 낳게 된다는 사실을 모른 채. 한번 빚을 지기 시작하면 이자 갚느라 원금 상환은 꿈도 못 꾸게 되는 것 같은 일이 시간과 후회의 패러다임. 철주와 영수는 더는 그러지 않기를 바랄 뿐이다. 그냥 하나의 해프닝이 있었을 뿐이고, 노사이드는 다시 평화로운 일상으로 돌아갈 것이라 믿고 싶다.

\#

노사이드에는 마치 병원에 입원했던 엄마가 집에 돌아왔을 때의 안온함과 따뜻함이 흘렀다. 단골들이 철주가 돌아왔다는 문자메시지를 받고 달려왔다. 긴 테이블의 한 자리를 차지하고 좋아하는 맥주 한 병을 끼고 앉아 철주가 선곡한 음악을 들으며 초점 없이 허공에 눈을 돌리고 있자니 마치 선물 받은 기분이었다. 철주도 구구절절이 설명하지 않았고, 연조가 있는 식구들일수록 철주에게 묻지 않았다. 먼저 말하기 전에는 묻지 않고 그냥 받아주는 것이 그동안 철주가 그들에게 해왔던 일이기에 식구들도 철주에게 그대로 돌려주고 있었다. 일부 눈치 없는 손님이 "어디 좋은 데 갔다 왔어요?"라고 물어보면 철주는 예의 시니컬한 미소를 띄며 대답하지 않고 고개를 끄덕이면서 음악으로 답을 할 뿐이었다.

배리 매닐로우의 〈코파카바나Copacabana〉.

"어머, 코파카바나 갔다 왔어요? 좋았겠다!"

한편에서는 호들갑을 떨지만, 속 깊은 단골들은 웃으면서 자기들끼리 맥주병을 부딪치고 음악을 흥얼거리는 것으로 철주의 마음을 따라가주었다.

데미언 라이스의 〈델리킷Delicate〉으로 음악을 넘겨 듣고 있는데, 오늘의 세 번째 손님이 들어왔다. 벌써 세 번째라니 조짐이 좋은 날인데, 라고 생각하며 철주는 기분좋게 시선을 보냈다. 안타깝게 손님이 아니었다. 길 건너에서 '스키조'라는 바를 운영하는 양 사장이었다.

"김 사장님, 이 가게 손님인 듯한 분이 와서 막무가내로 나가지를 않네요."

"네?"

"내가 조금 아까 출근했더니 알바생이 나를 기다리고 있었다면서 초저녁부터 한참 퍼마신 손님이 한 명 있다는 거예요. 그런데 처음 보는 얼굴이더라고요. 그래서 나랑 어떻게 아느냐고 물었더니, 다짜고짜 진짜 사장을 데려오라고 하면서 화를 내고 진상 짓을 하기 시작했어요."

"그런데 그게 저랑 무슨 상관이 있다는 거죠?"

"이미 술이 떡이 된 상태라 횡설수설하는데, 얘기를 들어보니 소문만 듣고 온 것 같았어요."

"소문이요?"

"사장이 정신과 의사라나 뭐 그런 거 있잖아요. 우리 가게 이름이 스키조 아니에요, 정신분열증. 그래서 찾아온 것 같더라고요. 전에도 비슷하게 잘못 찾아온 손님이 몇 번 있었거든요."

"누구지……."

"지금 완전히 곯아떨어져 있는데, 지갑에 돈도 없는 것 같고. 무전취식으로 경찰에 신고할까 하다가 그래도 한번 확인은 해야 해서 찾아왔습니다."

"그래요, 한번 가보죠."

철주는 과거에 알았던, 그러나 더는 인연을 이어가고 싶지 않은 사람이 소문을 듣고 찾아온 것인가 했다. 철주는 새로운 삶을 살고 싶었다. 그런데 자꾸 과거의 흔적들이 현재의 삶에 끼어드는 것이 불편했다. 이 작은 나라에서 어떻게 평생 숨어 지낼 수 있겠는가 하는 탄식이 들었다. 어쨌든 찾아왔다니까 확인하고, 술값이라도 내줘야겠다는 생각에 양 사장을 따라나섰다.

스키조의 문을 열고 들어가자 노사이드에 비해 어두운 실내에 벽을 둘러싼 네온이 얼기설기 엮여 있고, 사이키 조명이 돌아가고 있었다. 손님들은 대부분 자유분방한 옷차림의 이십대 초중반으로 대화를 나누기보다 그저 음악에 몸을 얹고 까닥까닥하고 있었다.

"이쪽이에요."

구석 테이블에 한 여성이 엎어져 있었다. 머리는 노랗게 물들였고, 작고 아담한 체구에 짧은 치마 아래로 허벅지가 다 드러나 보였다. 양 사장이 그녀에게 다가가 등을 흔들며 소리쳤다.

"이봐요, 손님. 일어나요. 손님."

"셧 업, 고 어웨이!"

"영어 쓰지 말고. 한국말 잘하는 거 알아요. 일어나요."

"플리즈, 워러."

양 사장이 물을 한 컵 건네주자, 여자는 겨우 눈을 뜨고 물을 단번에 들이켰다. 그러고는 눈을 비비고 두리번거렸다. 여기가 어디인지 잘 모르겠다는 눈치였다. 코에는 피어싱이, 귀에는 양쪽 모두 서너 개의 작은 귀걸이가 박혀 있었다. 어두운 실내에 조금 익숙해졌는지, 곧 인상을 찌푸리며 철주를 뚫어져라 쳐다보았다. 조명이 철주의 등 뒤에서 역으로 비쳐서 얼굴을 알아보기가 쉽지 않은 모양이었다. 다음 순간 의자에서 벌떡 일어난 여자는 철주를 향해 성큼성큼 다가오더니 이내 그의 품에 안겼다.

"오빠!"

철주가 품에 안긴 여자를 떼어내 찬찬히 얼굴을 들여다봤다.

"수지 너, 네가 여기 왜 있어?"

"오빠 찾느라 고생 많이 했다. 한국 온 지 며칠 됐어. 엄마가 또 선보라고 난리 쳐서 그대로 도망쳐 왔지. 여기 오빠 술집 아니야? 오빠가 이 동네에서 술집 주인 됐다고, 한심하다고, 엄마가 전화로 그러더라고. 여긴 내 취향이라 딱이던데. 음악도 딱 좋고 애들 물도 괜찮고. 한국도 많이 좋아졌어."

"여기 아니야. 수지야, 일단 나가자. 사장님, 여기 얼마죠? 제 동생이에요."

"오케이, 렛츠 고. 아임 스타빙."

기껏해야 병원 다닐 때 보던 환자겠거니 생각했던 철주는 더 단단한 인연의 끈이 발목을 휘어감는 것을 느꼈다. 대인지뢰를 밟아 발목이 날아간 병사가 된 기분. 어머니의 등장이 왼발을 날렸고, 오늘 동생이 미국에서 날아와 남은 오른발마저 날려버렸다. 이제 주저앉을 일만 남은 셈일까.

\#

"난 오빠가 이러고 있을 줄 몰랐어. 병원 그만두고 사라졌다는 말이야 들었지. 여행이나 몇 달 하다가 개업하려나 했는데 술집이라니 웃긴다. 라이프 이즈 소 퍼니."

"뭐가 웃겨."

"옷 입은 것도 그렇고. 난 오빠 하면 떠오르는 게 흰 셔츠에 칙칙한 넥타이거든. 그런데 티셔츠 쪼가리 걸쳐 입고 머리 모양도 이 대 팔 가르마가 아니네. 길거리에서 지나쳤으면 못 알아봤을 것 같아."

"나의 본연의 모습이라고나 할까."

"웃겼어. 잠깐 쉬어가는 것 치고는 너무 제대로라 놀랍긴 해."

"쉬어가는 거 아니야, 난 지금이 좋아."

"얼마나 갈까. 뭐 이런 것도 재미있기는 하네."

철주는 갑자기 나타난 수지와 고기를 굽고 있다. 수지는 열 살 어린 여동생이다. 철주는 어릴 때부터 두각을 나타내서 탄탄대로를 걸었다면 반면 수지는 자유로운 영혼이었다. 아주 어릴 때에는 부모의 귀여움을 독차지하면서 자랐다. 그러나 공부의 트랙에 들어간 초등학교 4학년 때부터는 철주가 걸어온 찬란한 길과는 거리가 먼 길을 걸었다. 수지도 처음에는 애써 노력해보았다. 과외도 받고, 좋다는 학원은 다 다녀보았다. 엄마가 철주에게 들였던 노력, 시간, 돈을 두세 배는 퍼부었지만 생각만큼 성적은 오르지 않았다. 정확히 하자면 상위

권에 근접한 수준까지는 올라갔지만 거기까지였다. 중학교 2학년까지 기다리던 부모는 과감한 결정을 내려 수지를 미국의 기숙학교로 보냈다. 수지도 어차피 해봤자 오빠가 간 길의 반도 쫓아갈 수 없다는 것을 사춘기가 되면서 절실히 느꼈다. 게임이 안 된다면 다른 게임으로 갈아타야 한다는 것을 수지는 아주 이른 나이에 깨달았다.

부모는 수지를 미국으로 보내서 당신들의 눈에 보이지 않게 하는 것으로도 만족했다. 부모에게 수지는 실패한 작품이었다. 그들이 인생에서 그래왔듯이 잡을 것과 놓을 것을 명확히 했다. 주위에는 미국으로 환경을 옮기면 한국과는 다른 자유로운 교육 속에 개성이 살아나면서 성공할 수 있을 것이라 얘기했다. 5퍼센트 정도는 그런 마음도 있었지만 현실적이고 냉철한 그들의 부모는 그것은 복권 당첨을 기대하는 것과 같다는 것을 이미 알고 있었다. 수지가 사춘기를 미국에서 혼자 겪으며 술을 마시고, 약에 손을 댔다가 퇴학을 당해 다른 지역의 사립 학교로 옮겨 홈스테이를 할 때에도, 그들은 수지를 만나러 가지 않았다. 유학원을 통해 가디언을 보내 해결하고, 돈으로 모든 문제를 무마했다. 수지도 곧 자신의 상황에 대해 이해했다. 그리고 곧 그들의 기대에 부응하기로 했다.

철주는 안타까웠지만 나이 차이가 많이 나는 동생의 삶에 개입하기에는 자기 인생이 바쁘고 버거웠다. 수지도 철주에 대해서 나쁜 감정을 갖고 있지는 않았다. 십대에는 오빠 때문에 미국으로 귀양을 간 것이라 생각해서 잠시 밉기도 했지만.

"그런데 너 한국 온 거 집에서 아니?"

"모를걸. 이메일로 살아 있다는 건 알렸고, 여행 갈 거라고 했으니까 여행 다니는 줄 알겠지. 나야 통장에 생활비만 따박따박 들어오면 댓츠 오케이."

"그래도 전화하지그래. 걱정하실 텐데."

"어머, 웃겼어 오빠. 남 얘기하시네. 몇 년째 전화 한 번 안 하시는 분이. 알잖아, 난 원래부터 가문의 수치였잖아. 오빠는 가문의 영광, 빛나는 대들보."

"수지야."

"난 워낙 다크 사이드 오브 더 문이잖아. 오빠도 어둠의 세계로 들어와서 나야 좋긴 한데, 여기가 오래 있을 곳은 아니라고 봐. 오빠는 이 세계 사람이 아니야. 어둠의 세계에 십 년 넘게 몸을 담은 사람 입장에서 볼 때 오빠는 너무 올발라. 껍질을 깬 듯 보이지만, 그 안에 더 단단한 껍질을 갖고 있는 그런 사람 말이야. 지금은 일종의 일탈일 뿐인 거지."

"오빠를 분석하네. 고기나 더 먹어. 빨리 먹고 가게 가봐야 해."

"봐, 시계 보고 있지. 오랜만에 동생이랑 고기 먹으면서 한잔하는 이 시점에 시간을 체크하는 가증스러운 모습. 그게 재수 없는 거야. 진정한 자유인은 여기서 다른 거지. 아줌마 여기 소주 한 병 더 주세요. 근데 오빠, 소주가 원래 이렇게 묽었나? 물 같네."

생각해보니 수지랑 술을 마셔본 게 오늘이 처음이었다. 함께 살 때는 수지가 너무 어렸고, 수지가 술을 마셔도 될 나이가 됐을 때에는 철주와 살갑게 만날 일이 거의 없었다. 어른이 되어서 오랫동안 같이 있어본 것이 어제, 오늘이 처음인 것 같았다. 철주는 수지가 자신을 달의 어두운 부분이라고 대놓고 얘기하는 것이 안쓰러웠다. 수지가 뭘 느끼고 어떻게 살아왔는지 제대로 챙기지 못한 것에 자책하지 않을 수 없었다. 과거에는 트랙 위에서 살아남기 위해 더 빨리 달리는 것에만 전념하는 경주마처럼 옆을 보는 것이 원천봉쇄되어 있었고, 트랙을 벗어난 다음에는 새 삶에 정착하고 과거의 인연을 끊어버리는 데에 모든 에너지를 쏟았다. 부모라는 상수를 마음 안에서 지우는 데에는 어느 정도 성공했다. 그런데 수지라는 중요한 상수이자 돌발 변수를 전혀 생각하지 못하고 지내왔던 것이다. 그만큼 철주는 뼛속까지 자기에게 몰입하고 있었는지 모른다.

인간의 극적인 변화는 일단 자기 과거의 서사를 완전히 지워버리는 것에서부터 시작한다. 과거의 의미를 리셋하는 것에서부터 새로운 현재의 의미를 만들 수 있고, 그것이 다시 과거의 사실들에 새로운 색을 입힐 수 있다. 그 과정을 거치고 난 다음에야 우리는 다른 길을 걸어갈 준비를 하며 미래를 예측하고 희망이라는 걸 가질 수 있다. 그것이 관성에서 벗어나 새로운 변화를 하는 과정이다. 최소한 철주에게는 그랬다. 그러기 위해서 30년 넘게 굴려온 자기 서사의 스토리텔링을 멈추고 일단 다 지워버리는 과정을 가져야 했다. 그 과정에서 주변을 돌아보고 챙길 여력은 없었다. 철주는 그렇게 변명 아닌 변명을 하며 소주 한 잔을 입안에 털어 넣었다.

"난 니가 그렇게 생각하는 줄 몰랐다. 미안하다."

"오빠가 미안할 게 뭐 있나. 80퍼센트는 사실인데. 오빠야 정말 잘 난 사람이고 이런 데 있을 사람이 아니야. 아임 프라우드 오브 유."

형제란 같은 유전자를 공유하고 전혀 다른 길을 가게 되는 사람들 이다. 유전자를 공유하는 만큼 첫 번째 선택은 같을 수 있다. 그러나 서로의 존재를 인식하고 있는 동안은 항상 같은 선택만을 할 수는 없 다. 남과 다른 나만의 삶을 만들어 가야 한다는, 개성에 대한 압박이 선택에 있어 더 중요한 요인이 된다. 한쪽이 짜장면을 먹겠다고 하면 괜히 짬뽕을 고르게 되고, 영어를 좋아한다고 하면 수학 학원을 더 열 심히 다니고 싶은 마음이 생긴다. 나아가 인생의 길을 선택할 때에도 그렇다. 같은 길을 가면서 끊임없이 비교의 대상이 되기보다는, 어찌 되었건 다른 길을 가는 것을 선택한다. 그 다른 길이 어떤 곳일지도 모르고, 앞서 가는 형제의 길은 안전하고 목적지도 분명하다는 것을 알고 있음에도 불구하고.

철주는 부모가 원하는 길로 성큼성큼 갔다. 가는 길마다 부모가 세 워놓은 환한 가로등이 켜져 있는 대로를. 수지는 그 뒤를 가는 것을 선택하지 않았다. 부모 역시도 수지의 길로 다른 길을 택했다. 아마 그들의 거의 유일한 합의점이 아니었을까. 빛이 강할수록 콘트라스 트는 강해진다. 수지는 이미 십대에 잘난 가족 속에서 자기 역할을 몸 으로 인지하고 그 역할에 충실하기로 결정했다. 아니, 지나치게 충실해서 어느 순간부터는 지나치다 싶을 정도로 나아가게 되었고, 시간이 더 지나서는 스스로도 자기가 원래 그런 사람이라고 여기게 되었다. 그게 지금의 수지다. 철주도 수지도 지금 여기서 두 사람이 이렇게 고기를 굽고 있을 줄은 몰랐다. 철주가 이제 수지 쪽에 가까운 세계로 왔다. 하지만 수지는 여전히 철주가 저쪽 사람이라 여긴다. 그건 철주가 자기 영역을 침범해서 생긴 본능적 방어 심리일 수도 있다.

"자랑스러워할 거 뭐 있냐. 지금은 술집 사장인데."

"사장이 어디야, 오빠."

"빨리 먹고 가자. 손님들 있어."

혼자 지내는 데 익숙한 철주는 어린 동생이 반갑기도 하고 안쓰럽기도 하지만, 불편한 것도 사실이었다. 이제는 생각하지 않고 지낼 수 있으리라 믿었던 혈연 관계가 그의 인생사에 다시 들어와 있게 된다는 것이 싫기도 했다. 그러나 어찌하겠는가, 이것도 인생인걸. 〈쿵푸팬더〉에 이런 대사가 있었다.

Stop fighting, let it flow.
싸우려 하지 마라, 그냥 그렇게 흘러가게 놔둬라.

그래, 그게 인생이다. 한번 어떻게 흘러가나 보자. 휩쓸려 내려가 폭포로 떨어지기 전에 뭐라도 붙잡으면 되겠지. 철주는 남은 한 잔을 수지에게 따라주고 자기 앞의 소줏잔을 입에 털어 넣었다.

1

애매모호함을 즐겨야
사랑이 시작된다

-철벽녀에서 벗어나 관계를 시작하기

남녀 사이에 '왜'는 존재하는가

그렇게 수지는 철주의 삶에 스며들어왔다. 얼마나 자연스러웠는지, 마치 처음부터 노사이드와 함께했던 것 같았다.

철주와 함께 살면서 노사이드로 출근을 한 지 한 달이 지났고, 어느덧 수지는 노사이드의 한 식구가 되었다. 오늘도 변함없는 하루. 매일매일 진을 치고 있는 단골들이 자리를 지키고 있다.

노사이드에는 지금 〈업타운 걸Uptown girl〉이 나오고 있다.

"빌리 조엘이 자기 얘기로 만들었다는 소문이 있었지."

"그런가? 이 노래 나오고 난 다음에 얼마 있다가 슈퍼모델이랑 결혼했다는 건 분명해."

"그래?"

"원래 와이프가 매니저였을 거야. 같이 그룹 하던 멤버의 아내였던가……. 하여튼 자유로운 영혼이지. 둘이 결혼했고, 꽤 오랫동안 우울하게 살았대. 정신과 치료도 받았다지. 그러다가 〈뉴욕 스테이트 오브 마인드New York State of mind〉, 〈저스트 더 웨이 유 아Just the way you are〉 같은 곡을 터뜨리면서 떴지. 그리고 이 노래로 완전히 굳히기."

영수와 철주가 주거니 받거니 하고 있었다. 옆에 앉아 있던 수지가 불쑥 끼어들었다.

"오빠, 오빠의 업타운 걸하고는 연락해?"

철주가 말했다.

"무슨 소리야, 웬 업타운 걸?"

"알면서 왜 그래. 대학교 때 사귀던 그 언니."

"누구?"

"경은 언니던가."

"아, 경은이. 야, 너 기억력도 좋다. 안 본 지 한참 됐지. 걔가 무슨 업타운 걸이야."

"그전에 오빠가 사귀던 여자들은 내가 껴도 기껏해야 삼겹살 아니면 스파게티였거든. 그런데 그 언니는 대학생인데도 나한테 용돈도 주고, 처음 가보는 프렌치 레스토랑에도 데려가고 그랬어. 내가 어떻게 잊겠어?"

"맞다. 너 내가 만나는 여자마다 새언니라고 하면서 엄청 쫓아다니면서 얻어먹었지. 어린애가 넉살도 좋다 했다."

영수가 끼어들었다.

"너 인턴 때까지 사귀었지. 그런데 왜 갑자기 헤어졌냐. 열렬했던 것 같은데."

"남녀 사이에 왜가 어디 있어. 그냥 헤어진 거지."

"그 언니 업타운 걸이었어. 우리 집 안하고는 어울리지 않았지."

"야, 수지야, 너희도 잘살잖아."

"교수 집이 잘사는 거야? 그냥 중산 층 미들 레벨에서 조금 위. 거기는 진짜 부자였어. 까다로운 우리 엄마도 마음 에 들어 했지. 단지 집안이 험블하다는 것이……."

"험블?"

"응, 갑자기 돈벼락 맞은 케이스였 거든. 그 언니 부모님은 다 고졸이었어. 옷장사 하다가 공장 세우고, 문어발 확 장한 그런 회사."

"하하, 너희 집이랑 어울리지 않았겠 다."

"우리야 고상, 엘레강스, 인털렉추얼

덩어리잖아. 나 같은 애는 명함도 못 내미는."

"헤어진 여친 얘기는 왜 해?"

철주가 버럭 소리를 질렀다.

경은은 철주에게 오랫동안 잊혀지지 않을 상흔을 남긴 여자였다. 수수하고 조용해서 그런 줄 몰랐던 경은은 알고 보니 대단한 기업의 외동딸이었다. 서로 사랑을 하기는 했던 것 같다. 최소한 철주가 기억하기로는. 무엇보다 부모의 마음에 들었다는 것이 철주에게는 좋은 점이었다. 그전의 모든 여자가 다 철주 부모의 1차 검증에서 탈락했었기 때문이다. 그래서 아예 부모가 싫어할 만한 여자는 미리부터 '이 여자는 키가 작아, 성격이 모나, 가끔 잠수를 타서 애를 타게 해'라는 식으로 결점을 찾아내서 먼저 헤어져버리고는 했다. 그런데 이 여자는 달랐다. 이 여자와는 잘하면 결혼이라는 골인 지점까지도 갈 수 있을 것 같았다. 하지만 의외의 복병이 있었다. 여자 쪽이 철주를 거부한 것이다. 의대를 졸업하고 이제 인턴에 들어가는 철주가 여자의 부모에게는 성에 차지 않았다. 그들은 회사를 이어받아줄 사람이 필요했던 것이고, 여자도 사랑의 힘만으로 부모의 바람을 물리치고 철주와의 관계를 애매하게 이끌어갈 자신이 없었다. 애매해지니 싸울 일도 많아지고, 인턴 일로 바쁜 철주는 그녀와 만날 여유도 없었다. 지금은 "이제 우리 그만 만나"라는 말을 누가 먼저 했는지는 중요하지 않다고 생각한다. 그러나, 당시 외과 인턴으로 한창 집에도 못 들어가고 피폐하게 살고 있을 때 전화 너머로 들려온 한마디, "우리 그만 만나"라는 말은 지금도 도돌이표처럼 귓속에 맴돌며 사라지지 않았다. 철주로서는 마음을 준 사람에게 처음으로 거절당해본 경험이었다. 애매하고 불확실한 관계를 견딜 만한 능력이 두 사람 모두 없었고, 특히 경은에게는 더욱더 그럴 힘이 없었다.

지나온 과거를 돌이키고 '만약 이랬다면' 하고 이런저런 상상을 하는 것만큼 정신 건강에 해로운 것은 없다고 철주는 생각했다. 이미 지나온 과거일 뿐이고, 그냥 그런 일이 있었다고 여기면 되는 거라고 마음먹고 살았다. 하지만 오랜만에 옛 여자 친구와의 아픈 기억을 떠올리니, 뱃속이 쓰리는 느낌이 들기 시작했다. 잊어버리려고, 봉인해버리려고 애를 써왔었나 보다. 철주는 쿨한 척 이야기를 이어갔다.

"지금 내가 여기서 술집 하고 있는 거 보면 그 친구 부모님은 내 그럴 줄 알았다 하실걸. 하하."

"그것도 맞네. 그들의 예언이 실현되었군. 역시 사업을 크게 하신 자수성가형 타입은 보는 눈이 탁월해. 안목이 훌륭해."

비관의 여왕과 애매모호함

영수가 깐죽거리는 중에 문이 열렸다. 수수한 학생 차림의 두 사람이 두리번거리면서 어디에 앉을지 머뭇거리는 것 같아 보였다. 영수가 뒤돌아보며 그들을 향해 말했다.

"이쪽으로 와서 앉으세요. 콘서트로 치면 여기가 R석이에요."

두 사람은 영수가 이끄는 대로 자리에 앉았지만 그다음엔 뭘 어찌해야 할지 몰라 불편해했다. 어색함이 긴장으로 바뀌어 불편해지기 직전이었다. 눈치 빠른 영수가 말했다.

"아, 여긴 메뉴판 같은 게 변변히 없는 가게라. 뭐 드실래요? 제가 갖다드릴게요. 아니, 이 친구가 가져다드릴 거예요."

"맥주가 뭐가 있죠?"

"없는 거 빼고는 다 있답니다."

수지가 보다 못해 영수에게 핀잔을 줬다.

"아저씨, 그런 유머 그만할 수 없어요? 이러니 장사가 안 되지."

수지가 구석에서 메뉴판을 가져다주자 두 사람은 천천히 훑어보았다. 한 사람이 버드와이저를 주문하자, 다른 한 사람은 10초쯤 뜸을 들이다가 밀러 라이트를 달라고 했다. 수지가 냉장고를 뒤지며 중얼거렸다.

"어, 밀러 라이트 한 병 있었는데…… 어디 있지?"

"여기 있지. 그거 내가 아까 꺼내 왔어."

철주가 병을 꺼내 흔들었다.

"손님, 어떻게 하죠? 밀러 라이트가 다 떨어졌는데."

어색한 침묵이 흘렀다. 메뉴판을 다시 10여 초 동안 보던 여자가 수지를 향해 말했다.

"아무거나 갖다주세요."

"아무거나는 없는데……."

"국산 맥주 아무거나……."

"오비 골든라거 어때요. 새로 갖다놓은 건데요."

"좋아요."

수지가 맥주를 꺼내 갖다주었다.

"듣고 싶은 음악이나 먹고 싶은 거 있으면 말씀하세요."

두 사람은 묵묵히 병을 따서 잔에 따랐다. 조용한 침묵의 시간이 이어졌다.

"난 분명히 떨어질 거야."

여자가 말문을 열었다.

"또 시작이다."

"분명한 걸 분명하다고 하는데 왜?"

"넌 너무 비관적이야. 그렇게 오랫동안 노력을 했으면 잘될 거라고 생각해야지."

"마음이야 그러고 싶지. 하지만 아무리 생각해봐도 떨어질 게 분명한걸. 나오자마자 채점해봤어. 작년보다 잘 보기는 했어. 그렇지만……."

"그렇지만 뭐?"

"준비 모임 인터넷 게시판에 들어가 보니까, 사람들이 나보다 다 잘 본 것 같아. 난이도가 쉬워진 거야."

"자랑질하려는 사람들이 올린 걸 뭐하러 신경 써."

"아니야. 이제 끝이야. 나는 평생 편의점 알바나 하면서 살아야 할 운명이야. 여기서 이렇게 너랑 맥주 마시는 것도 이게 마지막일까."

여자는 한숨을 쉬면서 맥주를 마셨다.

"갑자기 그건 또 무슨 소리야."

"나한테 이렇게 잘해주는 이유가 뭐야? 이제 그만 만나. 더 연락하지 마. 너 만나면 나만 비참해져."

"너 매번 왜 그러는 거야? 니가 그러니까 나까지 우울해지잖아."

"어, 우울? 여기 전문가가 하나 있는데……."

영수가 옆에서 듣다가 말했다.

"네?"

남자가 영수를 향해 고개를 돌렸다.

"아, 여기는 그냥 뭐 같은 테이블에 앉아 있다 보면 자꾸 들리는 게 있는데, 들리는 걸 가만두지를 못해. 이 가게의 특징이 호모 오지랖스 라서요. 요 앞 음반 트는 아저씨가 용하거든, 우울과 불안을 잠재우는 데."

남자가 주변을 둘러보고 여자를 쳐다보았다. 여자는 망설이는 것 같아 보였다. 남자는 될 대로 되라는 마음으로 설명을 했다.

"이 친구가 몇 년 전부터 임용고시를 준비했어요. 그런데 번번히 아깝게 떨어졌어요. 이 친구도 이번이 마지막이라는 마음으로 노량 진에 원룸을 얻어서 정말 죽자고 팠어요. 나보다 몇 배는 했을 거예 요. 이번에 제가 봐도 잘 봤어요. 그런데 이렇게 시험 결과를 기다리면서 자기는 떨어졌을 거라고 비관적인 얘기만 하는 거예요. 완전히 불안해하면서요. 이해는 가는데, 옆에서 보기 힘드네요."

"너야 붙었으니까 그런 말 쉽게 하는 거야. 네가 내 마음을 알아?"

"나도 떨어져본 거 알면서 왜 그래?"

철주가 두 사람의 대화를 듣다가 어 파인 프렌지의 〈호프 포 더 호프리스hope for the hopeless〉를 틀고 주방으로 가서 칵테일을 만들어 나왔다.

"이거 한번 드셔보세요."

"뭐죠?"

두 사람은 조심스럽게 잔을 들어 한 모금씩 마셨다.

"뭐 같아요?"

남자가 대답했다.

"글쎄요, 무알콜 칵테일인가요?"

여자가 말했다.

"술인데, 단맛이 강해서 잘 모르겠네요."

"아니야, 냄새가 안 나잖아."

"그런가? 정말 술 냄새는 안 나네. 하지만 술 맞아. 술이니까 준 거겠지. 안 그래요?"

철주가 미소를 지었다. 그러나 어떤 말도 하지 않고 묵묵히 다음 음악을 골랐다.

"답답하네요. 알려주세요."

여자가 철주에게 말했다. 철주는 말없이 그냥 음악을 틀었다. 여자가 다시 재촉했다. 그에 반해 남자는 천천히 더 마셔보면서 입안에서 맛을 느껴보고 있었다. 한 곡이 끝날 때까지 철주는 아주 말 없이 그대로 있었다. 음악이 끝난 후 철주가 두 사람을 돌아봤다.

"이게 뭐 같아요?"

남자가 대답했다.

"잘 모르겠어요. 그런데, 술인지 아닌지 모르겠지만 맛은 있네요."

"맛있어요? 감사합니다. 여자분은 안 드셨네요."

여자의 잔은 처음 한 번 맛을 본 그만큼에 머물러 있었다.

"왜, 맛이 없어요?"

"글쎄, 맛이 있는지 없는지 잘 모르겠어요. 그냥 별로라서. 안 먹어본 거라."

"취할까 봐 무서워요?"

"아니요, 술인지 아닌지도 알려주지 않았잖아요. 아! 술이구나! 맞죠?"

"그게 그렇게 중요해요?"

"네?"

"어느 쪽인지 알려주면 마실 거예요?"

"네?"

철주는 빙그레 웃었다. 주방으로 가서 재료가 된 병들을 가져왔다.

"이건 술이기도 하고 아니기도 해요."

"그게 무슨 황당한 소리예요?"

"술이 들어가기는 했지만, 들어가기 전에 충분히 끓여서 알코올은 다 날렸어요. 그러니 막상 손님 입에 들어간 것에는 알코올은 한 방울도 들어 있지 않다고 할 수 있죠. 제가 이 음료를 두 분에게 드린 이유는 따로 있어요. 손님은 같이 오신 친구분에 비해 애매한 걸 견디는 능력이 떨어져요."

"애매한 것이요?"

"네, 애매한 것을 견디는 것이요. 흑인지 백인지, 똥인지 된장인지 명확히 밝혀지지 않으면 불안해해요. 모든 사람이 다 그걸 불안해하기는 하죠. 그런데 사람에 따라 정도가 다릅니다. 옆에 같이 오신 친구분만 해도, 애매하고 잘 모르겠으니까 자꾸 마셔보면서 뭔지 알아보려고 노력을 하거든요. 일단 위험한 것은 아니라는 걸 확인했으니까. 그에 반해서 손님은 잘 모르겠으면, 또 애매하면 시도를 하지 않아요. 위험할 수 있다고 여기기 때문이 아닐까요."

"술이 뭐가 위험하다고요. 술 마실 수 있어요."

"아니, 그 문제가 아니라요. 하나의 선택과 하나의 행동을 보면 그 사람의 다른 면들도 짐작할 수 있어요. 인간의 좋은 점은 일관되다는 것이라고 저는 생각해요."

그녀의 철통 방어막

애매함을 견디는 능력은 인간의 내공을 의미한다고 철주는 생각한
다. 애매하다는 것은 기어를 N에 놓은 채 공회전을 하는 것과 같다.
뇌는 비효율적인 것을 병적으로 싫어하는 효율 추구의 기관이다. 그
래서 어떻게든 명확하지 않은 시간과 공간을 줄이려고 노력한다. 앞
날에 대해, 현재의 상황에 대해 정확하게 판단되지 않은 상태를 유지
하는 시간이 길어질수록 공회전이 되는 엔진에 부하가 간다. 그리고
불안과 긴장이 올라가버린다. 평소라면 직관이라는 시스템을 이용해
서 최소한 이것이 좋은지 나쁜지, 안전한 상황인지 위험한 상황인지
분간부터 하고 본다. 그러나 애매한 상황은 그마저도 못할 경우다. 그
애매함을 견디지 못하는 순간이 오면 대부분의 사람들은 중간 값에서
앞뒤로 진자 운동을 하던 마음의 추를 일부러 부정적인 결과의 방향
으로 꺾어놓는다.

인간은 애매한 상황이 눈앞에 펼쳐질 때 긍정적인 상황보다 부정
적인 상황을 먼저 선택하는 것이 안전하다고 학습해왔다. 풀숲에서
부스럭거리는 소리가 났다. 이때 뱀이라고 생각할 수도 있고, 그냥 바
람 소리라고 여기고 무시할 수 있다. 매번 별일 아니라고 여기고 지나
쳐도 된다. 그러나 단 한 번이라도 뱀이나 사자를 만났는데 방비를 하
지 않고 있었다면, 목숨을 잃을 수 있다. 매번 별일 없을 거라고 낙관
적으로 생각하며 지냈던 조상들은 반드시 한 번쯤 그런 위기를 겪으

면서 목숨을 잃었다. 덕분에 후손을 많이 남기지 못했다. 반면 풀숲이 부스럭거릴 때마다 매번 위험한 상황일 수 있다고 판단하고 긴장한 조상은 정말 안 좋은 상황을 만나게 되더라도 빨리 도망가 목숨을 부지할 수 있었을 것이다. 덕분에 우리 조상들의 기본 옵션은 '애매할 때는 일단 안 좋은 것으로 보자'가 되었고 그 세팅은 지금까지 우리에게 면면히 전해져 내려왔다. 문제는 그 DNA의 농도가 진한 사람이 있고 옅은 사람이 있다는 것. 오늘 온 두 남녀의 차이도 거기에 있었다. 한쪽은 낙관적으로 생각하고 탐구하지만, 다른 한쪽은 그러기보다는 부정적이고 나쁜 결과에 대해서만 생각하는 것으로 애매한 상황을 정리하려고 노력한 것이다.

"그래서 어쩌라고요?"

"그게 두 사람의 사이에도 문제가 되고, 또 이름이……."

"이은미예요."

"네, 은미 씨의 마음 건강에도 문제가 되기 때문에 드리는 말씀이에요."

"우리 둘 사이가 어떻기에요. 그냥 친구 사이예요."

"정말요? 거기 남자분, 정말 그래요?"

남자는 말을 하지 못하고 그냥 웃었다. 차마 그 상황에서는 말을 하지 못하고 있는 것 같아 보였다.

"둘이 사귀는 것 아니었어요?"

"아니요. 아니에요. 고마운 사람이기는 한데요, 제가 지금 남자 친구나 사귀고 있을 그럴 처지가 아니에요. 같이 스터디 하면서 친해진 사이일 뿐이에요. 사장님 짓궂으시네요."

"아니면 할 수 없고요. 손뼉이란 양쪽 손이 같은 높이에서 서로 함께 움직여야 쳐지는 것이죠. 하지만 이렇게 하면……."

철주가 왼손을 들어 가슴 높이로 뻗었다. 그리고 오른손은 반대방향에서 큰 팔짓을 하였다. 둘은 만나지 못했다.

"이렇게 하면 절대 손뼉은 쳐지지 않아요. 관계도 그렇거든요. 특히 이렇게……."

오른손이 왼손으로 다가갔다. 그러자 왼손이 황급히 빠져나가 등 뒤로 숨어버렸다. 오른손은 허공을 지나쳤다.

"이렇게 돼버리면 아무 소용이 없죠. 그렇다고요. 두 사람 사이가."

"전 원래 이렇게 생겨먹었는데 어쩌라고요."

얼굴이 빨개진 은미가 일어났다.

"왜 그래?"

"기분 나쁘잖아. 나 갈래."

"같이 가."

"됐어. 넌 여기서 더 마시다 와. 난 더 마실 기분 아니야."

은미가 가버리자 남자가 말했다.

"신경이 예민해진 상태라서요."

"좋아하시나 봐요."

아까부터 잠자코 듣고만 있던 보라가 옆에서 얘기했다.

"네?"

"좋아하시는 것 같아요. 그런데 말은 못하시는……."

"네……."

"저 여자분도 그쪽을 좋아하는 거 같아요. 저는 김보라예요. 그쪽은?"

"네, 홍두진입니다. 일방적인 거예요. 좋아하기는 하는데 상대가 일이 잘 안 풀리니까, 내가 괜히 미안하고. 저쪽은 자격지심도 있는 것 같고……. 이해는 가는데……."

"제 직감인데요, 두진 씨를 좋아하는 거 맞아요. 말씀대로 자격지심? 일이 잘 풀리면 사랑을 받아들일까요? 어떨 것 같아요, 대장?"

철주가 받았다.

"글쎄, 또 다른 문제가 중심으로 들어오겠지. 둘이 사귀게 되면 잘 풀릴까, 둘이 해피엔딩이 될 수 있을까, 교사 둘이서 경제적으로 괜찮을까, 둘이 다른 데 발령나면 어떡하나……."

"어, 어떻게 아셨어요?"

두진이 반색을 하면서 철주를 바라봤다.

"전에 한 번 우리 진지하게 사귀자고, 먼저 말을 꺼냈어요. 그랬더니 꼭 그렇게 말을 해서 김샜어요. 비관의 여왕이에요. 일어나지도 않을 일을."

"그렇게 나쁜 쪽으로 걱정을 먼저 하고 안 좋은 쪽으로 생각을 하는 것으로, 자신을 피해자이자 동정받을 사람으로 위치 짓는 사람이 있어요."

"그런 사람도 있나요?"

"네. 황당하죠? 특히 두진 씨가 진지하게 다음 관계로 가자고 하니까, 무섭기도 하고 그런 거 아니었을까요?"

두진이 맞장구를 쳤다. 그제야 이해가 가는 듯했다.

"항상 최악의 상태만 얘기해요. 헤어질 걸 왜 만나, 제대로 잘 끝나지도 않을 텐데 왜 진지하게 사귀어? 이런 느낌."

"일종의 방어막 같은 느낌이죠?"

"네, 철통 방어막이에요. 바늘 하나 꽂을 곳이 없는."

두진이 철주에게 물었다.

"그럼 어떻게 해야 할까요?"

"다음에 한번 다시 오실래요? 우리 같이 해결해볼 수 있을 것 같은데. 물론 본인이 의지가 있어야 되고요."

철주는 두진과 은미 커플이 안타까웠고, 특히 두진을 도와주고 싶었다. 은미를 애틋하게 생각하고 좋아하는데, 은미는 두진에게 마음을 쉽사리 열 수 없었다. 자격지심이라고만 말하기에는 그 늪이 깊었다. 인생을 즐기면서 살아도 아까울 시간에 비관의 늪에 빠져, 그 안의 세상을 전부로 느끼고 있었다.

#

　낮 시간의 카페는 한가했다. 오늘도 수지는 커피를 한 잔 시켜놓고 인터넷 삼매경에 빠져 있었다. 아직 한국에 온 것을 커밍아웃할 수 없는 상태라, 페이스북에 글을 올리지는 못하고 친구들과 안부만 주고 받으며 미국과 한국의 친구들이 어떻게 지내는지 둘러보고 있었다. 그러던 중에 불현듯 며칠 전 오빠와 했던 이야기가 생각나 열심히 검색하고 페이스북 친구들의 링크를 타기 시작했다. 그렇게 파들어간 지 30분 만에 마침내 수지는 원하던 사람을 찾아냈다.

　"역시 좁은 세상이야……. 사진이 있나?"

　오랜만에 생산적인 일을 했다는 뿌듯함이 솟아올랐다. 사진을 보고 찾던 그 사람이라는 것을 확인한 수지는 쪽지를 썼다.

　"안녕하세요, 언니. 제 이름은 김수지라고 합니다. 혹시 기억하실지 모르지만 제 오빠는 김철주입니다. 제가 어렸을 때 일인데, 언니가 제 오빠랑 만날 때 제게 밥을 사주셨던 기억이 납니다. 페이스북에 들어왔다가 우연히 언니를 발견했습니다. 서울에 계신 것 같던데, 제가 외국에 오래 있다가 얼마 전에 귀국했습니다. 혹시 연락처를 알 수 있을까요? 제 연락처는 010-4XXX-0980입니다."

　보내기 버튼을 클릭하고 브라우저를 닫으려다 보니, 읽지 않은 쪽지가 하나 눈에 들어왔다. 미국에서 오랫동안 잘 알고 지내서 집을 맡겨놓고 온 현진이였다.

"더 못 버티겠어. 미안해."

이게 무슨 얘기지? 수지는 의아했다. 혹시 무슨 큰일이라도 일어난 게 아닐까? 자살 시도를 했나? 정신과 의사였던 오빠랑 같이 살다 보니 끔찍한 생각부터 나는 걸까. 수지는 바로 현진이에게 전화를 했다.

"현진아, 너 무슨 일 있어? 자고 있었어? 미안. 쪽지 이제 읽었어. 나 여기서 컴퓨터 잘 안 해. 별일 없는 거지? 걱정했잖아. 뭐? 정말? 그게 언제 일이야? 그저께? 알았어……. 응, 잘 지내. 내가 알아서 할 게. 걱정하지 마. 죽이기야 하겠니?"

전화를 끊은 수지는 한숨이 절로 나왔다. 걱정하던 일이 현실로 다가와버린 것이다. 그냥 버티고 있어야 할까. 수지는 곧 다가올 것을 알면서 무작정 피하거나 아무 일 없겠지 하고 버티는 것이 싫었다. 예전에는 부딪치는 것이 싫어서 언제나 도망다녔다. 그렇지만 그러다가 궁지에 몰리면 거짓말을 하고, 거짓말이 눈덩이같이 불어나서 감당이 되지 않으면 그 죄책감과 부담 때문에 자폭적인 행동을 하게 되곤 했다. 그렇게 몇 번을 반복하다 정신을 차려보니 어느새 이십대가 다 끝나가고 있었다. 수지는 더 이상은 그렇게 살지 않기로 결심하고 한국으로 온 것이었다. 어차피 괴로움과 지랄맞음은 총량 법칙에 따라 움직이는 것이다. 구차하게 오래 버텨도 봤고, 피하려고도 했지만 총량을 따져보면 그게 그거였다. 버틴다고 해결될 것 같지도 않은 일. 수지는 한숨을 한 번 크게 쉬었다.

"언니, 저 여기 미안한데 커피 리필 해주실래요?"

지금 필요한 것은 정신이 번쩍 들게 할 카페인이다. 새로 따라준 커피를 단숨에 들이켠 수지는 5분쯤 후 카페인이 혈관으로 들어가 작동하며 심박수가 올라가기 시작하고 나른함이 사라지는 것을 느꼈다. 휴대전화를 열어 천천히 버튼을 눌렀다. 두드리는 사람에게 문은 열릴지어다. 그 문이 열리며 홍수가 쏟아져 들어오더라도. 연결음이 이어지다 통화가 되었다.

"여보세요? 엄마?"

낙관적 자세로 애매함을 견디기

> "뛰면서 수분을 다 빼낼 수 있다면 눈물을 흘리지 않아도 되기 때문에
> 나는 뛴다."_〈중경삼림〉

철주는 달리는 중이다. 술로 달리는 것이 아니다. 말 그대로 달리기를 하고 있다. 전에는 그런 걸 왜 하는지 이해할 수 없었다. 몇 년 전, 머리가 너무 복잡했다. 가만히 있으면 수많은 걱정거리들이 부도 난 집에 빚쟁이들 몰려오듯 밀려왔다. 훈련된 정신과 의사가 그런 걸 교통정리하지 못하는 것이 부끄러웠다. 나름대로 잘 조절하며 살아왔다고 자부했던 철주에게는 더욱 당황스러운 일이었다. 사실 환자들이 잡념이 너무 많이 생겨서 괴롭다고 할 때 "아, 힘들겠습니다"라고

말은 했지만, 마음 깊은 곳에서 공감하지 못했다. 그런데, 막상 당해 보니 힘들었다. 한 가지 고민거리를 해결하고 나면, 쉴 틈을 주지 않고 다음 것이 밀려들었다. 지금 당장 고민할 이유도 없고 당장 결정을 내려야 하는 것도 아닌데 단단히 붙어서 떨어지지 않았다. 애써 생각의 우선 순위를 적어서 줄을 세운다. 하지만, 어느새 새치기를 하고 들어오는 놈들이 있다. 현실 세계가 그렇듯이 한두 놈이 새치기를 해서 성공하면 오랫동안 참으며 줄을 서온 놈들은 불안해서 이성을 잃고, 줄은 흐뜨러지고 만다. 그의 마음 안에서도 같은 아비규환이 벌어졌다. 버티다 버티다 무작정 차를 몰고 나왔다. 차를 모니까 조금 편안해졌다. 그렇지만 차가 막히고 서는 일이 반복되자 스멀스멀 하수구에서 오수가 역류하듯이 더러운 잡념들이 솟구쳐 올라왔다. 공원이 보여 차를 세웠다. 그리고 무작정 뛰었다. 10분쯤 지나면서 뛰는데 집중했다. 집중을 하다 보니 머리가 맑아지면서 머릿속이 리셋이된 기분이었다. 며칠 만에 가져보는 상쾌함이었다. 그다음부터 철주는 시간이 날 때마다 달리게 되었다. 신체 건강을 위해서라기보다 정신 건강을 위해서. 지금도 그는 달리는 중이다.

숨이 꽤 가빠졌다. 저 멀리 서 있는 한 여성이 보였다. 철주는 속도를 천천히 늦췄다. 여자는 고개를 숙인 채 휴대전화만 들여다보고 있었다. 주변의 시선을 의식하지 않으려는 노력 같았다. 철주가 여자 앞에 섰다.

"안녕하세요? 오래 기다리셨나요?"

여자가 철주를 향해 고개를 들었다.

"아, 안녕하세요?"

"여기서 만나자고 해서 이상했죠?"

은미는 철주의 전화를 받고 놀랐다. 민망하고 한마디로 쪽팔렸다. 두진이 자기 얘기를 처음 만난 사람에게 떠벌린 것이 황당했다. 철주가 만나고 싶다고 해서 두 번째로 놀랐다. 무서워서 망설일 것도 없이 단번에 거절했다. 철주는 한번 생각해보고 문자를 달라고 했다. 철주도 은미가 처음부터 흔쾌히 승낙을 할 것이라고 보지는 않았다. 애매한 상황을 못 견디는 은미와 같은 사람들은 이런 느닷없는 상황을 일단 부정적인 것으로 받아들이니 말이다. 전화를 끊은 은미는 두진과 통화를 하고 자초지종을 알게 되었다. 그리고 하룻밤을 망설이다가 문자를 보냈다. 한번 만나본다고 손해를 볼 것 같지는 않았다. 그런데 황당하게 철주가 만나자고 한 곳이 저녁 무렵의 공원이었다. 도대체 왜 여기서 보자고 한 거지?

"왜 공원이에요?"

"보여주고 싶은 것들이 있어서요. 자, 같이 가요."

철주가 은미를 이끌고 공원 길을 걷기 시작했다. 살짝 해가 지기 시작하는 이른 저녁의 공원에 상쾌한 바람이 솔솔 불고 있었다. 가로등이 하나둘 켜지기 시작했다. 은미는 철주가 아무 말 없이 앞장서자 그저 따라가고 있었다. 불안이 배꼽까지 올라오는 듯한 느낌이 들기 시작했다.

"아, 이 길로 가면 빨라요."

갑자기 철주가 산책로에서 벗어나서 좁은 숲길로 들어갔다. 어두워 보이는 길로 쑥 들어가는 철주의 등을 쫓는데, 자기 심장이 벌렁거리는 소리가 들리기 시작했다. 철주의 뒤를 바짝 따라붙었다. 매너가 없는 남자라는 생각이 들었다. 이때 옆에서 부스럭하고 소리가 났다.

"엄마야!"

은미는 외마디 소리를 지르고는 서버렸다. 심장이 날뛰기 시작해서 더는 걸어갈 수 없었다.

"놀랐어요?"

그냥 수풀 소리였다.

"토끼가 몇 마리 있다고 하던데…… 별것 아닐 거예요. 이 길로 가면 돌아가지 않아서 빠르거든요. 사실 원래 길도 아니었는데, 사람들이 다니다 보니 길이 된 뭐 그런 곳이라…… 좀 좁죠."

철주는 대수롭지 않다는 듯 다시 앞장서서 걸어가기 시작했다. 사과 한마디 없이 놀랐느냐는 말만 하고 가는 철주에게 화가 나기 시작했다. 등 쪽에서 뻣뻣한 느낌이 올라와 목뒤까지 경직이 되는 것 같고, 다리가 떨어지지 않았다. 다시 돌아가는 게 더 무서웠다. 그냥 쫓아가는 수밖에 없었다. 물을 마시고 싶었다. 30미터쯤 꾹 참고 걸어가자 시야가 넓어졌다. 가슴을 조이면서 쉬던 숨이 확 풀어졌다. 놀이공원의 헌티드 하우스에 들어갔다 나온 것 같았다.

"자, 이쪽으로 오세요."

철주가 성큼성큼 걸어갔다. 갑자기 앞에 꽤 큰 호수가 펼쳐졌다.

"형, 어서 오세요. 기다렸어요."

젊은 남자가 철주를 맞았다.

"미안, 조금 오래 걸렸네. 은미 씨, 어서 오세요. 여기는 경식이라고 알고 지내는 후배예요. 제가 필요한 게 있어서 불렀어요."

은미가 꾸벅 인사를 하니 경식이 배를 보여줬다. 작은 보트가 호수위에 떠 있었다.

"이 친구가 작은 보트를 갖고 있어서요, 가끔 이렇게 빌려서 타요. 허가는 받았어요. 뱃놀이를 좀 하려고요."

은미는 철주의 말에 어이가 없었다. 화가 났다.

은미의 기분을 눈치챈 철주가 말했다.

"은미 씨 문제를 풀기 위해서는 여기서부터 시작해야 했어요."

"제 문제가 뭔데요?"

"애매한 걸 견디지 못하는 거, 애매할 때 나쁜 쪽만 먼저 생각하는 거요."

"누구나 그런 거 아닌가요?"

"그렇기는 하죠. 그렇지만 그게 삶의 족쇄가 되면 안 되지 않나요?"

철주는 아까 걸어올 때 보인 은미의 반응에 대해 설명했다. 물론 여자라면 잘 알지 못하는 남자를 따라가면서 보이는 당연한 반응이었다. 그러나 은미는 모호하고 애매한 것을 일단 두려운 것으로 받아들이는 기본 습성이 남들보다 조금 더 진한 사람이었다. 철주는 그걸 알려주고 싶었다.

"모호하고 애매한 상황에 한두 번 나쁜 결과를 경험했던 사람들은요, 가장 최악의 시나리오만 그려요. 은미 씨도 비슷해요. 자신을 비극의 주인공으로 만들어요."

"꼭 그런 건 아니에요. 미리 준비하는 게 나쁜 건 아니잖아요. 어차피 안 될 일에 대해 안 된다고 생각하는 것이 문제인가요?"

"아니죠. 안 될 일이라고 누가 얘기해요? 지금 나쁜 시나리오만 그리고 있는 것이 인생에 무슨 도움이 돼요? 애매함을 견디는 능력을 길러야 해요. 애매한 상태에서 낙관적인 전망을 유지할 수 있어야 합니다. 물론 말이야 쉽지, 라고 할 만한 일이죠."

불안을 일으키는 것은 두려움이 아니라, 두려움에 대한 두려움이다. 두려움을 돌보면 인생을 방해하는 큰 요소를 하나 줄일 수 있다. 이제 애매함을 받아들이는 태도를 조절해서 두려움에 대한 두려움을 없애고, 더 이상 애매함을 불편해하지 않을 수 있어야 한다.

"자, 이제 우리 배를 타볼까요?"

철주가 믿는 것이 있었다.

들은 것은 곧 잊어버린다.
본 것은 기억된다.
해본 것은 내 것이 된다.

진료실에서 아무리 떠들어도 환자들은 진료실 밖으로 나가면 이내 잊어버렸다. 그 자리에서는 '아하' 하고 깨달은 것처럼 보였지만, 막상 행동과 삶의 변화를 가져오는 사람은 훨씬 적었다. 밖으로 나와 지내면서 철주가 깨달은 것은 아무리 멋진 말이라도 직접 눈으로 보고, 직접 행동으로 해보는 것에 비하면 그 파괴력은 미미할 수밖에 없다는 것이었다. 그래서 은미를 이곳에 데리고 와서 보트를 타고 '해보게' 하려는 것이다.

보트에 올라탄 철주는 호수 가장자리에서 조금 벗어난 곳으로 노를 저어 갔다. 그리고 노를 올리고 멈췄다. 저녁 바람이 서서히 불기 시작해서 물결이 일렁이고 파도가 만들어졌다. 배가 울렁울렁 흔들리기 시작했다. 은미는 자기도 모르게 양손으로 배의 난간을 꽉 잡았다. 그리고 파도를 보지 않기 위해서 고개 숙여 배 바닥만 바라봤다.

철주는 별 얘기를 하지 않고 5분 넘게 그냥 그렇게 배를 멈춘 채 물결이 일렁이는 공간 안에 머물러 있었다. 가끔씩 바람이 강하게 불 때마다 배는 더 크게 출렁였다.

"여기 이대로 있을 건가요?"

은미가 참지 못하고 철주에게 물었다. 철주는 은미가 얘기할 때까지 기다렸다는 듯이 미소를 지으며 말했다.

"많이 견디셨네요. 이런 상황이 우리 인생이에요. 어디로 갈지 모르는 상태에는 이렇게 흔들려요. 배가 떠 있고, 닻은 올렸어요. 항로가 정해져 있지 않을 때에는 배가 흔들려요. 애매한 상황이 지속되면 그저 흔들릴 뿐이죠. 그런데요, 보세요. 자, 이걸 들어요."

철주가 노를 은미 쪽으로 건네줬다.

"저어보세요."

은미가 서서히 노를 저었다. 배가 조금씩 움직이기 시작했다. 처음에는 힘이 들었다. 양쪽 팔에 힘을 주고 노를 앞으로 당겼다. 그러자 배가 움직이면서 물살을 가르고 앞으로 나아갔다. 속도가 붙기 시작하자, 흔들림이 없어졌다.

"그대로 노를 위로 올리고 그냥 두고 보세요."

배는 탄성이 붙어서 방향을 잡고 움직이고 있었고, 바람이 불어왔지만 흔들리지 않았다.

"항로가 정해져 있지 않고 방향이 없을 때에는 배는 흔들릴 수밖에 없어요. 그리고 처음에 방향을 잡고 속도를 낼 때까지는 힘이 많이 들어요. 하지만 한번 관성이 붙고 나면 흔들림은 없어져요. 바람이 불고 물결이 세져도 배는 영향을 받지 않고 나아갈 수 있어요. 그렇죠?"

"네……."

"모호함과 애매함이 오래가는 상황이 이렇게 배가 무작정 떠 있는 상황과 같아요. 그러면 머리가 복잡해져요. 생각만 많아져요. 실패에 대한 두려움이 특히 두려움을 강화해요. 하지만 배는 흔들린다고 해서 가라앉거나 뒤집히지 않아요. 그런데 그럴까 봐 무서워요. 은미 씨가 난간을 잡고 놓지 못했던 것처럼요."

"내가 겁이 많은 성격이라 그런가 보죠."

"성격을 말할 때에도 '나의'라는 단어를 앞에 붙이지 마세요. 여기에 마법이 있는데요, 나의 문제, 나의 성격, 나의 행동으로 규정하는 순간 그것들이 내게 껌같이 달라붙어버려요. 그냥 소심한 성격, 겁이 많은 태도라도 하는 게 더 나아요. 내 것이라고 하면 정말 내 안의 것이 되어버려서 떨어뜨리기 어려워지거든요."

은미가 출렁이는 배를 서서히 저어가기 시작했다. 철주가 말을 이었다.

"배는 가다 서다를 반복해요. 하지만 기본적으로 뒤집히지 않게 만들어져 있어요. 하지만 우리는 배가 뒤집힐까 봐, 일어나지 않을 미래가 두려워서 움직이고 부산을 떨다가 배에서 떨어지거나, 배가 뒤집히고는 해요. 그러고는 우려했던 일이 정말 벌어졌다고 믿어버리죠. 사실은 물에 빠지고 배가 뒤집히게 된 직접적 원인은 나의 두려움이었는데요. 우리가 길러야 하는 것은 이렇게 출렁이는 애매함을 돌파하는 것뿐 아니라, 일시적 퇴행과 불안정한 상태를 견디는 능력이에요. 실패란 불가피한 일일지도 몰라요. 백전불패도 백전백패도 없어요. 아무리 준비하고 예방하려 해도 인생이 내 뜻대로만 되지 않으니까요. 어찌 보면 무너지되 산산이 부서지지 않는 것이 우리가 할 수 있는 최선이 아닐까요. 무너지면 그 조각을 다시 맞출 수 있지만 산산이 부서져버리면 복구가 안 되니까요."

애매함으로 인해 생기는 두려움과 불안을 극복하는 길은 새로운 도전과 방향성을 갖추는 일이다. 그러면 불안과 두려움을 관장하는 편도체가 두려움을 포기하게 된다. 무의식에 도사리고 있는 두려움을 주의를 요하는 의식적인 일로 대체하게 만드는 것이다. 애매함을 견디는 능력은 내공이다. 앞으로 일어날 일에 대해 낙관적으로 생각하며 그냥 안고 갈 수 있는 능력. 사실 판단해야 할 대부분의 일은 시간이 그냥 해결해주는 것이 참 많다. 애매함이 주는 불안과 두려움 때문에 섣부른 판단을 하기 쉽고, 시간이 지나 후회할 일이 생기곤 한다. 그것이 애매함에 대한 공포를 더욱 강화한다. 이를 억누르는 것이 바로 낙관적 자세로 애매함을 견뎌내는 능력이다. 우리에게는 애매함으로 인해 머리가 복잡해지기 전에 '생각을 멈추는 훈련'이 필요하다. 가끔은 머리의 기어를 N이나 P에 놓고 공회전을 하는 것이 낫다. 오래 서 있어야 할 때에도 기어를 D에 놓고 브레이크를 밟고 있으면 기름만 낭비하고, 힘만 든다.

은미는 서서히 노를 저으면서 호수를 가로질렀다.

'방향이 필요해.'

그러다가 또 서서 배를 멈추고 출렁임을 느꼈다. 위험하지 않다는 것을 경험했다. 그리고 두진의 얼굴이 철주에게 겹쳐지면서 인생이란 배에서는 자기 앞에 함께 있는 중요한 존재는 바로 두진이 아닐까 생각하게 되었다.

철주의 업타운걸이 찾아오다

몇 주가 지나 노사이드에 두 사람이 찾아왔다.

"오랜만이에요."

"예. 그동안 안녕하셨어요? 저…… 붙었어요."

"그럴 줄 알았어요."

은미가 두진과 함께 노사이드의 앞자리에 앉았다. 은미는 임용고시에 합격했고, 곧 연수를 받을 예정이라고 했다.

"뭐 마실래요? 화끈한 것으로 줄까요, 아니면 전에 마신 걸로?"

"애매한 것 말고 화끈한 것으로 주세요."

은미가 시원시원하게 대답했다. 두 사람의 손을 쳐다보던 철주가 말했다.

"혹시 그거 커플링?"

"네."

두진이 쑥스러워하면서 대답했다. 그러면서 은미와 잡고 있던 손을 풀어 테이블 밑으로 내렸다.

은미가 다시 두진의 손을 잡아 테이블 위로 올렸다.

"정말 고마웠어요. 우리 만나서 많이 얘기했거든요. 우리 함께하기로 했어요. 그동안 받아주고 참아준 게 너무 고마운 거예요."

"사장님 덕분에 우리 잘됐어요."

이번 일을 통해 은미와 두진이 깨달은 것은 애매함을 견디는 내공의 중요함뿐 아니라, 성숙에 있어서 의존의 역할과 필수성이었다. 성숙이란 의존적인 사람이 독립적으로 되는 것이 아니다. 자기 안에 있는 의존성을 적절하게 다룰 수 있게 되는 것이다. 한 사람이 타인을 필요로 하는 것이 얼마나 자연스러운 일인지 이해하는 것이다. 그것이 성숙이다. 애매함과 모호한 관계 때문에 의존을 표현하고 인정할 수 없던 은미는 두진과의 관계를 분명히 하게 되었고, 이는 병적인 의존이나 유아적 의존이 아니라 어른이 갖는 자연스러운 의존성임을 깨달았다. 내가 갖고 있는 의존성을 켜고 끄는 스위치처럼 생각하는 게 아니라, 최적의 거리를 유지하면서 적절히 다룰 수 있어야 한다는 것을. 의존의 필요성을 인정하는 것이 애매함의 불안 속에서도 한 배 위에 같이 떠 있는 존재가 주는 안정감의 핵심이니까. 철주는 그런 생각을 하며 두 사람에게 줄 술을 준비했다. 그러다가 문득 떠올랐다.

'내 배에 같이 탈 사람은 누구지?'

이게 외로움이라는 걸까. 철주는 멜랑콜리한 마음에 잠겨 이소라의 〈어론 어게인alone again〉을 틀었다. 그러나 그 기분은 그리 오래가지 않았다. 수지가 들어왔기 때문이다.

"언니, 여기야!"

수지가 호들갑을 떨면서 들어왔고, 사람들은 모두 등을 돌려 그녀의 등장을 지켜봤다. 한껏 흥분한 수지는 철주를 보며 연신 함박웃음을 지었다. 철주는 섬뜩해지는 마음이 앞섰다. 원래 활달한 성격이기는 했지만 수지의 저 표정의 의미는 그냥 기분 좋은 게 아니다. 저렇게 눈을 반짝이면서 한쪽 입술이 올라간 채로 숨을 몰아쉰다는 것은 어떤 일을 꾸몄고 지금 '서프라이즈!' 하기 직전이라는 것을 알기 때문이다. 긴장한 철주의 가슴이 쿵쾅거리기 시작했다. 흔히 있는 일은 아니었는데, 역시 찝찝한 느낌은 틀리지 않았다. 나름대로 훈련받은 정신과 의사의 '촉'이란 것이 여전히 살아 있었다.

한 여성이 수지를 따라 들어왔다. 그녀도 들어와서 철주를 알아보고 많이 놀란 것 같아 보였다. 긴장한 표정으로 한동안 철주를 바라보다가 천천히 다가와 말했다.

"오랜만, 이에요."

그제야 철주도 그녀를 알아봤다.

"그래, 오래만이다. 아, 잘 있었어요?"

수지가 호기심에 차서 두 사람을 쳐다보고 있었다. 콧바람이 싱싱들릴 정도였고 호흡이 가빠져서 가슴이 들썩거리는 게 다 보일 정도였다.

"왜 이리 어색해? 오빠 왜 그래? 내가 〈TV는 사랑을 싣고〉를 대신 해줬는데."

"너, 어떻게……."

"페이스북 좋더라……. 금방 찾았지. 언니도 날 기억하더라고."

"일단 이리 앉으세요."

철주가 경은을 앉혔다.

"오랜만. 그동안 어떻게 지냈는지 궁금하네요."

"후후. 오랜만이에요. 수지가 연락해와서 처음엔 많이 놀랐어요. 그리고 아까 어떻게 지내는지 들었어요. 겉모습은 하나도 안 변한 것 같은데, 분위기는 많이 달라졌네요."

"많이 늙었죠."

"늙은 게 아니라, 노련해졌다는 느낌? 보고 있으면 기분이 좋아지는 인상? 그런 게 훈련이 되는 거구나."

수지가 말했다.

"언니, 내가 말했잖아요. 멋있어졌다고. 대학생 때같이 지질하지 않다니까. 맥주 한 잔?"

수지가 호들갑을 떨면서 냉장고에서 맥주를 들고 와 경은의 잔을 채워줬다.

"둘이 오랜만에 만났는데 별 얘기가 없네. 우리는 멀찍이 떨어져서 놀 테니까 두 분이서 회포를 푸세요."

수지가 사람들을 몰고 다른 테이블로 옮겼다. 철주는 무슨 말을 해야 할지 몰라 먹먹해졌다. 다시 만나게 될 날이 올 수도 있다고는 생각했지만 그게 오늘일 줄은 몰랐다. 경은이 지금의 자기 모습을 보고 어떤 생각을 할지 신경이 쓰였다.

"내가 지금 누추하게 살고 있어서……."

"아니에요. 좋아 보여요. 병원에서 일하는 거야 알고 있었지요. 수지한테 요즘 얘기 듣고 많이 놀랐어요. 철주 씨가 결국 자기 길을 가는구나 그런 생각이 들기도 했고. 지금 보니 조금 아깝기도 하고. 아닌가? 자, 우리 한잔해요"

경은이 적극적으로 철주에게 잔을 들었다. 철주는 그녀와 눈을 마주치고 한 모금 마셨다. 여전히 정리가 안 되기는 마찬가지였다. 철주의 기억 속 경은은 이런 모습이 아니었다. 그의 마음속에서 함께 나이를 먹어온 그녀의 모습과 많이 달랐다. 이상하고 어색했다. 첫사랑은 그저 첫사랑의 기억으로만 남아 있어야 하지 않을까. 첫사랑을 그리워하는 이유는 그 대상에 대한 그리움보다는, 순수했던 과거의 나에 대한 그리움이 더 크기 때문이다. 하지만 철주는 그 시절로 돌아가고 싶지 않았다. 그 시절의 자신은 그냥 마음 안에 박제해서 자신이 원하는 형태로 남겨놓고 싶었다. 그런데 그 마음의 세팅이 준비도 되지 않은 채 흔들려버리게 되었다. 그녀가 지금 여기 온 것은 분명 지금의 철주가 그리워서가 아니다. 분명, 그때의 자신이 그립고 돌아가고 싶어서, 즉 지금이 만족스럽지 못해서가 아닐까. 철주는 맥주를 한 모금 마시는 그 짧은 시간 이토록 긴 분석을 하는 자신이 싫었다. 이것 또한 그녀를 앞에 두고 직업 정신이라는 이성을 최대한 발휘하여 쿵쾅거리는 가슴을 억누르려는 방어일 뿐이라는 것을 동시에 깨달았기 때문이다. 철주는 수지가 미웠다.

2

미워해도 된다

-남친의 배신에 대처하는 자세

너 나한테 왜 그런 거야?

지하철역 계단은 지하철을 타려고 내려오는 사람들과 약속 장소를 향해 올라가는 사람들로 혼잡했다. 그렇지 않아도 좁은 계단이 몇 달의 공사 끝에 에스컬레이터로 변해 있었다. 사람들이 몰리는 시간에는 긴 줄이 이어지고 있었다. 불룩 튀어나온 풍선같이 차례를 기다리는 인파의 뒤통수를 보면서 선민은 얼굴이 후끈 달아오르고 입안이 바짝 말랐다. 한 시간 전 왔던 정아의 전화가 머릿속에 무한 도돌이표로 맴돌았다.

"선민아, 빨리 와봐. 네가 와서 꼭 봐야 할 것이 있어. 지금 학교 앞 이라부에 들어갔다가 내가 못 볼 것을 봤다."

2년 전 잡지사에 취직한 선민은 오늘도 어김없이 야근과 마감의 소용돌이 안에서 허우적거리고 있었다. 월간지 기자란 한 달에 한 번씩 돌아오는 일주일의 야근과 철야로 수명이 몇 달은 단축되는 걸 체감하는 직업. 낮에 갑자기 떨어진 추가 취재로 인터뷰를 하면서 동시에 매번 마감을 어기고 휴대전화를 끊은 채 잠수를 타버리는 저자를 수배해야 했다. 속으로는 칼을 갈면서 너 죽고 나 죽자는 마음이었지만, 겉으로는 웃으면서 '선생님이 우리나라 최고의 필자예요'라는 아부로 판 넘기기 전 겨우 원고를 받기로 했다. 그것만으로도 오늘의 고생은 충분하다고 여기고 있었다. 한숨 돌리고 들어온 원고들을 정리하려는데, 대학원에 들어간 동기 정아의 전화는 이제부터야말로 헬 나이트의 시작이라는 걸 알렸다.

헬 게이트가 눈앞에 보였다. 학교 앞 조용한 일식 주점 '이라부'는 오래전부터 선민의 단골이었다. 숨을 한 번 크게 몰아쉬고, 문을 열었다. 선민은 성큼성큼 가게 안쪽으로 들어갔다. 공항에서 마약이 든 가방을 찾아내는 탐지견같이, 어느 테이블로 가야 할지 정확히 알고 있었다. 그녀가 즐겨 찾았던 장소였다. 허리 아래까지 내려온 커튼 안쪽으로 두런두런 목소리가 들렸고, 그 소리에 맞춰 하이톤의 가녀린 웃음소리가 흘러나왔다. 심증은 확증으로 넘어갔다. 처음에는 살짝 젖히려고만 했다. 혹시 틀릴 수도 있으니까. 그러나 그럴 필요가 없었다. 분명했다. 떨리는 왼손이 커튼을 잡는데 오른손이 거들어야 할 정도였다. 왼쪽에서 오른쪽으로 확 젖혔다.

'뭐야'라는 표정으로 쳐다보던 안쪽 테이블의 두 사람은 서 있는 사람이 선민인 것을 알고 정지 동작이 되었다. 두 사람이 마주 보지 않

고 한쪽에 같이 앉아 있는 것을 보자, 그때까지 간신히 지키고 있던 인내심이 단번에 사라졌다.

"아, 김창모. 너 이게 뭐야? 이 나쁜……."

창모 옆에 착 달라붙어 엉켜 있던 여자는 몇 초 만에 상황을 바짝 알아챘다. 그리고 올 게 왔다는 듯이 흐트러져 있던 자세를 바로잡고 눈을 내리깔았다.

"선민아, 그게……. 우리 나가서 이야기하자."

창모가 일어나 선민의 손을 잡았다. 선민은 소름이 쫙 올랐다. 바로 전까지 저 앞의 여자애를 만지작거리던 바로 그 손이었다. 손을 뿌리치며 말했다.

"나와. 창피한 꼴 당하기 싫으면."

선민은 획 돌아서서 나가려는데 뒤에서 나는 작은 소리를 들어야만 했다.

"소영아, 미안. 잠깐만 여기 있을래? 오빠가 정리하고 올게."

'미안, 정리?' 갑자기 눈물이 나기 시작했다. 지금 이럴 때가 아니다. 울면 안 된다. 그런데 이상하게 눈물이 났다. 이라부 문 밖으로 나가자 뒤이어 바로 창모가 따라 나왔다. 창모는 선민의 표정을 보고 잠시 가만히 있었다. 몇 분이 참으로 길게 느껴졌다. 두 사람 모두에게 그랬다. 한쪽은 다시 시간을 거슬러 올라가고 싶었고, 다른 한쪽은 빨리 이 시간이 지나가버렸으면 했을 것이다. 빨리 끝나기를 바라는 쪽에서 먼저 말을 한다.

"미안하게 됐다."

첫마디가 어떻게 나올지 너무 궁금했었다. 배 째라는 말은 아니니, 불행 중 다행일까. 선민은 말을 받아치지 못했다. 억울하고 분하지만 그냥 듣고 있을 수밖에 없었다.

"그냥 그렇게 됐어. 설명하는 건 구차한 것 같고. 미안하다. 조만간 얘기하려고 했는데……."

"언제부터야?"

"언제인 게 뭐가 중요하니. 그냥 그렇게 된 거지. 우리 오래됐잖아."

"너 나한테 어떻게 이럴 수 있어? 이런 식으로 끝나는 거야?"

"미안해. 그런데, 솔직히 말하면, 네가 자초한 면도 있어. 우리 그냥 만날 수 있었어. 니가 오늘 여기 오지만 않았으면. 아주 오래는 이럴 수 없었겠지만."

"그게 가능하다고 생각해? 내가 뭘 어쨌다고 나한테 이러는 거야, 응?"

선민은 감정을 추스르기 어려웠다. 창모가 무릎을 꿇고 빌고, 오늘 딱 하루만 실수로 그런 거라고 했으면 하는 기대를 1퍼센트는 했다. 그는 생각보다 냉정했다. 그동안 물러터진 친구로만 생각했던 것이 오해였다. 2학년 때 과 커플이 되었고, 군대 갔다 온 사이 선민이 먼저 졸업했지만 서로에게 애인이었던 것이 어느새 5년이 넘었다. 그에게 이런 면이 있는 줄은 몰랐다. 여자는 마음에 떠오른 말을 하고, 남자는 마음먹은 말을 한다더니, 오늘 작정을 한 것 같았다. 당황해서 막 나오는 얘기가 아니라, 이미 마음속에서 여러 번 리허설을 거친 폼새였다.

선민은 무슨 말을 할지 몰라 그냥 창모를 빤히 쳐다보고 있었다. 창모가 말을 하는데, 웅웅거리기만 할 뿐 귀에 들어오지 않았다. 아마도, 변명을 하는 것 같았다. 꼭 자기 탓만은 아니라는 얘기를 하는 것 같은 게, 교통사고 난 뒤에 보험회사 직원이 찾아와 웃으면서 과실을 가리는 상황 같았다. 이때 안에 있던 소영이 나왔다.

"오빠, 아직이야?"

"어, 소영아, 아직……. 오빠 괜찮으니까 들어가 있어."

'오빠 괜찮아? 그럼 내가 어디 몇 군데 부러뜨리고 있을 줄 알았나.' 선민은 거기에 더 서 있고 싶지 않았다. 지나가는 사람들이 흘끗거렸다. 재미있는 구경거리지만 차마 노골적으로 멈춰 서서 구경하지는 못하는, 그러나 속도를 확연히 줄이면서 귀를 쫑긋하고 있는 것을 강하게 느끼기 시작했다. 선민은 어쩌다가 오늘 밤, 여기서 이런 일로 황망히 서 있어야 하는지 납득이 가지 않았다.

"아직? 아니, 이제 됐어. 갈게."

그 정도가 1년이라도 사회생활을 더 한 선민이 할 수 있는 최선의 자기방어였다. 선민은 눈물이 나는데 얼굴에 손을 대고 닦을 수도 없었다. 인터뷰 때문에 신경 써서 화장을 했기 때문에 지금 잘못 손을 대면 10미터도 가기 전에 판다가 되어버릴 것이다. 이 와중에 그것까지 신경을 쓰고 있다는 것이 황망할 따름이었다. 그냥 어디든 아무도 없는 곳, 화장실이라도 들어가서 문을 걸어 잠그고 앉아 있고 싶을 뿐이었다.

"내가 연락할게."

선민이 떠나는데, 창모는 그새 그 여자의 손을 잡고 연락하겠다는 말을 공허하게 하고 있었다. 여자는 창모의 옆에 착 달라붙어 있었다. 마치 복덕방에서 등기부등본의 소유권을 완전히 넘겨받은 새 소유주 같았다. 어떤 일이 있었건 이제 이 물건의 주인은 내 것이라는 의기양양함과 뿌듯함이 여자의 눈에서 뿜어져 나오는 것 같다. 뒤를 돌아 나오는 선민은 그동안 자신의 등에 붙어 있던 김창모라는 이름표가 여자의 눈에서 나오는 레이저빔으로 뜯겨 나가는 아픔을 선명하게 느꼈다.

레일라, 괴로운 내 마음을 어루만져주세요

What'll you do when you get lonely

And no one's waiting by your side?

You've been running and hiding much too long

You know it's just your foolish pride

Layla, you've got me on my knees

Layla, I'm begging, darling please
Layla, darling won't you ease my worried mind
당신이 외로운데 아무도 곁에서 기다려주지 않을 때
그럴 때 당신은 어떻게 하나요?
당신은 너무 오래 자신을 숨기고 도망쳐왔어요
이건 그저 당신의 바보스런 자존심이잖아요
레일라, 당신은 나를 무릎 꿇게 만들었어요
레일라, 나 이렇게 애원해요, 제발
레일라, 괴로운 내 마음을 어루만져주세요

"〈레일라〉네, 언플러그드 앨범 버전이 더 어울리지 않나?"
평소에도 별로 장사가 안 되는 노사이드지만 특히나 한가한 저녁. 파리 날린다는 진부한 표현이 떠오르는 그런 밤. 오늘도 어김없이 영수는 병원 진료 시간이 끝나고 나자 바로 노사이드로 기어들어왔다. 바에 흐르는 음악은 에릭 클랩튼이 데렉 앤 도미노스에서 활동하던 시절인 1970년 오리지널 버전의 〈레일라Layla〉였다.
"난 이때가 좋더라고. 언플러그드 콘서트 할 때는 1990년대 초니까 이미 할아버지 다 됐을 때고, 이때는 아마 20대 중반이었지? 막 혈기가 왕성할 때 누가 좋아 죽겠는데 어떻게 자기 마음을 표현할 길이 없는 게 느껴져서."
"너 요새 연애 감정이 다시 불타냐? 아, 전에 그?"

"이 친구야, 음악을 그렇게 후지게 일차방정식으로 연결시키지 마시게. 그냥 틀다 보니까 마음 가는 대로 나오는 거지."

"무의식이 다 결정하는 거라며."

"어이구, 식당 개 3년이면 라면을 끓인다더니."

철주가 영수를 타박했다.

"이게 패티 보이드를 보고 쓴 노래지? 그 비틀즈의 조지 해리슨의 아내."

"야사로 유명하지 아마? 에릭 클립튼 입장에서는 자기도 유명은 하지만 아무래도 비틀즈한테는 한 끗 밀린다고 생각했겠지. 그런데 조지 해리슨의 아내한테 한 방에 간 거지."

"패티 보이드가 양다리였다는 얘기도 있던데."

"그거야 누가 알겠어, 호사가들이 하는 얘긴데. 둘이 몰래 만나기

시작했을 때 만든 노래였는데, 그 와중에 당시에는 헤어졌
다나……. 아마 결혼하기는 했는데, 몇 년 있다가 했고 결국
또 이혼했을 거야."

"그런 거 보면 사랑이란 영원할 수 없고, 한곳에 머무르
지도 못해."

"암, 한곳에 머무르면 썩지. 사랑은 자연스럽게 여기서
저기로 흘러야지."

"그렇줴!"

〈레일라〉에 이어 비틀즈의 〈와일 마이 기타 젠틀리 웁스
While my guitar gently weeps〉를 틀었다. 조지 해리슨의 거의
유일한 명곡이자, 기타리스트인 조지 해리슨 대신 앨범에서는 에
릭 클랩튼이 기타를 쳤다는 전설이 있는 그 곡. 드디어 손님이 들어
왔다. 철주의 자유로운 퇴행의 시간이 끝나고 현실과 영업의 시간이
시작되었다. 지난 달까지는 자주 왔던 선민이었다. 한동안 오지 않아
서 잡지 마감으로 바쁜가 했었다. 그런데 마감을 끝낸 얼굴치고는 지
나치게 어두워 보였다. 들어오는 걸음걸이와 얼굴을 보는 순간 간략
한 견적이 나오는 오래된 버릇이 되살아난다. 철주는 살짝 긴장해서
등 근육에 힘이 들어가며 허리가 곧추세워졌다.

"선민 씨, 오랜만이에요. 앉아요."

"예……."

"칵테일 한잔 할래요?"

"예, 주세요. 여기 오니까 편하네요. 기타도 울고 있고."

"모히토예요. 지금 선민 씨에게 필요한 것은 쿠바의 찬란한 햇볕?"

"맛있네요."

럼을 베이스로 하고 민트 잎과 설탕, 라임이 들어간 모히토는 적당한 알코올과 상큼한 맛으로 대표적 여름 칵테일이다. 뭔가 이국적이고 몽환적이어서, 한 모금 마시면 마이애미나 하바나가 그려진다. 현실을 떠나게 해주는 티켓과 같은 칵테일. 칵테일을 마시면서 서서히 선민은 입을 열었다. 한 달 전에 이라부에서 사건이 있었고, 그 후에 결별을 했지만 여전히 마음이 정리되지 않고 때때로 불같이 화가 나고 감정을 추스르기 어렵다는 것이다.

"그런 일이 있었군요. 바빠서 안 오는 줄로만 알았는데."

철주가 위로의 말을 건넸다. 위로를 하는 방법에도 급수가 있다. 위로의 고수들은 그냥 듣는다. 그리고 고개를 끄덕이면서 기다린다. 나올 것이 충분히 다 나올 때까지. 뭔가를 자꾸 해주려고 하는 욕망과 그 타이밍을 잡으려는 불안을 극복할 수 있을 때, 고수의 위로는 완성된다. 철주는 선민에게 할 말은 있었지만 일단 듣고 있는 중이었다. 아직 그녀의 마음은 들을 준비가 되어 있지 않았다.

"헤밍웨이가 모히토를 좋아했대요. 헤밍웨이가 명예 쿠바 시민이었잖아요. 거기서 쓴 《노인과 바다》로 노벨상을 탔죠. 쿠바의 암보스 모도스 호텔을 빌려서 7년인가를 살았어요. 이 사람은 열정이 넘쳐서 바람둥이로도 유명했죠. 아이 셋에다 아내가 넷인가……. 결혼까지

가지 못한 연인은 셀 수도 없고. 네 번째 부인 웰시는 둘이 처음 만났을 때 유부녀였대요. 그때 헤밍웨이가 말했대요. 오늘이든 내일이든 당신이 마침내 나와 사랑에 빠지기로 결정한 바로 그날 당신과 결혼하고 싶다고. 그러고는 결국 결혼했다죠……. 대단하죠? 한번 열정에 빠지면 대책이 없는 사람이 많은 것 같아요.”

선민은 지금 철주가 무슨 생각으로 그런 말을 하는지 잘 알 수 없었다. 그냥 모히토 얘기를 하다가 헤밍웨이 얘기를 하는 것 같기도 했는데, 뼈가 있는 말 같기도 하고……. 선민이 문득 말했다.

“아, 결국 헤밍웨이는 자살했죠?”

“열정이 지나치면 결국 자기 파괴로 가게 되는 걸까요. 자살로 유명한 집안이에요. 손녀 마고 헤밍웨이까지.”

“바람끼는 선천적인 것일까요. 헤밍웨이는 대단했던 것 같은데요.”

“어떨 것 같아요?”

“글쎄 잘 이해가 안 가요. 저는 그냥 서로에게 열심이고 헌신적이면 만족하거든요. 크게 결격사유가 없는 한 일단은요. 선 안에 들어오기가 어려울 뿐이지, 우리라는 선 안에 들어와서 서로에게 충실하기로 했다면 그걸 지켜야 하는 것 아닌가요. 조금 불만이 있고 모자라는 것이 있을 수 있겠지만, 그래도 그건 큰 흐름 안에서 받아줘야 하는 거라 생각해요. 생각할수록 화가 나요. 생생해요, 그날 밤이. 시간이 지나도 흐릿해지지 않고 더 생생해져요.”

"디테일이 더 생생해지지요? 대사 하나하나가 TV 드라마처럼."

"대중가요 가사가, 막장 드라마 대사가 유치하고 웃겼는데, 그게 다 내 얘기로 들린다는 것이 너무 쪽팔리고 화가 나요……."

선민이 모히토를 한 잔 더 달라고 했다. 철주는 천천히 모히토를 만들어 선민에게 건넸다. 조금씩 자연스러운 말투가 나오기 시작하는 것 같았다. 이제 준비가 조금 된 것일까. 다시 한 모금을 천천히 마시고 난 선민이 말했다.

"그날, 그 친구가 입고 있던 옷요, 나중에 생각해보니까 내가 사준 티셔츠였어요. 잡지사 들어가서 선배가 처음으로 명품 브랜드 패밀리 세일에 데리고 가줬는데, 내 것만 사기 미안해서 선물했던 옷이에요. 그때 무지 좋아했거든요. 어떻게 그렇게 무신경할 수 있어요? 걔 만날 때는 최소한 내 흔적이 있는 것은 안 입어주는 게 예의 아닐까. 벗겨서 들고 오는 건데, 정말 후회돼요."

일단 꺼내놓아야 한다. 그냥 가슴 안에 담고 있으면 파편만 난무한다. 뒤죽박죽 사계절 옷이 다 처박혀 있는 옷장 속 같으면 안 된다. 옷장을 정리하려면 꺼내놓고 펼쳐놔야 한다. 그러면 버릴 옷, 깊숙이 넣을 옷, 당장 입을 옷을 가릴 수 있다. 한눈에 보게 해놓는 게 첫 순서다. 선민은 먹먹하게 뭉쳐 있던 5, 6년의 감정과 기억이 한 번에 머릿속을 굴러다니다 보니 도저히 감당이 안 되고 있었다. 시간이 지나도 녹아내리지 않고, 실체도 보이지 않으며, 갈수록 커지는 것만 같은 감정에 압도당해서 종국에는 그 감정의 수렁에 빠져 꼴까닥해버릴 것 같았을 것이다. 선민이 철주에게 물었다.

"왜 화가 사라지지 않죠?"

"글쎄요. 왜 그런 것 같아요?"

"잘 모르겠어요. 처음에는 내가 뭘 잘못했는지, 자주 연락을 못해서 그런 건지, 나는 직장인이고 저쪽은 학생이라 어쩔 수 없는 것인지, 내가 나이가 들어서 그런 건지, 결혼에 대한 부담이 있었는지 별의별 생각이 다 들었어요."

"그다음은요?"

첫 단계에는 이성으로 이해하려고 한다. 원인을 찾아내려고 한다. 하물며 새로운 상대가 부잣집이어서 그렇다는 생각까지 한다. 그러고 난 다음에는 화살이 바로 자신에게 간다.

"다음에는 창모 그 친구가 얼마나 나쁜 놈이었는지, 내가 얼마나 불쌍한 상황이 되었는지, 그동안 내가 손해 본 게 얼마나 많은지, 그런 생각이 들었어요. 그런데 그런 건 별 도움이 안 되더군요."

"그렇죠. 잠깐뿐이죠. 그런 생각을 하는 자신이 어땠어요?"

"하하, 정말 유치했어요. 내가 이 정도밖에 안 되나, 잠깐은 기분이 풀리는데, 그냥 그런 생각 하는 내가 유치했어요."

선민이 담담하게 얘기했다. 자신이 유치하다는 말을 남에게 하기란 쉽지 않다. 그런데 선민은 지금 그 정도로 자신을 내려놓고 있는지 모른다.

"그렇게라도 하지 않으면 미쳐버릴 것 같은데 어쩌겠어요. 그다음이 자폭이더군요. 열등감, 복수에 대한 상상, 나는 영원히 안 될 것 같은 절망감……. 그런데요 사실 제일 힘든 건…….”

"예, 제일 힘든 건요?”

"둘이 같이했던 그 시간들이 다 날아가버렸다는 사실요. 같이 갔던 수많은 곳들이 다 짜증나는 곳이 됐잖아요. 거기를 어떻게 가요. 한 번 갔다가 죽는 줄 알았어요. 또 걔네들이 와 있을까 봐 무섭기도 했어요. 왜 내가 피해야 하죠? 내가 피해잔데.”

"그런데 이상하게 피하고 싶고, 눈치 보게 되는 거, 그게 제일 이상한 일이죠.”

"네.”

"결국 나로부터 비롯된 일이고, 내 문제일지도…….”

"물론 그렇기는 하지만……. 그래도 내가 뭘 잘못했기에요?”

"잘못한 건 없지요. 다만 사랑이란 게 뭔지 생각해보자면…… 저도 여러 번 경험하다 보니까 결국, 이런 생각이 들더라고요. 내가 정말 그를 사랑하는지, 사랑하게 된 나에 대해 만족하고 있는 건 아닌지, 내 필요에 의한 것은 아니었는지요. 누군가를 갈망한다는 것은 무언가 결핍되었다는 것일 수 있어요. 내가 만족하지 못하기 때문에 누군가를 찾고, 그쪽에서 나를 채워주기를 바라는 거죠. 그리고 그게 갑자기 사라지니까 금단증상에 시달리는……."

"자꾸 눈물이 나요. 화가 나서 그런 건지, 슬퍼서 그런 건지 알 수 없어요. 이제는 뭐가 뭔지 모르겠어요. 온몸에 힘이 다 빠져나간 것 같아요."

선민은 눈물이 주룩 나오려고 했다. 다시 차올랐나 보다 했다. 마감에 임박해서도 일을 하다가 갑자기 머리가 서버린 일이 여러 번 있었다. 인터뷰 도중 상대가 예전에 갔던 여행지를 말하는데, 뜬금없이 창모와 함께 갔던 강화도가 생각나면서 말문이 막혀버린 적도 있다. 전에는 그런 기억이 같이 올라와 상대와 공감하는 데 도움이 되었는데, 백팔십도 다른 일이 벌어지게 되었다. 말을 더 잇지 못하는 선민을 보며 철주는 이이언의 〈세상이 끝나려고 해〉를 CD 플레이어에 걸었다.

좋은 관계를 잃은 건 상대방이다

"누군가를 잃는 경험을 하는 게 오랜만이죠? 이런 날은 오지 않을 것 같았을 거예요. 같이 있을 때에는 서로가 영원할 것처럼 느껴지니까요. 또 도대체 왜 그가 선민 씨를 떠났는지 이해할 수 없을 거예요. 꼭 이해를 해야만 극복할 수 있는 것인지는 의문이지만요. 이런 생각을 해보면 어떨까요. 선민 씨는 선민 씨를 좋아하지 않게 된 사람을 잃게 되었어요. 하지만, 그쪽은 자신을 사랑하던 사람을 잃었어요. 자, 생각해보세요. 그렇다면 선민 씨가 괴로워할 이유가 있을까요. 정말 영양가 있는 관계를 잃은 것은 그쪽 아닌가요."

말을 마친 철주는 주방으로 들어갔다가 잠시 후 음식을 내왔다.

"이게 뭐죠?"

선민이 음식을 바라보며 물었다. 철주가 내온 그릇 안에는 우동이 들어 있었다.

"별것 아니고요, 제가 출출할 때 해먹는 거예요. 굳이 이름을 붙이자면 잔치 우동?"

"잔치 국수 말고요?"

"네, 잔치 우동. 우동의 찰진 맛을 좋아하는데, 일본식 우동의 가츠오부시 국물 맛은 별로예요. 간장으로 맛을 내는 것도 그렇고 튀김 같은 걸 올려서 먹는 것도 마음에 안 들고. 또 잔치 국수의 멸치 국물은 좋은데, 저는 국수 면발보다는 우동의 탱탱한 씹는 맛을 좋아하거든요. 그래서 생각해낸 것이 잔치 우동이에요. 국물은 멸치 베이스로 담백하게 뽑아내고, 면은 우동으로. 마침 오늘 요 앞의 우동집 사장이 직접 뽑아 숙성시킨 면을 얻어왔거든요. 꾸미도 정식으로 하려면 고기 갈아 볶은 게 아니라 장조림 찢은 게 좋아요. 거기다 김치 씻어서 양념한 것 조금하고."

한 입 먹어보았다. 전직 정신과 의사라고만 알았는데 별걸 다 하는 아저씨라고 혼자 중얼거리며 입에 넣어본 우동은 생각보다 괜찮았다. 담백한 멸치 국물 맛이 비리지 않게 배어드는 것이 입맛에 맞았고, 같이 집어먹는 장조림의 짭쪼름한 맛이나 김치도 상큼한 자극이 되었다.

"맛있네요."

자꾸 입에 들어갔다. 후루룩후루룩 소리를 내면서 면발을 당겼다. 홀쩍이던 어깨가 잦아들었다. 뱃속이 든든해지면서 이상하게 헛헛함이 줄었다. 몸이 따뜻해지고 세상이 낙관적으로 보일 것 같은 착각까지도 생기는 것 같았다. 같이 음식을 받아 든 수지가 뜬금없이 철주에게 말했다.

"그런데, 오빠. 이거 엄마가 자주 해주던 거랑 비슷한데? 우리 어릴 때 일요일 점심에 국수 자주 먹었잖아. 국수 떨어졌다고 우동으로도 먹었는데, 오빠랑 아빠랑 이게 더 맛있다고 했지. 위에 올리는 토핑들도 거의 같은데⋯⋯."

앗, 잊고 있었다. 철주는 수지의 말을 듣고 뜨끔했다. 그렇다. 이 음식은 철주의 발명품이 아니었다. 어릴 때 철주의 어머니가 주말에 만들어줬던 메뉴였다. 그리고, 아버지와 철주의 입맛에는 잔치 국수로는 모자란 포만감을 채워주는 베스트 조합이었다. 잊고 있던 기억이 되살아나자, 맛의 기억이 잔인할 정도로 솔직하다는 걸 인정할 수밖에 없으면서 동시에 이 음식을 좋아하는 자신에게 짜증이 났다. 지금 이 상황은 선민의 문제 해결만을 위한 것이 아니었다. 철주에게도 의미와 깨달음을 재촉하며 피하려고 하는 것을 맞닥뜨리도록 하고 있었다. 하지만, 철주는 먼저 선민에게 집중하기로 했다.

"이상하게 배가 고프거나, 전혀 배가 고프지 않거나 둘 중 하나예요. 오래 알던 사람을 잃고 나면 생기는 몸의 변화 말예요."

"저도 그랬어요. 왜 그런 거죠?"

"두 가지 요인이 있어요. 하나는 정서적 허기예요. 정서적으로 채워주던 대상이 없어지면서 마음은 공허해져요. 대신 무엇으로라도 채워야 하죠. 아기 때는 엄마 젖을 빨면 배도 차고 정서적으로도 만족이 되었지요. 그러다가 둘은 차차 분리되는데, 어른이 된 다음에도 정서적 결핍이 커지면 먹는 것으로라도 채워 넣으려고 하죠. 급한 불은 꺼야 하니까요. 당장은 해결된 것처럼 보이지만, 바로 또 공허해집니다. 원하는 건 위장이 차는 게 아니니까요."

"배가 전혀 고프지 않은 건요?"

"그건 스트레스 때문이에요. 전투 상황으로 인식하는 거예요. 포유류의 기본적 반응이거든요. 스트레스를 받으면 싸우거나 도망치기 좋은 상태로 우리 몸의 세팅이 자동적으로 바뀝니다. 속이 비어야 도망치기 쉬우니 토하기도 하죠. 얼룩말도 사자에 쫓길 때 그렇게 하더군요. 동물의 왕국을 보면요."

"그래서 애들도 스트레스 받으면 토하거나 배가 아프다고 하는 거군요. 저도 어떤 날은 하루 종일 배가 고프지 않다가, 또 어떤 날은, 특히 저녁때 집에 오면 너무 공허하고 헛헛해서 견딜 수 없었어요. 그래서 막 집어넣는데 목구멍에 걸릴 때까지 먹거든요. 잠깐은 괜찮은 것 같은데…… 너무 불편해서 토하고 싶을 때도 있었어요. 사실……."

선민이 머뭇거리다가 말했다.

"요새 며칠은 토한 적도 있어요. 속이 너무 거북해서 손가락을 집어넣어서 했어요. 그런 내가 싫었어요."

철주는 선민이 편하게 자기 이야기를 하는 것을 긍정적 신호로 보았다. 몸 안에서 경직된 채 남아 있는 감정들이 조금씩 녹아 빠져나오기 시작한 것이다. 철주가 물었다.

"지금 이 음식을 먹고는 어때요? 또 불편한가요?"

"아니요, 심각한 얘기 하다가 먹었는데도 속이 괜찮네요"

"걸려 있던 많은 것들이 조금씩 풀리기 시작해서 그런 것 아닐까요. 스트레스가 조금이라도 줄어들었다는 신호로 보이기도 하고요. 자, 다음에는 선민 씨, 이렇게 해보세요. 작은 숙제예요."

"숙제?"

철주가 웃으면서 얘기했다.

"숙제라고 질색하지 말고요. 선민 씨에게 꼭 필요한 일이라서요. 지금 선민 씨는 그분과 함께했던 시간들이 모두 부질없이 느껴지고, 통으로 색이 칠해져버려서 분리가 안 돼요. 함께했던 기억들이 괴롭히고 있어요. 그걸 세세하게 박리해서 떼어낼 것은 떼냈으면 하는데요. 그러기 위해서 필요한 단계가 있어요. 한번 해볼래요? 어렵지는 않아요."

"네……. 어렵더라도 한번 믿고 해보고 싶어요."

지금 선민의 감정은 분노다. 그에 대한 분노보다 자기 자신에 대한 분노가 점차 커진다. 자존감의 상처만큼 큰 상처는 없다. 그러나 보상하고 수리하는 주체는 자신이 될 수밖에 없다. 그 누구도 보상해줄 수 없다. 처음 누군가를 만날때 영원히 함께하기를 바랄 것이고, 궁극적으로 내가 나를 마음대로 하듯이 상대를 내 마음대로 하기를 바란다. 그러나 그것은 불가능하다. 내가 원하는 대로 되지 않는다고 상대에게 분노해서는 안 된다. 사실 나 자신조차도 내가 원하는 존재가 되기 힘들다. 철주가 매번 느끼는 것이다. 치료자로서 환자를 만나 그를 변화시키려고 할 때마다 어려움 앞에 좌절하고, 철주 자신의 전능한 치료자로서의 환상이 부서지고 꺾이는 아픔을 경험하면서 뼈저리게 느끼곤 했다. 더 강하고 큰 사람이 되면 해결될 줄 알았지만 그렇지 않았다. 선민이 바로 그런 이유로 힘들어하는 것이 안타까웠다. 지금 선민이 아파하는 것은 사랑할 대상이 없어진 것보다, 사랑받고 있다는 느낌을 통해 얻었던 자존감의 충족을 더 이상 유지할 수 없게 된 박탈감이 더 크기 때문이다. 빠져나오기 위해서는 마음의 끈을 끊어야 하는데도, 사랑받고 있다고 느끼게 했던 현실의 증거들을 정리하지 못하고 있는 경우가 많다. 기억을 리셋하기 위해서는 눈에 보이는 것들에서 시작해야 한다. 그녀가 기대하고 있는 '만일에'에 대한 미련과 망설임을 정리할 필요가 있다.

"아직 정리하지 못한 게 많죠?"

"네?"

"그 남자친구와의 사이에 있었던 것들 다 버리거나 정리하지 못했죠? 이메일을 아직 지우지 못하고, 그 사람 페이스북에 들어가거나, 혹시 다른 SNS에 올려놓은 사진들을 정리하지 못했나요?"

"아직……."

"단번에 다 하라는 것은 아니에요. 언젠가는 정리해야 할 일이에요. 미룬다고 달라지지는 않을 거예요. 다음에 올 때에는 정말 마음에서 정리하고 싶었던 기억과 연관된 물건 하나만 정리하고 오세요. 그리고 제게 그것이 무엇이었는지 말해주세요."

"그게…… 쉽지 않을 것 같아요."

"그럼요. 쉬운 거면 진작 했을 거예요. 제가 도와드리려고 하는 거예요. 제가 하라는 대로 한번 해보세요."

선민은 이게 기회라고 생각했다. 이렇게 사는 건 사는 게 아니었다. 배가 따뜻해지고 속이 차오르니 낙관적인 방향으로 마음이 선회했다. 아직 따뜻한 국물을 한 입 떠 마셨다.

그녀가 그날 나오지 않은 이유

지금 내가 여기 왜 있는 거지? 철주는 어색하고 당황스러운 마음이었다. 얼떨결에 연락이 되고 여기 앉아 있기는 하지만 편안하지 않았다. 맞은편에 앉은 상대가 뜻밖에 너무 편안히 응대를 해서 그게 더 이상했다. 어디서 만날까 고민하다가 겨우 고른 곳이 바로 이곳이었다. 두 사람이 전에 같이 갔던 곳을 고르는 것은 위험한 초이스일 수 있으니 패스. 너무 조용한 방이 있는 일식집이나 레스토랑도 대화가 이어지지 않을 때의 뻘쭘함 때문에 패스. 결국 고른 것이 고깃집이었다. 아주 정신없지는 않지만 적당히 왁자지껄해서 사이사이 고기를 굽다 보면 덜 어색할 것 같았고, 연통이 가운데 내려오니 시선도 피할 수 있을 것 같았다. 아, 인간 김철주가 이런 걸 다 감안하면서 약속 장소를 잡게 되다니, 한숨을 쉬지 않을 수 없었다.

"하여튼 오랜만이었어. 하나도 변하지 않은 것 같아."

"너도."

"너, 사회성은 좋아졌다."

"왜?"

"정말 시니컬하고 거짓말 못하는 애였는데, 나보고 변하지 않았다고 하니 말이야."

철주는 경은과 앉아 있는 지금이 타임머신을 타고 10여 년 전으로 날아온 것 같아 얼떨떨할 뿐이었다.

"변하지 않은 거 맞지 않나. 별로 아줌마 같지 않은데."

"나야 아줌마지, 정확히. 넌 같은 연배의 아저씨들보다는 덜 아저씨 같아. 넥타이 매는 직업을 버려서 그런 걸까."

"그럴지도 모르지. 아무래도 이 동네에 젊은 친구들이 많아서."

"영혼이 자유로운 삶을 살아서 그런 거 아닌가. 네가 다른 사람 영향을 받는다니, 그건 못 믿겠고."

경은 앞에서는 무슨 말을 못하겠다. 감히 정신과 의사 앞에서 풍월을 읊는 그녀. 그런데 한마디도 응수할 수 없었다. 마치 초등학교 때 담임선생님 앞에서 고개를 숙이고 있는 사십대 졸업생 같았다. 할 말이 없어진 철주는 소주를 한 잔 마시고 한 잔 더 따르면서 말했다.

"너를 다시 보게 될 줄은 몰랐어. 각자 자기 길을 간 지 너무 오래돼서."

"그래서 싫어?"

경은이 원래 이렇게 직구만 던지는 여자였던가? 누가 이 여자를 이렇게 만들었지? 다짜고짜 초구부터 직구를 던지기 시작하더니 계속해서 볼 없이 스트라이크만 던진다. 한번 쳐볼 테면 쳐보라는 배짱으로 던지는 20승 투수 같았다.

"너 원래 이렇게 막 던졌니?"

"응?"

"당황스러워서……."

사실 경은도 철주 앞에서 어찌해야 할지 잘 몰랐다. 그래서 그냥 생각나는 대로 말하는 중이었다. 둘이 있으니 그동안 지나온 시간이 압축이 되어 얇은 막이 되어버리고, 다시 이십대 초반의 두 사람이 앉아 있는 것처럼 느껴졌다. 경은은 그런 마음으로 말하고 있었던 것이다. 철주는 지금의 삶에 갑자기 끼어들어온 경은이 당황스러웠다. 그 불편함은 갑자기 철주의 입에서, 그동안 철주가 너무나 하고 싶었던, 백 번은 복기했던 말을 튀어나오게 하고 말았다.

"너 그때 왜 그랬어?"

부드러운 톤이 아니었다. 경은은 흠칫 경직이 되었다. 마치 십수 년 전 그 마지막 말을 한 다음 날 같았다. 사회 물을 충분히 먹은 유연하

고 부드러운 중년의 전직 정신과 의사이자 서비스업 종사자의 목소리
가 아니었다. 두 톤은 올라가 날이 서 있고, 금방이라도 방아쇠가 당
겨질 것 같은 목소리였다.

"언제 그, 그날?"

"그래, 그날, 넌 왜 안 나왔어? 그리고 왜 잠수를 타."

"그건…… 그랬어. 그럴 수밖에 없었어."

"우리 그만 만나"라는 전화를 받고 헤매다, 철주는 경은에게 마지
막으로 한 번 만나자고, 그렇게 헤어질 수 없는 것 아니냐며 연락을
했다. 그러나 그녀는 오지 않았다. 지금은 서로 웃으면서 만나고 있지
만 철주에게는 큰 상처였다. 둘은 순수했고 꽤 오래 만났다. 하지만
어느 순간부터 만나서 좋고 기쁜 시간보다 서로에게 상처가 되는 시
간이 더 많았다. 경은이 먼저 지쳤다. 철주의 그녀에 대한 집착, 지금
보면 자연스러운 것일 수 있고 사랑이라는 이름 안에서 용납될 수준
이었지만, 그 시기의 경은에게는 힘든 것이었다. 철주도 마음대로 되
지 않는 그녀가, 애매한 그녀의 반응이 견디기 괴로웠다. 괴로우니 더
욱더 힘을 가하게 되었다. 반응이 없으니 문을 더 강하게 두드리는 것
같았다. 그러다가 문이 망가져버린 것이다. 경은은 일단 그 관계의 망
에서 피하고 싶었다. 그리고 철주를 만나 일일이 설명을 할 수 없었
다. 논리로는 그를 이길 수 없고, 그게 부질없다는 것쯤은 경은은 잘
알고 있었다. 다만 그걸 철주에게 이해시킬 수 없었을 뿐이다.

"그래, 그럴 수밖에 없었겠지. 이유를 설명하라는 것은 아니야. 지

금 와서 뭐하겠어. 그런데 뭐랄까…… 그래도 사과는 해야 하는 거 아닌가? 지금 시점에 나타나면?"

철주는 자기 입에서 이런 말이 나올 줄 몰랐다. 두 번째였다. 노사이드에 와서 상담을 청하는 손님들에게 그러지 말라고 해온 짓을 혼자 다 하는 것 같았다. 지금 시시비비를 가려서 뭐하겠는가, 그런데 철주의 입에서는 이런 말이 나오고 있었다. '누가 이러는 거야 지금?' 그의 자존심이었다. 사랑에 자존심이 개입하면 그건 상대보다 자기 자신을 더 사랑하기 때문이다. 그때 상처받고 끝내 위로받지 못한 자존심이 지금 병실에서 나와 명예 회복과 보상을 요구하고 있었다.

"너 여전하구나. 달라진 줄 알았는데. 유치해."

경은은 한숨이 나왔다. 대단한 걸 바라고 온 것은 아니었다. 그냥 궁금했다. 서로 좋아했으니까 그냥 만나보고 싶었다. 어떻게 변했는지, 어떻게 살아왔는지, 각자의 삶을 어떻게 이겨냈는지 궁금했을 뿐이다. 그것도 죄가 되는 것일까. 짜증이 올라왔다. 더 앉아 있고 싶지 않았다.

"왜 내가 그날 안 왔는지 너 혼자 생각해봐. 답은 네가 알아."

경은이 나갔다. 철주는 혼자 남아 고기를 입에 넣고 소주를 털어 넣었다. 순식간에 벌어진 일이었다. 원래 계획은 우아하게 고기를 먹고, 살아온 이야기를 적당히 포장해 말하면서 동문회 하는 기분으로 만나고 "우리 자주 연락하자"는 의례적인 인사로 헤어질 생각이었다. 충분히 가능한 일이었다. 산전수전 공중전을 다 겪어온 철주였다. 이게 무슨 시추에이션이란 말인가. 철주는 조용히 고기를 씹고 소주를 털어 넣으면서 반추했다. 되씹었다. 서서히 정리가 되었다. 철주가 만난 경은은 현실의 경은이 아니었다. 10여 년 전 헤어진 그 시절에 그대로 박제가 되어버린 철주 마음 안의 경은이었다. 그리고 그것은 철주가 경은을 통해 보고 싶었던 자기 마음 안의 이미지를 투사한 결과물이었다. 사람은 타인을 절대 그 사람 그대로 받아들이지 못한다. 정확히 얘기하자면 우리 안에 타인은 객관적 실체가 아니라, 내 안에서 만들어낸 대상으로 존재한다.

철주가 만난 경은, 경은이 만난 철주도 그랬다. 철주가 만난 경은은 아마도, 철주가 바랐던 '내가 사랑하는 사람이라면 이래야 한다'는 이미지를 투사한 모습이었다. 철주가 만나고, 기억하고, 느끼는 경은은 그랬을 것이다. 그리고 그런 경은의 이미지를 사랑하는 것을 통해 철주는 자신의 이상과 욕망이 실현되었다고 느꼈다. 냉정하게 얘기하자면 사랑이란 사람과 사람의 만남이 아닐지 모른다. 한 사람의 욕망이 만들어낸 이미지를 타인에게 쏘아서 비춰진 이미지를 소비하는 것이 사랑이다.

그렇지만 현실 속의 타인은 자기 주관이 있다. 또 상대방에게 쏘는 자신의 욕망의 이미지는 현실 속의 상대와 거리가 있다. 거기서 문제가 발생한다.

결국 남는 것은 자기애의 상처다. 특히 철주가 경은과의 관계에서 받은 자기애의 상처는 컸다. 결국 철주의 자아는 그 시절 사랑의 대상

경은을 박제로 만들어 질소 탱크에 냉동 보관했다. 마치 불치병에 걸린 사람을 과학기술이 충분히 발전하고 난 다음 해동해서 고치려고 냉동 보관하듯이. 그런데 지금 고치지도 못할 시점에, 병원도 아닌 곳에서 환자를 해동한 셈이다. 이런 일이 벌어지다니, 마치 봉인이 풀린 괴물이 날뛰는 것 같았다. 가슴이 두근거리고 울렁거림이 멎지 않았다. 그녀를 정말 사랑했던 것이었나, 아니 지금도 현재 진행형인가. 그것도 아니면 끝내지 못한 것을 어떻게든 끝내야 하는 강박인가. 철주는 생각했다.

'미쳤다.'

소주가 달았다.

사랑에 자존심이 개입하면

노사이드는 조용했다. 그 조용함이 철주는 반가웠다. 요 며칠 정신이 없었다. 잔잔한 호수에 던져진 자그마한 조약돌인 줄 알았는데, 그게 이런 파문을 남길 줄은 몰랐다. 며칠이 지나도 가라앉지 않고 마음 한 켠에 남아서 지분을 확실히 확보하고 있었다. 상처 없는 사랑을 원하는 것은 죽음 없는 전쟁, 피 한 방울 흘리지 않는 수술을 바라는 것과 같은 것이 아닐까.

"오빠, 왜 이렇게 멍 때리고 있어? 무슨 생각 해?"

"어, 그냥 별 거 아니야."

수지가 미웠다. 철주는 밉다는 감정을 오랜만에 느꼈다. 수지가 그의 인생에 걸리적거리고 있었다. 속 없이 어떤 맥주가 맛있다느니, 오늘 새로 한 매니큐어와 페디큐어가 어떻다느니 재잘거리는 것이 불편하게 느껴질 정도였다. 도대체 이 감정의 정체가 무엇인지 무척 궁금했다. 나는 논리적이고 이성적인 사람이 아닌가. 수퍼 트램프의 〈더 로지컬 송 The logical song〉이 급히 듣고 싶어졌다.

When I was young, it seemed that life was so wonderful,

a miracle, oh it was beautiful, magical

And all the birds in the trees, well they'd be singing so happily,

joyfully, playfully watching me

But then they sent me away to teach me how to be sensible,

logical, responsible, practical

And they showed me a world where I could be so dependable,

clinical, intellectual, cynical

내가 어렸을 때 세상은 놀라운 기적으로 가득 차고

아름답고 환상적으로 보였지

나무에 앉은 새들도 나를 바라보며

즐겁고 행복하게 노래 부르곤 했지

하지만 세상은 나더러 분별있고 책임감 있게

배가 살살 아파오기까지 한다. 심호흡을 하지만 상념은 사라지지 않는다. 가게를 잠깐 수지에게 맡기고 바람을 쐬고 올까 하는 위험한 생각을 떠올리는데, 문이 열리고 선민이 들어왔다. 일주일 만이었다.

"안녕하세요? 숙제 하느라 늦었어요."

"천천히 하셔도 되는데. 앉으세요."

"목말라요, 일단 시원한 것 한잔 마실게요."

"여름 한정으로 기네스 생맥주 통을 들여놨는데, 드실래요?"

철주가 기네스 흑맥주를 한 잔 따르고, 소금물에 미리 살짝 삶아놓은 콩을 내놓았다.

"그동안 생각을 좀 해봤어요. 그날은 대장이 하는 말이 이해가 가지 않았는데, 며칠 지나면서 정리가 되었어요."

"도움이 되었다니 고맙네요."

"결국 내가 화가 난 것은 창모랑 그 새 여자 친구 때문이 아니었더군요. 나한테 화가 난 거였어요."

"어떤 의미에서요?"

"내 선택이 틀렸다는 것에요. 내가 믿고 선택해서 마음을 연 대상인 그 사람이 맞는 선택이 아니었다는 것을 인정해야 하는 것에 자존심이 상한 거였어요."

"네, 그럴 수 있죠."

"자존심이 상해서 그렇게 화가 나고, 거리를 둘 수 없었나 봐요."

"자존심은 내 안의 용광로 같은 거니까 꺼내놓을 수 없는 부분이죠."

"그런데 더 웃기는 건, 화가 나면서 그 인간 때문에 가슴 아파하는 내가 더 짜증이 나기 시작했어요."

"왜요?"

"그런 지질한 인간을 좋아한 내가 화가 나고, 그런 인간 때문에 불편한 감정을 갖게 된 것도 짜증이 났어요. 그러니 그 사람때문에 화가 나고 그 사람을 미워하는 감정을 갖게 된 내가 더 싫었어요. 그 사람 탓을 하고 싶은 게 아니라, 내가 불편한 상황에 놓이게 된 원인을 제공한 그 사람이 싫은 것이고, 그 사람을 선택했던 내 안목에 짜증이 난 셈이었어요."

철주는 선민과 같이 조금만 물꼬를 터주면 알아서 그다음 답을 찾아내는 사람을 만나면 기뻤다. 이를 '심리적 성찰력(psychological mindedness)이 있다'고 한다. 문제가 내면에 있음을 이해하고, 두렵지만 무조건 피하기보다 용기를 내어 내면의 프로세스를 찬찬히 지켜보는 능력을 익혀 가는 것이다. 평소 건강하던 사람도 영원히 건강하게만 지낼 수는 없다. 아무리 안전 운전을 하더라도 중앙선을 넘어오는 차를 피하기 어렵고, 옆에서 치고 들어오는 차에는 받힐 수밖에 없는 것과 같이, 내가 아무리 잘 살아왔다고 해도, 인생에서 도랑에 처박힐 일은 반드시 생긴다. 그때 되도록 빨리 회복하고, 다음에 비슷한 일이 벌어졌을 때 치명상을 피할 수 있기 위해서는 심리적 성찰력이 필수적인 준비물이다. 병원에서 만나온 환자들은 기본적으로 이런 부분이 어려운 사람들이었다. 그래서 매번 같은 문제로 어려움을 겪고, 또 튼튼하지 못한 자아를 갖고 있어서 쉽게 회복도 되지 않았다. 이에 반해 노사이드에서 철주가 만나온 사람들은 기본적으로 건강하고 정상적인 사람들이었다. 이들을 대하는 방법은 하나부터 열까지 가르쳐주는 것이 아니었다. 물꼬를 터주는 것만으로도 충분할 때가 더 많았다. 선민도 그런 셈이다. 델로니어스 몽크의 〈애스크 미 나우 Ask me now〉가 노사이드에 울리기 시작했다. 그리고 철주가 여기서 더 나아가기 위해 다음 단계의 패키지를 뜯었다.

"선민 씨는 기본적으로 밭이 좋은 사람이에요. 원래 농작물이 잘 자랄 토양이란 말이에요. 그래서 그런지 빨리 회복이 되는 것 같아요. 그런데 한편으로는 이렇게 생각해볼 필요도 있죠. 내가 좋아하고픈 사람을 좋아한 게 허상은 아니었다. 하지만 결국 내가 나를 더 좋아하는 것이 문제다, 라는 것을 받아들이는 것도 필요하죠."

"맞아요. 결국 내 문제였더라고요. 그런데 그걸 깨달았는데, 왜 그 이상이 안 되죠?"

"화를 잘 못 내고, 미워하는 걸 두려워하기 때문 아닐까요."

"네?"

"제가 숙제 낸 것은 가져왔어요?"

"아, 네."

선민이 들고 온 주머니에서 물건을 꺼냈다. 살짝 찌그러진 양은 냄비를 철주에게 보여줬다. 수지가 옆에서 보고 있다가 물었다.

"이게 뭐예요? 냄비?"

"네. 웃기죠? 그 친구랑 함께한 일들, 물건들이 꽤 많아요. 컴퓨터 하드에 있던 사진도 버리고, 대장이 하라는 대로 미니홈피의 사진도 지웠어요. 일촌도 끊고요. 생각해보니 제가 일촌을 아직 정리하지 않았더라구요. 같이 물려 있는 친구들도 있어서 그랬는데, 그게 다 변명이었어요. 그냥 확 정리하고 지워버렸어요. 혼자서 가끔 멍할 때 그 친구 미니홈피에 들어가서 오늘의 심정을 보고 있는 내가 있더라고요. 오늘 힘들다, 뭐 이런 거 뜨면 괜히 기분 좋은 거 아세요?"

"냄비가 재미있게 생겼네요."

수지가 냄비를 들어보면서 말했다.

"싸구려예요. 그 친구가 준 작은 선물들도 다 버렸는데, 이건 남았어요. 둘이 처음 여행 갔을 때 생긴 거예요. 처음으로 펜션을 잡아서 여행을 갔어요. 좋을 때였죠. 라면을 끓여 먹으려고 하는데, 그 친구가 갑자기 사라졌다가 나타났어요. 이 냄비를 꺼내서 제게 주면서 라면은 양은 냄비에 끓여야 제격이라고 하는 거예요. 저는 몰랐거든요. 정말 맛있었어요. 그 친구가 라면 하나는 참 잘 끓여요. 라면을 끓이면서 면을 사이사이 확확 들어올리면서 바람을 맞혀줘야 쫄깃해진다나. 나름 노하우가 있었죠. 그때 먹어본 라면이 제가 먹어본 최고의 라면이었나 봐요."

"뭐든 같이 먹는 사람이 누구냐가 중요하죠! 이 냄비가 정말 그래요? 오빠, 나 라면 끓여볼래. 그래도 돼요?"

수지가 신기해하면서 냄비를 들고 주방으로 가서 물을 끓이기 시작했다. 철주가 선민을 보며 말했다.

"마음의 정리가 필요해요. 이미 많이 하신 것 같아요. 다행이에요. 그렇지만 시간이 필요할 거예요. 오래 사귀던 남자 친구와 헤어진 상실감을 다스리는데 당연히 시간이 필요하죠. 기분 나쁘지만 그 사람이 선민 씨의 마음의 방의 중심을 차지하고 있던 물건임은 분명하거든요. 눈을 감고 한번 떠올려볼래요?"

"마음의 방……."

선민은 살짝 눈을 감고 마음의 방을 떠올려보았다. 창모는 어디에 있는 물건이었을까. 현관에는 없었다. 선민의 작은 방 안에는 없는 것 같았다. 마루로 나와봤다. 마루 한가운데 소파 앞 테이블에 창모가 있었다. 보자기로 싸놓아서 얼굴은 보이지 않았지만 그게 창모라는 것은 분명히 느낄 수 있었다. 엄마가 있는 안방에 갔다가 올때, 부엌에 들어갔다 나올 때, 화장실에 들어갔다 나올 때, 창모를 싸놓은 보자기를 피할 수 없었다. 그걸 보지 않으려면 베란다로 나가거나, 선민의 방 안에 숨는 길밖에 없었다.

"마루 한가운데에 딱 자리를 잡고 있네요. 보자기로 싸놓았지만 그 인간이 맞아요. 참 거슬리네요."

철주는 선민이 바로 마음의 방을 시각화하는 것이 신통했다. 어려운 일일 수 있는데, 선민은 편하게 철주가 던진 이야기를 따라 마음 안에서 이미지를 만들어냈다. 기회가 왔을 때 살짝 더 나아가보기로 했다.

"거슬리죠? 그게 마루 한가운데 자리를 딱 잡고 있으니 집 안에서 움직일 때마다 눈에 거슬려요. 없앴으면 좋겠죠? 그런데, 하나 안타까운 것은 없앨 수는 없다는 거예요. 오랫동안 함께했던 시간과 그로 인해 켜켜이 쌓여온 기억들을 지울 수는 없어요. 최면을 해서라도 없애달라고 호소하는 사람들도 많이 만나봤어요. 영원히 함께하는 관계가 존재할 수 없듯이, 한번 맺은 인연의 끈과 그 끈으로 맺은 매듭들을 한 번도 존재한 적 없었다는 듯이 싹 지워버릴 수는 없어요."

"확 꺼내서 휴지통에 넣고, 완전 삭제를 누르고 싶은걸요. 안 되면 하드 포맷이라도."

"그러면 나머지 기억들도 다 사라져버릴걸요. 딱 그 부분만 집어내서 지우는 것은 불가능해요. 고추를 넣어 매워져버린 찌개에서 고추만 딱 골라서 건져내기도 어렵고, 이미 맛이 배어버린 다음에는 고추를 건져낸다고 해도 매운 맛은 남지요."

"아……"

선민은 왜 어디를 가든 그 쌉싸름한 아픔이 남아 있는지 이해할 수 있었다. 없애려 누를수록 덩치가 커지는 보자기에 싸인 그놈.

"이렇게 해보면 어떨까요. 없애는 대신 어디다가 치워둘 수는 있어요. 자, 한번 해볼까요. 그 보자기로 가까이 가보세요. 두려워하지 마세요. 물지 않아요. 확 하고 튀어나오지는 않을 거예요. 살포시 작은 물건을 든다고 생각하면서 부담 없이 들면 쉬이 들릴 거예요."

마음 안의 대상의 무게는 상대적이면서 주관적이다. 부담을 가질수록, 두려움이 투사될수록 그 대상은 거대해지고 무서운 것이 되어버린다. 지금 선민에게 필요한 것은 용기가 아니라 무심함이다. 선민은 마음의 방 마루 한가운데 떡하니 자리 잡고 있는 보자기를 향해 다가갔다. 만져보기도 겁이 났다. 하지만 철주와 함께라고 여기고 손을 댔다. 택배 박스라고 생각하자. 보자기 밑으로 두 손을 넣어 들었다. 생각했던 것보다 가벼웠다.

"들었어요."

"잘했어요. 이제 우리 이걸 어디다가 치우면 될까요."

"베란다 밖으로 던져버리면 안 될까요?"

"저도 그랬으면 좋겠는데, 그렇게 되면 그 사람과 연결된 모든 기억이 다 통으로 사라져버릴 거예요. 일단은, 다용도실 뒤의 광 안에 넣어두면 어떨까요?"

"아……네. 가져가볼게요."

선민은 다용도실로 가서 광 앞에 섰다. 그 안에 들어가기에는 커 보였다. 그런데 문을 열고 집어넣으니 뜻밖에도 쏙 들어갔다. 신기했다.

문을 닫고 돌아서서 마루로 나오자 마루가 휑하다고 느껴질 정도로 넓어 보였다. 창문을 열고 환기를 했다. 선민은 눈을 떴다. 표정이 밝아진 것 같았다.

"광 안에 넣고 나니, 이제 눈에 거슬리지 않을 것 같아요. 물론 집 안에 있기는 하지만."

"맞아요. 잘했어요. 없앨 수는 없지만 가치와 중요성을 줄일 수 있어요. 눈에 띄지 않게 해두는 거지요. 더 이상 내 인생에 걸리적거리지 않도록."

기억을 지울 수는 없다. 비록 아프고 싫은 기억이 되어버렸지만 그 또한 내 인생의 한 부분이기 때문이다. 대신 그 기억에 딸려오는 감정들이 갖는 힘과 무게는 줄일 수 있다. 선민이 사랑의 상실과 아픔에서 치유되기 위해서 필요한 과정이었다.

누군가가 미우면 미워해도 돼요

"그렇지만 아직 해결되지 않은 것이 있어요."

"그게 뭐지요?"

"화가 나요. 그리고 미워요. 미워하는 감정이 생기게 된 내가 더 밉고 싫어요. 이런 일로 그 사람을 미워하게 된 내가, 그리고 그 여자애를 미워하게 된 내가 이것밖에 안 되나 하는……."

"음⋯⋯ 그건요, 이렇게 생각해보면 좋겠어요."

선민은 철주를 바라봤다. 이때 딸그락거리는 소리가 났다. 모두 주방 쪽을 쳐다봤다.

"물이 끓나 보다."

수지가 일어나 주방 쪽으로 가자 모두 주방으로 따라갔다. 양은 냄비에 물이 끓어서 덜그럭덜그럭 흔들리고 있었다. 곧 넘치거나 쏟아질 것같이 위태해 보였다.

"넘치겠다."

수지가 서둘러 라면 봉지를 뜯어 라면을 넣자, 무게를 받은 냄비는 그제야 안정이 되었다.

"나도 한 그릇 먹을까."

철주가 찬장을 둘러보다가 뚝배기를 하나 꺼내 물을 붓고 불 위에 올렸다. 선민이 자리로 돌아가려고 하자 철주가 선민을 붙잡았다.

"선민 씨, 잠깐만요. 우리 이거 같이 봐요."

선민은 야식으로 라면은 다이어트에 적이라고 말하고 싶었다. 보면 먹고 싶어지니 자리를 피하는 게 상책이다. 그런데 철주가 붙잡으니 어쩔 수 없이 서 있게 되었다. 몇 분 후 뚝배기 안의 물이 끓기 시작했다.

"이 뚝배기 어때요?"

"네?"

뜬금없이 뚝배기 자랑을 하려는 것인가? 무슨 인간문화재가 빚은

도자기급 뚝배기라도 되나, 선민은 의아해하며 철주를 바라봤다.

"물이 끓잖아요. 아까 이 양은 냄비처럼 물이 끓는데, 이 질그릇 뚝배기는 어떻죠?"

뚝배기 안의 물이 비등점을 넘어 작은 물방울들이 뚝배기 위로 탈출을 시도하고 있었다. 그런데, 흔들림이 없었다.

"물은 끓는데 흔들리지 않네요."

"이게 화라면, 그리고 그릇이 우리 마음이라면?"

선민은 철주가 왜 물이 끓는 것을 하염없이 보자고 했는지 바로 깨달았다. 사람의 그릇이 중요하다. 화가 나는 것은 당연한 것이고 피할 수 없는 일일지 모른다. 그런데 물이 끓듯이 화가 날 때 양은 냄비처럼 위태롭게 들썩이는 사람과 물이 끓고 있는지 알아차리기 어려울 정도로 든든한 뚝배기 같은 사람은 다를 것이다. 나는 어느 쪽일까.

"사람의 그릇이라는 게 무한정 커질 수는 없어요. 이렇게 한 그릇 분량이에요. 아무리 도를 닦는다고 해도 대야가 되기는 어려울 거예요. 그렇지만 양은 냄비가 뚝배기같이 든든해질 수는 있어요. 그러면 쏟아지고 넘칠까 봐 무서워서 화를 못 내고 남을 미워하는 것을 엄두도 못 내지는 않게 될 거예요."

"제가 양은 냄비군요."

"아니, 그렇다기보다……."

철주가 웃으면서 선민의 자학적 발언을 막으며 라면을 뚝배기에 넣었다.

"제가 보기에 뚝배기인 선민 씨는 사실은 자신이 양은 냄비일까 봐무서워하고 있는 게 아닌가 싶기도 해요. 화를 내도 되고, 미워해도돼요. 그 사람 미우면 밉다고 하세요. 죽이고 싶었다고 하세요. 그래도 되지 않을까? 또 선민 씨를 누가 미워할 수 있어요. 그걸 두려워하지 마세요. 내가 뭘 잘못해서 미움을 받는 게 아니라, 그냥 내가 그 자리에 있기 때문에, 그런 일을 하기 때문에 미움을 받는 거예요. 아이는 엄마가 제일 미울 때가 있잖아요. 우리는 완전하지도, 완벽하지도않아요. 결함이 많은…… 라면과 같은 존재일지도 몰라요. 그래도 이것 없이는 못 살잖아요?"

수지가 철주의 옆구리를 쿡 찔렀다.

"라면 님을 앞에 두고 설교는 그만. 자, 먹어요. 난 딱 요렇게 살짝익은 게 좋더라. 선민 씨, 우리 라면 같이 나눠먹고 그 새끼에 대한 감정을 싹 지워요."

냄비를 들고 수지가 선민과 함께 바로 돌아갔다. 세 사람은 곧 바에앉아 라면을 영접할 준비를 했다. 선민은 라면을 한 입 넣었다. 창모와 한 그릇의 라면을 나눠먹던 그때가 갑자기 떠올랐다. 울컥하는 것이 올라오는 것 같았다. 그러다가 수지가 빤히 쳐다보는 것이 느껴졌다. 라면을 식도로 진입시켜 울컥 올라오는 그 뜨거움을 막아냈다. 라면은 무사히 넘어갔다. 따뜻한 면발이 식도를 타고 넘어가는 느낌이좋았다. 그리고 지금 여기에 함께한 이 사람들이 좋았다. 울컥을 제압하고 나니 뭐든 할 수 있을 것 같았다. 고개를 들고 두 사람을 쳐다보며 선민이 말했다.

"개새끼…… 잘 먹고 잘 살아라. 난 여기서 좋은 사람들하고 라면 먹는다."

수지와 철주가 선민을 보며 웃었다. 그리고 다시 세 사람은 먹는 데 집중하기 시작했다. 양은 냄비과 뚝배기는 곧 비워졌다. 그리고 노사이드에는 포만감과 낙관적인 공기가 가득했다.

넌 그저 넌 한낱 잡범에 지나지 않아
잡범, 조금 찝찝해도 큰 피핸 없었어
너 때문에 곤란할 거란 착각 마
그런 착각이 더 곤란해
흔해빠진 잡범, 강력범죄자가 될 싹도 없었어
너 때문에 버린 시간이 아까울 뿐
조금 아까울 뿐인 걸
ㅡ바비빌, 〈잡범〉

3

까칠한 난주 씨,
파이팅!

– 수동적인 관계에 끌려다니지 않는 법

여자친구를 수리하고 싶은 남자

노사이드의 문이 열리고 처음 보는 남녀가 들어왔다. 남자가 먼저 들어오고 여자가 뒤를 따라 들어왔다. 바의 긴 테이블이 거의 다 차 있고, 홀의 테이블들은 텅텅 비어 있는 것을 보고 여자는 멀찍이 떨어진 문가의 조용한 테이블 쪽으로 갔다. 그러자 남자가 단호하게 말했다.

"아니야, 이리 와."

남자가 성큼성큼 바 테이블 쪽으로 왔다. 남자는 빠른 속도로 빈 자리를 스캔해보더니 두 자리가 띄엄띄엄 비어 있는 것을 발견했다. 노사이드는 적절한 개인 공간을 확보하는 것을 좋아하는 사람들이 주로 오는 곳이다.

"저기, 우리 일행이 두 명인데요, 괜찮으시면 자리 좀 옆으로 옮겨주실 수 있어요?"

여자는 어쩔 줄 몰라 눈을 내리깔고 서 있었다. 앉아 있던 미수가 돌아보며 말했다.

"하, 여기 어딘지 알고 오신 분이군요. 자, 이리 앉으세요. 이왕이면 대장 근처 자리가 좋죠. 바에 앉아서 같이 떠들면서 마시는 곳이죠. 심야 치유 식당 노사이드."

미수는 흔쾌히 옆에 있던 핸드백과 외투를 뒤쪽 테이블에 놓으며 옆에 있는 보라 쪽으로 옮겼다.

"이쪽으로 옮겨도 되지?"

"그럼요. 맥주 한 잔 더 하실래요? 버드 라이트던가? 오늘 좀 마실 거야. 저녁 클럽 하다가 통계에 대해 질문이 들어왔는데 대답 못했어. 왕짜증이야."

"땡큐. 보라 샘이 모르는 것도 있었네. 항상 발표는 질문할 시간이 남지 않게 꽉 채워서 해야지."

보라가 일어나 뒤쪽의 냉장고서 맥주 두 병을 꺼냈다. 그러고는 장부로 가서 자기 이름 옆에 줄 두 개를 그었다. 꼭 먹고 싶은 안주가 있다면 철주에게 부탁을 하지만, 간단한 쥐포나 오징어 같은 것은 주방에 들어가서 꺼내 굽고 다른 마른안주와 함께 접시에 담아 내오면서 역시 장부에 안주라고 쓰고 줄 하나를 그으면 된다. 노사이드의 모든 맥주와 간단 안주는 단일가격제다. 어차피 계산할 때 되면 돈을 내는 쪽이나 받는 쪽 모두 혈중 알코올 농도가 일정 수준 이상이 되어 이성적으로 철두철미해지기 어려운 상태이기 일쑤니, 차라리 이렇게 적당히 갯수만 맞춰 나가자는 것이 현실적인 이유다. 그러나 손님들은 주인이 믿어준다는 점, 맥주의 1, 2천원 가격 차이 때문에 눈치 보지 않아도 된다는 점, 간단한 안주는 자기 취향대로 해먹으면 된다는 점을 노사이드의 '식당'으로서의 독특한 콘셉트로 받아들였다.

자리 정리가 되어 두 사람의 공간이 만들어지자 이제 노사이드의 바 테이블은 만석이 되었다. 철주는 새로 들어온 손님 쪽에는 눈길도 주지 않고 다음에 틀 곡을 고르는 것만 신경 썼다. 오랜만의 북적거림, 적당한 친밀감이 반가웠다.

"주문하려는데요, 메뉴판 주세요."

남자가 손을 들어 얘기했다. 철주는 말없이 두 사람을 보고는 뒤적뒤적 바 안쪽을 뒤지다가 보라를 향해 말했다.

"어디 간 거야? 안 보이네."

"거기 없어요? 보통 때 거기 두는데……. 생각해보니 며칠 동안 못 본 것 같기도 하고."

"맞다. 지난 일요일에 내가 메뉴판에 와인 엎질러서 빨랫줄 걸고 널어놨잖아. 저기."

미수가 홀 가장자리 벽 쪽으로 가려고 의자를 뒤로 확 빼면서 성급히 움직였다. 그러다 남자가 앉은 의자를 치고, 발을 밟았다.

"아! 뭐야 이거!"

"어, 죄송합니다. 죄송합니다. 어두워서요. 제가 좀 몸집이 나가서, 하하."

폭식증을 극복하기는 했지만 미수는 전보다 살집이 더 오른 상태였다. 일은 똑 부러지게 하지만 덜렁거리는 편이어서 주변 물건을 건드려 떨어뜨리기 일쑤다. 미수가 오늘도 급한 마음에 실수를 한 것이다.

"됐어요."

남자는 바로 일어나서 옷을 털고, 신발을 세심하게 바라보며 손수건을 꺼내 조심스럽게 발자국을 없앴다.

"괜찮아요?"

"괜찮아. 신경 쓰지 마."

난주는 아슬아슬했다. 진호가 왜 여기에 오자고 했는지 모르겠다. 더구나 보통 때라면 이런 사건은 진호에게 삼풍백화점 붕괴에 버금가는 대형 사고라, 지금쯤 가게 전체가 들썩들썩하고 발을 밟은 여자는 울면서 사죄하고 있어야 진호의 마음이 어느 정도 진정될 텐데, 자기 손으로 발을 털고 끝냈다. 무엇보다 이 퀴퀴한 가게는 전혀 진호의 취향이 아니었다. 어느 때 같으면 조용한 와인바나 스시집에 갔을 텐데. 혹시 옛날 학교 선후배들이 하는 곳이 아닐까 했는데 그런 것 같지도 않았다. 이런 류의 예상 밖의 고요함은 도리어 토네이도 급의 휘몰아침을 위한 숨 고르기일 수 있다는 생각에 난주의 심장박동은 이윽고 110회를 넘어서기 시작했다.

"여기는 맥주가 좋아요. 제가 처음이니까 가져다드릴게요. 뭐 드실래요?"

"됐습니다. 제가 꺼내 마실게요. 휴……."

진호는 냉장고로 가서 맥주를 두 병 꺼내 왔다.

"술 한잔 마시기 참 어렵네. 자 마셔."

"네……."

난주는 진호의 잔에 맥주를 따라주고, 자기 잔에도 따랐다. 다들 같이 앉아 있고 서로 아는 사이인 듯은 해 보이나, 각자 알아서 놀고 있는 모습이 의아했다.

"저기 여기요, 사장님이시죠?"

"아, 네. 음악 틀어드릴까요? 여기다 주시면 돼요."

철주가 빈 종이와 펜을 꺼내 진호에게 주었다.

"그게 아니라요."

"네."

"제가 어디서 전해 들었는데, 여기 사장님이 용하다면서요."

"용하다뇨?"

"사람 잘 보시고, 잘 고친다고."

"네? 잘못 오신 거 아닌가요? 저 건너편 2층에 타로 점 치는 아주머니가 있는 카페가 있어요. 연애운, 결혼운 잘 본다는데."

진호가 비실비실 웃으면서 말했다.

"왜 그러세요. 대학교수 하고 정신과 의사 하시다가 나온 분이 하는 쪽집게 술집이라고, 마음이 아프고 병든 사람들을 치유하는 곳이라면서요. 춥고 배고픈 마음에 양식을 주는 노사이드라고."

"예? 아, 제가 전직 정신과 의사이기는 한데요. 대놓고 마음 영업을 하는 건 아닙니다."

전에도 가끔 이런 사람들이 왔었다. 의사 시절에는 좋든 싫든 진료실에 들어오는 환자를 거부할 권한이 없었다. 그러나 이곳은 사적 영역. 손님을 거부할 권리가 있다. 더욱이 기대가 큰 사람일수록 실망이 크다는 것을 철주는 잘 알기에 먼저 알고 찾아오는 사람이 있으면 경계를 하고 대하지 않을 수 없었다.

"왜 그렇게 비싸게 굴어요? 상담료라면 충분히 지불하겠습니다. 저 때문에 그런 게 아니라 같이 온 친구 때문에 그래요."

"친구분이요?"

"제 여자 친구인데 너무 소극적이에요. 자신감도 없고. 순종적이라 좋기는 한데 자기 주장을 못해서 가끔 너무 답답해요. 성격 개조가 필요한데 아무리 말을 해도 고쳐지지가 않네요. 병원 데려가서 기록에 남기기는 싫고, 그렇다고 웬만한 심리 상담소 같은 곳은 믿음이 안 가고. 그래서 여기가 딱일 것 같아서 한번 와본 거예요."

"진호 씨, 그런 거였어요? 저를 그렇게 본 거예요?"

난주는 얼굴이 화끈 달아올랐다. 심장이 터질 것 같았다. 진호가 멋대로 하는 것은 어제오늘 일이 아니었지만 이런 일은 자존심이 상했다. 잔을 쥐고 있는 손에 맥주의 냉기로는 막을 수 없이 땀이 나 자칫하면 유리잔을 떨어뜨릴 것 같았다.

철주가 보기에 남자는 자기 세계가 명확하고 들어올 때부터 이곳을 이질적인 곳으로 규정하는 것이 분명한 태도라, 슬쩍 본 것만으로도 여기 일원이 되기에는 탐탁지 않아 보였다. 그런데 자기가 아니라 자기 여자 친구를 고쳐달라는 요청은 의외였다. 둘의 조합이 궁금하기는 했다. 한 명은 주도적이라 실체보다 크게 콘트라스트가 되어 눈에 띄고, 다른 한 명은 반대로 존재감이 없어서 열심히 봐야 있다는 것을 알 수 있는 유령형 인물이었다.

"손님이 생각하기에도, 손님이 고칠 점이 많아요? 언뜻 보기에는 별 문제 없어 보이는데요."

"글쎄요, 전 잘 모르겠어요. 진호 씨가 이유를 아니까 절 데려온 거겠죠. 제가 소극적이라고 하네요."

"이렇게 말하는 게 짜증이 나요. 내가 매번 어디 가자고 해야 하고, 뭘 먹을지 뭘 할지 정하고, 그래야 하나. 주도적, 자기 주도적으로 하자 이거야."

"미안해요. 고칠게요."

둘의 대화를 듣던 철주가 말했다.

"그러면서도 여자분이 뭘 하자고 하거나 아니오, 라고 말하면 화를 낼걸요."

"어머, 어떻게 아셨어요?"

난주는 철주가 단번에 자기들 일을 아는 것이 신기했다. 그런데 진호의 표정이 굳어지는 것이 느껴졌다.

"아, 아니에요. 제가 틀린 말을 해서 그런 거죠. 제가 진호 씨 생각을 미리 헤아렸어야 하는데 그러지 못했을 뿐이에요."

처음 만났을 때에는 난주도 의견을 내곤 했지만 결국은 무참히 깨지고 진호가 원하는 대로 해야 했다. 오직 '네'만이 둘의 관계를 유지하는 끈이었다. 난주는 진호가 자신의 이런 면이 좋아서 만나는 거라고, 아니 관계를 지속해주는 거라고 생각했다. 헌데 그렇지 않다고 하니 마음속에서 불안이 솟아올랐다. 이때 진호의 전화벨이 울렸다.

"어, 이 시간에 웬일이야. 어디, 강남역? 난 강북인데. 야, 바빴지. 누구? 재현? 재현이가 와 있다고? 그럼 가야지. 지금이…… 오케이. 30분이면 쏘지 않을까. 옮기지 말고 거기 있어."

진호는 전화를 끊고 나서 다짜고짜 말했다.

"친구가 다음 달부터 미국 지사로 간다고 동창들이 모였네. 오늘 못 가면 얼굴 못 봐서 가봐야겠어. 혼자 갈 수 있지?"

"네. 그럼요. 먼저 가세요."

"사장님, 이 친구 좀 잘 부탁해요. 고쳐놔주세요. 알았죠?"

진호는 맥주를 마저 비우고 외투를 들고 나가버렸다. 휑하니 나가버린 남자를 바라보고 잠시 멍하니 있다가 보라가 말했다

"뭐 저런 매너 황이 다 있어? 집에 데려다주지는 못할망정 말이야. 하여튼, 성함이……?"

"난주요, 황난주."

"난주 씨 일루 와요. 남친이 좀 너무하다. 우리 여기서 같이 놀다가 가요."

"아니에요. 저도 집에 가야죠. 그렇지 않아도 집에 가고 싶었어요.

너무 늦어서요. 여기 얼마죠?"

난주는 황급히 계산을 하고 옷을 챙겨 입었다.

"오늘 정말 죄송했어요. 원래 그러는 사람이 아닌데……. 너무 실례를 한 것 같아요. 대신 사과드릴게요."

고개를 90도로 숙여 사과하는 난주의 모습에 사람들은 웃지 않을 수 없었다. 고개도 제대로 들지 못한 채 바로 몸을 돌려 문 쪽으로 황망히 나가는 모습이 아들이 사고 쳐서 교무실에 불려온 엄마 같았다. 그런 난주를 철주가 불렀다.

"저기요."

"네?"

"다음에, 아니 이번 주중에 꼭 한번 오세요. 부담 없이 혼자 오는 손님으로요. 남친이 고치라고 해서 오는 것이 아니라 말예요. 숙제 하듯이 오면 재미없어요. 부담 없이 즐겁게 재미있게. 인생 뭐 있어, 하는 내려놓는 마음으로. 오케이?"

철주는 무심히 롤러코스터의 〈습관〉을 CD에 걸었다.

\#

난주는 충분히 매력적인 외모인데도 아침마다 거울을 보며 한숨을 짓는다. 샅샅이 보면 볼수록 결점들이 속속들이 두드러져 보인다. 그래서 어떻게든 사람들의 눈에 띄지 않으려 애쓴다. 그저 심심해 보이기만 하는 무채색 투피스 정장, 길거리에서 지나치면 바로 잊혀질 열명 중 여덟 명에 속하는 특징을 두루두루 갖추고 있었다. 난주는 무색무취, 존재감 없음을 지향하고 있었다. 관계에서도 마찬가지였다. 그저 나 같은 사람을 계속 만나줘서 고마울 따름이라는 비굴한 마음으로 진호를 만나고 있다. 진호와 난주는 갑과 을의 관계와 같다.

다섯 살 때쯤이었다. 엄마가 갖고 들어온 쇼핑백 안을 보니 커다랗고 예쁜 인형이 든 박스가 있었다. 뜻밖의 선물로 여긴 난주는 박스를 뜯고 인형을 갖고 놀기 시작했다. 별다른 선물을 받아본 적 없는 자신에게 왜 이런 행운이 벌어졌는지 알 수 없었지만 기쁠 따름이었다. 한참을 놀고 있는데 엄마가 난주를 보고는 혼비백산하며 인형을 뺏더니 매를 때리기 시작했다. 당시 보험 판매를 하던 엄마는 공을 들이던 고객의 딸이 생일이라는 걸 알고 선물로 주기 위해 큰 마음 먹고 인형을 샀던 것이었다. 난주는 인형을 뺏기고 방에서 울면서 나쁜 아이에게는 나쁜 일만 벌어질 뿐이라고 생각했다. 엄마가 자기를 때린 것도, 인형을 빼앗아간 것도 자기가 나쁜 아이이기 때문이라고 생각했다.

난주는 더 착하게, 참으면서, 모든 것을 받아들이고 살아야 한다고, 그게 의무라고 여겼다. 그렇게 해야만 이 세상에 함께 섞일 수 있을 것이라 생각했다. 그런 난주에게 너무 빨리 두 번째 행운이 찾아왔다. 진호를 만난 것이다. 난주는 진호가 왜 자신을 선택했는지 이해할 수 없었다. 그저 진호가 전화를 해준 것이 고마울 따름이었다. 그리고 진호에게 거역하고 '싫다'는 말을 하지 않는 한 진호라는 선물을 빼앗기지 않는다는 것을 난주는 처음 몇 번의 만남을 통해 학습했다. 난주는 주어진 역할에 충실하기 시작했다. 아마도 진호는 난주의 타고난 수동적인 면을 감지하고 그녀를 택했는지도 모르는 일이다. 하지만 진호도 그런 난주가 지루했다. 다른 여자를 만난 얘기를 해도 1초 정도만 긴장하고 움찔할 뿐, 바로 고개를 끄덕이며 "네, 그랬어요?" 하고 대답하고는 눈을 내리깔 뿐이다. 만나기로 약속해놓고 전화도 없이 한 시간을 늦게 가도 "무슨 일 있었나 봐요"라고 할 뿐 화를 내지 않는다. 심지어 돈을 요구하면 돈을 갖다주기까지 했다.

난주를 노사이드에 데려간 것은 기술자에게 새로운 옵션을 달아달라고 하기 위해서였다. 이 밋밋함에 '뽀인뜨'를 줄 수 있다면 더욱더 편해질 수 있을 터였다. 어차피 진호가 그런 걸 세세히 설명할 필요도 없었지만 난주는 영문도 모르고 쫓아왔던 것이다.

싫다는 말을 할 수 있을 때 사람은 다시 태어난다

"오셨군요. 앉으세요."

사람들이 북적이기에는 아직 이른 시간, 난주는 노사이드를 찾아왔다. 철주는 난주가 전화를 했다는 데 내심 놀랐다. 다시는 찾아오지 않을 줄 알았다. 난주는 처음에는 머뭇거렸지만 곧이어 방언 터지듯이 말문이 열렸다. 다 듣고 난 철주는 다음 날 그녀에게 다시 한 번 찾아오라고 말했다. 난주는 자기 얘기를 이렇게 끝까지 들어주었다는 것만으로도 고마웠다.

다음 날 그녀는 노사이드의 문을 다시 열었다. 그런데 따뜻하게 맞아줄 줄 알았던 철주는 그녀를 쳐다보지도 않았다. 일찍부터 앞자리를 차지하고 있는 어떤 여자와 시시덕거리는 것 같았다. 난주가 얼어서 서 있었다. 그대로 5분 가까이 지난 다음에야 철주는 고개를 돌리다가 난주를 알아봤다. 너무 멀리 있어서 제대로 알아보기 어렵다는 듯이 잔뜩 인상을 찌푸리며 보더니 대뜸 말했다.

"왜 이제 왔어요? 한참 기다렸잖아."

"네? 시간을 말씀 안 하셔서 그냥 어제와 비슷한 시간에……."

"빨랑 와야 장사 준비를 하지. 자, 일루 와요."

난주는 어제와 너무 다른 태도의 철주에게 머뭇머뭇 다가갔다. 철주는 대뜸 메모지 한 장과 신용카드를 난주에게 줬다.

"이게…… 뭐죠?"

"오늘 장사할 때 필요한 것들. 여기 쓰여 있는 것들을 다 사오세요. 제한 시간은 30분. 계산은 이 카드로 하고. 자 시작. 우리는 한잔하고 있을 테니까."

"왜 제가……?"

"고치고 싶다면서? 병 고치는 데 공짜가 어디 있어요? 안 그래?"

바에 앉아 듣고 있던 여자가 맞장구를 쳤다.

"난 처음 1년 동안은 가게 청소만 했는데? 대장, 치사하게 벌써 장 보기예요? 난 청소 1년 한 다음에 시켰잖아."

"넌 완전 중증이었으니까. 자 마셔."

원래 이런 것인가. 난주는 이상하다고 느꼈다. 그렇지만 철주에게 '왜'를 물을 수 없었다.

마트와 시장을 뒤져 부랴부랴 장을 봐서 노사이드로 돌아왔다. 두 손 가득 장 본 것을 들고 돌아왔지만 아무도 그녀를 쳐다보지 않았다. 바 쪽 자리에는 서너 명이 앉아서 음악을 즐기고 있었다. 철주가 음악을 틀다가 난주를 보고는 나무라듯 말했다.

"한 시간이나 걸렸네. 감점! 왜 이렇게 오래 걸렸어요."

"죄송해요. 이 동네는 처음이라 어디서 뭘 파는지를 몰라서요."

"시간 내에 마치는 것도 능력이지. 자, 빨리 저 안쪽으로 갖다놔요. 나머지는 내가 정리할 테니까."

"그럼 저는 이제……?"

"아, 그래, 저기 안에 음식 쓰레기봉투가 있으니까 그거 좀 갖고 나가서, 옆 건물 뒤쪽에 쓰레기 분리수거 하는 데 있거든요. 거기다가 버리고 와요."

"네?"

"왜 싫어요? 싫으면 안 해도 돼요."

"아, 아니요. 해야 하는 거면 하고요."

"해야 하는 것이 아니라, 하라면 그냥 하는 거죠."

난주는 물건들을 주방 안에 넣어두고 음식물 쓰레기 봉투를 들고 밖으로 나왔다. 국물이 뚝뚝 흐르는 냄새 나는 봉지를 들고 옆 건물이라는 곳으로 갔지만 쓰레기 분리수거 하는 곳을 찾을 수 없었다. 오른쪽 옆 건물을 잘못 안 것이라 생각하고 반대쪽 건물로 갔는데 거기도 아니었다. 이리저리 헤매 다니다 안쪽 끝에 있는 음식물 수거통을 찾아냈다. 건물 안쪽 모퉁이 움푹 들어간 곳에 누가 찾아올까 겁난 아이마냥 꼭꼭 숨어 있었다. 기쁜 마음에 통으로 다가가 뚜껑을 열고 봉투를 드는데 봉투가 통의 모서리에 걸리면서 비닐이 찢어지려 했다. 본능적으로 찢어진 부분을 한 손으로 막은 난주는 무사히 음식물 쓰레기를 통 안에 넣을 수 있었다. 그러나 그녀의 왼손은 파스타 찌꺼기, 과일 꽁다리, 소스 등이 묻어 처참한 지경이 되어버렸다.

황당했다. 손을 보고 있자니, 어느 순간 저 깊은 곳에서 불끈하고 위가 뜨끈해지는 것이 느껴졌다. 뒷목이 서늘해지고 뻣뻣해졌다. 천천히 심호흡을 했다. 난주는 터덜터덜 노사이드로 돌아갔다. 또 한 번 생각했다. 난 원래 타고난 게 재수 없는 존재라고.

노사이드는 어느새 흥이 올라 있었다. 아무도 난주가 온 것을 신경 쓰지 않았다. 난주는 터벅터벅 화장실로 가서 손을 씻었다. 비누칠을 여러 번 해도 찝찝한 기분이 사라지지 않고 계속 냄새가 나는 것 같았다. 뜨거운 것이 치밀어 오르는 것이 느껴졌다. 어딘가 쏴버리거나 뱉어내야 속이 시원해질 것처럼 답답한 게 마치 자신이 취사가 거의 다 끝난 압력밥솥이 되어버린 것 같았다. 화장실 거울에 비친 난주의 얼굴은 비참해 보였다. 그런데 이상한 걸 발견할 수 있었다. 처음 보는 난주였다.

'이게 난가?'

상기되어 있고, 약간은 홍조를 띤 얼굴.

"안에 누구 있어요? 빨리 좀 해요. 나 싸겠어!"

난주는 문을 두드리는 소리에 황급히 손을 한 번 더 씻었다.

"미안해요. 손 좀 씻느라고."

예전의 난주로 바로 돌아와 화장실을 넘겨주고 나갔다. 화장실을 나와 바 안으로 다시 들어가 냉장고 옆을 지나는데, 바에 앉아 있던 아까 그 여자가 난주를 향해 말했다.

"저기요, 냉장고에서 쿠어스 두 병만 꺼내다 주세요."

"네?"

"빨리요. 쿠어스 두 병. 언니, 귀먹었어요? 빨리, 지금 게임 시작하게."

난주는 얼떨결에 냉장고 문을 열어 쿠어스를 찾았다. 어디 있는지 잘 보이지 않았다. 겨우 찾아냈는데, 뒤에서 철주가 말했다.

"빨리 가져오고, 저 뒤쪽에 손님 나간 테이블 좀 치워요. 바닥에 음식을 흘렸으니까 대걸레질도 하고."

난주는 손이 떨리기 시작했다. 그럼에도 불구하고 두 병의 맥주를 손에 쥐고 무사히 배달한 후 대걸레를 들고 빈 테이블로 갔다. 걸레질을 하는데 갑자기 왈칵 뜨거운 눈물이 나오기 시작했다. 억지로 눈물을 참기 위해 눈을 감고 고개를 숙이고 어깨만 들썩인 채 있었다.

"난주 씨."

난주는 대답을 하지 못하고 그냥 서 있었다. 음악 소리가 작아졌다. 사람들이 자기만 쳐다보는 것 같아 그대로 나가버리고 싶었다. 이 상황을 모면하고 싶을 뿐이었다. 자기한테 왜 이렇게 함부로 구는지 모르겠다는 생각이 들었다. 철주를 죽여버리고 싶었다. 그리고 동시에 누군가를 죽여버리고 싶다는 무서운 생각이 든 것이 무서웠다. 그렇게까지 생각하면 안 되는데, 거기까지 가게 되었다는 것이 너무 싫었다. 더욱더 못난 자신이 미워졌다.

"난주 씨."

철주가 말했다. 난주는 천천히 철주를 향해 돌아섰다.

"왜 싫다는 말을 안 해요? 아니, 못해요?"

난주는 무슨 말인지 알 수 없었다.

"힘들었죠? 미안해요. 난주 씨 문제를 해결하려면 여기서부터 시작할 수밖에 없었어요."

"미안해요. 난주 씨, 저 여기 청소한 적 없어요. 뭐 아주 가끔 너무 더러우면 치울 때도 있었지만."

아까 그 싸가지 없어 보이던 여자가 웃으면서 말했다. 그럼 지금까지는 뭐였던 건가? 여기는 도대체 어디고, 이 사람들은 뭐 하는 사람들이지? 화가 나는 것인지 눈물이 나는 것인지, 뭔가 치밀어 올라 토하고 싶은 울렁거림까지 온다. 그러나 난주는 얼굴이 빨개진 채로 입만 달싹거릴 뿐 아무 말도 못하고 서 있었다.

철주가 말했다.

"난주 씨, 하고 싶은 말이 있으면 해볼래요?"

"싫어……요."

"다시 말해보세요."

"싫어, 싫어, 싫어요! 왜 그러는 거예요. 왜 사람 우습게 만드는 거예요!"

난주는 안에서 분노가 올라왔다. 입에 붙지 않은 말을 내뱉어서인지 입안도 깔깔했다. 주저앉아 고개를 숙여 흐느끼기 시작했다. 바에 앉아 있던 사람들이 난주를 바 쪽으로 데리고 와서 앉혔다. 사람들은 난주가 진정할 때까지 기다려줬다. 감정의 봇물이 조금 잠잠해졌지만 난주는 눈을 뜰 수 없었다. 잠깐의 분노로 다른 사람이 된 것 같았지만, 다시 이전의 그 소심하고 부끄러움 많은 아이가 자기 자리를 찾으면서 눈을 뜨고 사람들을 쳐다볼 수 없었다.

"난주 씨, 힘들었죠? 이제 난주 씨는 다시 태어난 거예요."

다시 태어났다고? 두 번째 황당함이 시작되는 기분이었다.

"싫다는 말을 할 수 있을 때 사람은 다시 태어나요. 난주 씨의 문제는 거절을 못하고, 싫다는 말을 할 능력이 전혀 발달되어 있지 않다는 것이에요. 그래서 수동적으로 끌려다니는 삶을 살아온 거예요."

"그게 뭐 어떻다고요. 싫다는 말을 못하는 건 아니에요. 자주 안 해서 그렇지."

"글쎄요. 오늘 우리는 난주 씨의 벽을 깨주기 위해서 한 판의 몰래 카메라 같은 걸 꾸며본 거예요. 말로 설명해서는 이해하기 어렵고 너무 오래 걸려서요."

사람들이 웃었다. 난주는 아직 이해가 가지 않았다. 벽을 깬다는 것이 무엇인지 알 수 없었다. 오늘 한 싫다, 라는 말이 낯설기는 했다. 보통 때 식당이나 옷가게에서 아니요, 싫어요, 라고 말할 때와는 다른 느낌이었다. 하지만 정확히 뭐가 다른지 모르겠고, 그 말을 할 수 있게 된 것이 문제 해결의 실마리라는 것은 더욱 이해할 수 없었다. 어리둥절해하고 있자 철주가 설명을 시작했다.

"아이가 태어나고 난 직후 몇 달 동안 아이는 엄마와 한 덩어리라고 여깁니다. 비록 신체적으로는 분리가 되어 있지만 여전히 엄마 뱃속에 있을 때처럼 같은 걸 느끼고 생각한다고 여깁니다. 이걸 공생기라고 하지요. 그런데 시간이 지나면서 점차 엄마와 자기가 다른 존재라는 것을 어렴풋이 알아차리기 시작합니다. 별로 배가 고프지 않은데 우유를 주기도 하고, 자기는 기저귀가 젖어서 불편한데 젖을 물리는 짓을 엄마가 한단 말이죠. 그럼에도 불구하고 한동안은 그래도 엄마가 하라는 대로 하는 게 맞다고 생각하고 순순히 따르죠. 그러다가 운명의 순간이 옵니다. 특히 아기가 걸음마를 하기 시작하는 돌 무렵, 언어 발달이 시작되는 시점이죠. 걷기 시작하면서 자기가 원하는 것을 자율적으로 하기 원하고, 반대로 엄마는 아기가 다칠까 봐 못하게 하는 일이 많아집니다. 그래서 엄마, 아빠, 맘마 다음에 입에서 나오는 말이 바로 싫어가 되는 것이죠."

"그런데요? 그게 무슨 상관이죠?"

"싫다는 말을 하기 위해선 마음의 준비가 필요하기 때문이죠."

"준비요?"

"싫다는 의사 표시를 위해서는 그동안 사용하던 엄마의 기준이 아닌 나만의 기준이 필요해요. 엄마가 하라는 것, 주는 것을 싫다고 말할 수 있는 자신의 기준이요. 어찌 보면 그걸 하나하나 만들어가는 것이 정체성의 형성 과정이기도 합니다. 남과 내가 다르다는 것을 세세하게 구분해내기 시작하는 것이니까요."

"그래요. 그런데 그게 나랑 무슨……."

난주는 아직 이해하기 어려웠다. 그게 진호와 자기의 관계, 그리고 자기의 어려움과 무슨 상관이 있다는 건가. 철주는 설명을 이어갔다.

"싫다, 라는 말이 발달에서 갖는 의미를 알았다면 그 말을 제대로 못하는 사람의 심리도 알 수 있죠. 싫다는 말을 못하는 사람은 관계에서 주도권을 쥐지 못하는 사람입니다. 어렸을 때 섣불리 반항하다가 강력한 응징을 당할 수 있습니다. 엄마나 아빠의 힘은 훨씬 강하니까요. 크게 당해서 완전히 내 존재가 사라져버릴지도 모른다는 강한 두려움을 갖게 됩니다. 아이가 싫다는 말을 했을 때 엄마가 인정을 해주고, 그 이유를 헤아리면서 부드럽게 반응하는 경우와 강하게 응징하면서 무조건적 복종을 강요한 경우, 아이는 전혀 다른 발달의 과정을 갖게 되지요. 앞의 경우는 싫다는 말을 해도 큰일이 벌어지지 않고, 서로 이해관계가 다를 뿐이라는 것을 이해하면서 무사히 자기 정체성을 만들어갈 수 있습니다. 이에 반해 뒤의 경우는 오직 전면적인 저항과 무조건적 복종, 두 가지 중 하나를 택일해야만 하는 흑백논리적 사고를 갖기 쉽습니다. 그런 사람은 자라고 난 다음에도 자신이 언제든지 버림받을 수 있는 사람, 사랑받지 못할 사람이라는 무의식적 두려움을 갖고 살아갑니다. 어느 순간부터는 자신이 원래 그런 사람이라고 여기는 것이 낫다고 생각 자체를 개조하게 되지요. 일종의 성격이됩니다. 좋게 말하면 양보 잘하고, 순종적이고, 배려심 많은 사람이지만, 싫다는 말을 못하는 사람은 나라는 존재의 개성이 없는 사람이라고도 할 수 있지요. 제가 본 난주 씨가 그랬어요."

난주의 삶은 그래서 개성을 드러내서는 안 되는, 개성이 드러나지 않는 모습이 되어 있었다. 손해를 봐도 뭐라고 하지 못하고 그게 원래자기 운명이라고 여기는, 분하고 짜증 난다는 것조차도 의식하지 못할 만큼 익숙해져버린 삶.

"예스맨이라고 알죠?"

난주가 끄덕였다.

"예스맨도 비슷한 맥락이에요. 부딪혀 싸워 내 영역을 만드느니 차라리 모든 것에 예스 하는 것으로 생존을 이어가기를 선택하는 것이죠. 재미있는 게 우리가 보통 예스맨을 넌지시 어떻게 표현하죠?"

"예? 글쎄요……."

"아, 이렇게 하잖아요."

영수가 옆에서 듣고 있다가 끼어들었다. 양손을 앞으로 내밀어 비벼댔다. 파리가 음식을 앞에 두고 비벼대듯이.

"이렇게 비벼대는 거지, 지문이 닳도록."

"그래 맞아. 지문이 닳도록. 어디 가도 그런 사람 하나씩 있지."

"그치. 영혼은 집에 두고 온 사람 같은."

"바로 이게 핵심이에요, 난주 씨. 예스맨의 아픔은 여기에 있어요. 너무 비벼대다가 지문이 닳아서 없어져버린다는 것. 즉, 내가 누구인지를 잃어버리고 마는 것이죠. 정체성이 사라진 사람이 예스맨의 결론이에요."

007 제임스 본드처럼 주장하기

철주는 맥주를 한 모금 훌쩍 넘기고는 생각난 것이 있는지 바 뒤에서 진과 베르무트를 꺼냈다. 삼각형의 유리잔을 꺼내 진과 베르무트를 4대 1정도로 따랐다. 그리고 냉장고에 가서 올리브를 몇 개 가져와 이쑤시개를 꽂고 유리잔에 넣었다. 그러고는 난주에게 내밀며 말했다.

"한잔해요. 마티니예요. 난주 씨 문제를 해결할 솔루션 중에 하나죠."

난주가 잔을 받아 들었다. 그리고 별 생각 없이 올리브가 꽂힌 이쑤시개를 저었다.

"아니오, 흔드세요. 젓지 말고. 셰이큰 낫 스터드."

"네? 원래 젓는 거 아니에요?"

"맞아요. 원래 정식은 흔들지 말고 젓는 거예요. 즉, 스터드 낫 셰이큰이죠. 진이 뭉개지지 않고 재료들이 섬세하게 층을 이루기 위해서는 그래야 된대요. 그런데 이놈의 007 때문에 사람들은 반대로 알게 된 거죠. 만일 바텐더가 손님, 마티니는 그렇게 마시면 안 됩니다, 하면서 자기가 경력 10년의 바텐더라고 권위로 찍어 눌렀다면 어땠을까요. 특히 난주 씨 같은 사람에게. 아 그래요, 그랬겠죠. 그런데 제임스 본드는 끝까지 자기가 원하는 방식을 주장합니다. 내 취향은 젓는 것이 아니라 흔드는 것이고 난 그게 좋다고, 틀린 게 아니라 다를 뿐이라고 말하면서요. 자기 영역을 만들어가는 게 더 좋은 것이라고 생각해요."

그렇지만 그 벽을 깨는 것은 쉽지 않다. 변화가 필요하다는 것을 아는 사람도 쉽사리 변화하지 못하는 이유는 불편한 익숙함에 길들여져 있기 때문이다. 변화 과정에서 겪는 갈등과 불편이 지금 여기 이대로 머물면서 소소하게 감내하는 괴로움보다 크다고 계산하기 때문이다. 불확실한 미래의 행복보다 확실한 현재의 불행을 선택하는 삶. 누가 그랬더라, 그래, 김어준이 말했다.

"선택의 누적분이 곧 당신이다. 그 선택 자체가 옳다 그르다의 문제가 아니다. 당신은 당신이 선택한 만큼의 사람이라는 거다. 더도 덜도 말고."

그렇다. 선택의 누적분이 그 사람을 구성한다. 문제는 그 선택에 관성의 법칙이 강하게 작용한다는 것이다. 그래서 머리로는 알아도 행동이 바뀌기 쉽지 않고, 한번 해본다고 해도 단번에 새로운 방식을 몸에 익히기는 어려운 일이다. 도리어 백지 상태가 낫다. 우리의 삶의 발목을 잡는 것은 삶의 선택에서 익숙해져버린 나쁜 버릇이다. 그리고 버릇이라는 단단한 껍질을 깨는 것은 한두 번의 통찰로는 성공하기 어렵다. 오랫동안 익숙해져 살아왔고, 주변의 인간관계는 이미 그 틀 안에서 짜여져 있기에, 변화의 모션을 한 번 준다고 해도 바로 다른 주변 관계의 축들의 반작용에 의해 제자리로 돌아와버리곤 한다. 더욱이 섣부른 변화의 시도는 좌절을 불러와 관성을 강화하고, 난 원래 이런 사람일 뿐이라는 믿음을 종교적 신념에 가깝게 발전시킨다. 결국 '나는 왜 안 되는가'에 대한 정교한 변명 논리를 갖춰 웬만한 상황에 대해서는 미리 방어적 자세를 취하게 되는 것이다.

그러나, 동시에 내면의 응어리는 갈수록 강해져서 아무리 깊은 곳으로 눌러 의식하지 않으려 노력해도 깊은 지하에서 쿵쿵 울리며 툭하면 상층부를 흔들어댄다. 어디인지 원인을 찾을 수 없는 진동은 눈에 보이는 균열보다 훨씬 불편하고 무섭다. 그래서 어떤 시점을 넘어선 다음부터는 나를 감싸고 있는 틀에서 벗어나고 싶어진다.

이런 상황의 해결은 일단 큰 틀을 흔드는 것에서 시작해야 한다. 뻔한 수비 범위 안에서 흔드는 것 정도는 너끈히 방어하고 원래 자리로 돌아가버리기 쉽다. 철주와 노사이드의 멤버들은 난주를 구석으로 몰아붙였다. 어떤 설명도 하지 않은 채.

지금 난주에게 필요한 것은 '당신의 어린 시절의 트라우마가 지금의 당신을 만들었어요' 같은 복잡하고 깊은 무의식에 대한 해석이 아니다. 말로는 안 되고 몸으로 직접 경험해봐야 한다. 부서지지 않을 정도로 한 번 흔들려야 할 때도 있다. 가끔은 충격 요법이 필요한 이유가 거기에 있다.

"그 말을 하지 않고는 견딜 수 없었죠? 싫다는 말."

"네……."

"그동안 했던 싫다는 말과 달랐죠?"

"글쎄요, 거기까지는……."

"그래요. 이제는 싫다는 말을 연습해야 해요. 아기가 처음 말을 배울 때처럼."

"연습요?"

"싫어, 안 돼, 라는 말이 입에 배야 정말 필요할 때 그 말을 할 수 있어요. 타이밍을 놓치면 지나서 후회하고 가슴만 아파요."

"저는 별로 그런 적이 없는 것 같은데요."

"그게 더 문제죠. 여러 번 가슴이 아프고 좌절감을 느끼고 나면 자연스럽게 난 원래 그게 필요없어, 라고 생각하고 아예 생각조차 안 하게 되는 게 사람 마음이라."

"전 중증이라는 건가요?"

"글쎄, 굳이 그렇게 말하자면 그럴 수도 있고, 난주 씨가 그렇게 느끼면 더 절실해지겠죠."

"저는 어떻게 해야 하죠?"

"여기서 이제 연습을 하는 거예요. 우리들이 도울 거예요. 예를 들어 이렇게요."

영수가 말했다.

"어이, 저기 나가서 담배 에세 한 갑 사다줘요. 아무거나 사 오면 안 돼. 에세 스페셜 골드로."

"아……네."

"아니라니까. 싫어요. 그걸 내가 왜 해요."

"네?"

"자, 다시 할게요. 담배 하나 사오라니까."

망설이던 난주가 말했다.

"싫어요. 제가 그걸 왜 해요."

사람들이 환호하며 박수를 쳤다. 난주는 황당했다. 모두 미치지 않았나 싶었다. 사람을 우습게 아는 것처럼 느껴졌다. 그렇지만 한편으로는 막상 싫다고 얘기했는데 비난의 보복 공격이 벌어지지 않은 것에 휴, 하고 안도했다.

"아무 일도 일어나지 않아요. 난주 씨가 안 돼, 싫어, 라고 말해도 아무런 보복도 일어나지 않아요. 최소한 여기서는요. 이곳은 난주 씨의 재활과 부활을 위한 인큐베이터가 될 거예요. 이제부터 예스맨, 영혼이 없는 사람, 수동적인 무색무취의 여성이 아니라 까칠한 난주 씨가 되는 거예요. 우리가 도울 거예요."

사이먼 앤 가펑클의 〈피프티 웨이스 투 리브 유어 러버 50 ways to leave your lover〉가 흘러나오고 있었다.

난주의 가슴에 뭔가 새로운 것이 시작될 것 같은 두근거림이 일었다. 며칠 전 진호와 처음 이곳에 왔을 때의 두근거림과는 질적으로 다른 따뜻한 두근거림이었다. 근육의 긴장이 풀어지면서 몸이 뜨거워졌다. 한잔하고 싶어졌다. 마티니를 들어 입안으로 넘겼다. 뜨거운 것이 안으로 들어갔다. 역겹지 않았다.

이제는 정말 달라질 수 있는 걸까?

"이따 갈 때 이 봉투 가져가라고 꼭 얘기해주세요. 내일 회사에 가져가지 않으면 난 죽음이야."

"싫어요. 그렇게 귀한 거면 여기 가져오지 말든지요. 아니면 꼭 껴안고 있든지."

"맞아. 깔고 앉아 있어야지. 하하, 이제 제법이에요."

노사이드의 식당 식구들이 요새 하는 놀이는 '까칠한 난주 씨'다. 그 일이 있고 난 후 일주일 가까이 난주는 저녁마다 노사이드로 출근했다. 단골들은 난주에게 이런저런 요구나 부탁을 한다. 돈을 빌려달라, 옷을 벗어달라, 물을 떠다 달라, 내일 좋은 공연이 있는데 같이 보러 가자……. 그럴 때마다 난주는 까칠하고 도도하게 싫다, 안 된다, 그걸 왜 하느냐고 말해야 했다. 어떨 때에는 안 할 이유가 없는 상황인데도 그렇게 말하게 했다. 만일 하겠다고 하면, 벌점이 올라가서 나중에 술을 한잔씩 사도록 했다. 난주는 우호적인 사람들 사이에서, 부담 없는 게임을 하는 게 무슨 효과가 있을까 싶었다. 그런데 일주일 정도 지나니 어느새 입에 붙어 싫다는 말이 쉽게 나오는 것이 신기했다.

날마다 노사이드로 향하는 난주의 발걸음이 가벼웠다. 입에 붙는다는 것이 무엇인지 알 수 있을 것 같았다. 그 전화가 오기 전까지는.

"여보세요? 네, 진호 씨."

그전까지 편안하던 난주의 목소리가 긴장하기 시작했다. 진호가 회식을 정리하고 나오면서 전화를 한 것이다. 오랜만에 한잔하면서 팀원들의 군기를 확실히 잡은 진호는, 생각난 김에 며칠 동안 전화가 뜸하고 문자를 보내도 전과 달리 답이 느려진 난주도 손을 봐야겠다는 생각이 들었다.

"난데, 내일 만나기로 했잖아."

"네, 알고 있어요."

"지금 어디야?"

"왜요?"

"왜요? 지금 어디냐니까?"

진호는 열이 확 받았다. 바로 답하지 않고 물어보는 게 미심쩍었다.

"음…… 친구들하고 있어요."

"친구 누구?"

"진호 씨는 모르는 친구들이요."

"내가 모르는 친구?"

다시 열이 받았다. 정말 확실히 정신을 차리게 해야겠다는 생각이 번뜩 들었다.

"서울은 서울이지?"

"네, 서울이죠."

"나 지금 청담동 커피숍인데, 우리 같이 왔던 데 알지? 30분 안에 와. 할 말이 있어."

난주는 진호의 차가워진 목소리를 듣고 섬뜩했다. 아무 생각 없이 어디냐고 묻는 말에 왜 묻느냐고 대답했고, 누구랑 있는지도 밝히기 싫었기에 말하지 않았는데, 그것이 무엇을 의미하는지 이제야 확연히 알 수 있었기 때문이다. 전 같으면 바로 '알았어요'라고 하고 가방을 들고 튀어 나갔을 것이다. 그런데, 눈앞의 사람들은 모두 '안 돼, 싫어'라는 표시를 입 모양으로, 손 모양으로 해 보이면서 난주만 바라보고 있었다. 입이 서서히 달싹거리며 움직이기 시작했다.

"안 돼요, 진호 씨. 오늘은 너무 늦은 것 같은데요. 진호 씨 정말 미안한데요, 저 지금 친구들하고 있고 나가기가 힘들 것 같아요. 내일 아침에 다시 전화할게요."

"뭐? 지금 어디야? 왜 이리 시끄러운 거야? 조용한 데로 나와서 다시 얘기해봐. 지금 안 된다고 한 거야?"

"지금 일어나기가 좀……. 미안해요. 오늘은 안 될 것 같아요."

"그래? 잘 생각해봐."

난주는 가슴이 두근거리기 시작했다. 벌렁거리는 가슴으로 휴대전화를 막고 눈치를 봤다. 엉덩이가 들썩거리는 걸 보고 옆에 앉아 있던 미수가 전화기를 뺏더니, "여기가 지하라서요, 잘 안 들리네요"라고 얼버무리고는 종료 버튼을 눌러버렸다. 다시 전화가 왔지만 받지 않았다. 전화는 여러 번 울리다가 멎었다. 얼마 후 문자가 왔다.

"오늘은 정말 즐거운 모임인가 보네. 내일 봐. 난 바로 들어갈게. 그런데 어디야?"

난주는 안도의 숨을 쉬었다. 진호도 통과한 것이다. 이제는 정말 달라질 수 있는 것일까. 잘 모르겠다. 그렇지만 이 안에서 이 사람들과 함께한다면 못할 것도 없을 것 같다는 어렴풋한 믿음이 작지만 단단하게 마음 안에 박히는 것 같았다.

때맞춰 제니스 조플린의 연주곡 〈펄 Pearl〉이 노사이드를 울렸다.

처음에는 이물질과 같았다. 그렇지만 그것을 내 것으로 만드는 과정은 직접 해야 할 일이다. 마치 진주를 만들듯이. 난주의 마음 안에서 진주가 만들어지는 과정이 시작된 것이다.

난주는 기쁜 마음에 휴대전화를 들어 진호에게 답장을 보냈다.

오늘 난주의 행동은 평소 그녀의 행동 패턴을 백 퍼센트 이해하고 있다고 여겨왔던 진호에게 수비 범위 밖의 일이었다. 어디가 아픈 건지, 머리를 다친 건지. 그때 휴대전화가 울렸다.

"진호 씨도 일찍 들어가 쉬세요. 고마워요. 노사이드에서 좋은 사람들과 있어요."

문자를 보고 나니 오늘 밤 이해할 수 없던 그녀의 행동의 단서가 드디어 잡혔다. 고쳐주기는 했는데 원하지 않는 방향으로 고쳐놓았다. 나쁜 물이 더 들기 전에 제자리로 돌려보내야겠다. 타이밍이 중요하다. 진호는 휴대전화를 주머니에 넣고 커피 전문점을 나섰다.

4

남이 아플 수 있다는 걸
알아야 관계가 유지된다

– 노사이드의 위기

원하는 것을 늘 얻을 수는 없다

You can't always get what you want

You can't always get what you want

You can't always get what you want

But if you try sometimes you just might find

You get what you need

You get what you need—yeah, oh baby

원하는 것을 늘 얻을 수는 없지

원하는 것을 늘 얻을 수는 없지

원하는 것을 늘 얻을 수는 없지

하지만 노력하다 보면 때로는 찾게 돼

필요한 것을 얻게 되지

한가한 노사이드의 저녁이 지나고 있다. 롤링 스톤즈의 〈유 캔 낫 올웨이즈 겟 왓 유 원트You can't always get what you want〉를 들으며 후렴을 따라 부르고 있었다. 오늘도 어김없이 바 한구석에 앉아 맥주를 홀짝이고 있던 영수를 보고 철주가 말했다.

"이거 옛날에 같이 따라 부르곤 했었지. 일이 잘 안 풀릴 때마다."

"네가 언제 잘 안 풀릴 때가 있었냐. 내가 헤매고 있을 때 네가 위로 삼아 같이 놀아준 거지."

"어허, 왜 그러시나. 남이 들으면 내가 뭐 대단한 사람이라도 되는 줄 알겠다. 너랑 같이 나갔던 미팅 생각 안 나냐. 대학 1학년 때 처음 미팅 나가서 당한 일 말이야."

"하하. 맞아. 너 나름대로 용기를 내서 애프터 신청했다가 당한 그 사건?"

"처음이라 뭘 어떻게 해야 하는지도 모르고 그냥 이런저런 이야기하다가, 헤어질 시간이 돼서 애프터로 영화 보러 가자고 했더니 자꾸 세미나가 있다, 시험이 있다 빼더라고. 그때 알아듣고 그만 일어났어야 하는데, 난 순진하게 정말 그런 줄 알고 그럼 나중에 전화하겠다고 집 전화번호를 물어봤지."

"그랬더니, 그 여자애가 지금 생각하면 정말 싸가지 없는 앤데, 집 전화가 고장 났다고 할까요 없다고 할까요, 뭐 그랬다고 했지?"

마침 문을 열고 보라가 들어왔다.

"내가 일등! 앗, 영수 아저씨가 먼저 와 있었네. 지리적 이점에 밀렸어요. 오늘은 조용히 혼자 음악 듣고 싶었는데."

"미안, 보라 샘."

"롤링 스톤즈네. 이거 얼마 전에 어디서 들었는데, 미드 보다가."

철주가 물었다.

"이거 옛날 노래인데 미드에 나오나?"

"아, 맞다. 〈하우스〉에 나와요. 시즌 1 마지막 에피소드 엔딩 곡. 이제 보기 시작했거든요. 닥터 하우스랑 대장이랑 비슷한 면이 있는 것 같네. 지금 보니까."

"닥터 하우스? 내가 그렇게 시니컬하다고? 나야말로 친절대마왕인데."

"느낌이 그렇다고요. 아니라면 할 수 없고. 하우스의 전 부인이 새로 남자를 만나게 되었는데 그거를 막 방해하고 시기하거든요. 막판에 하우스도 자기 마음대로 안 되는 게 있다는 걸 깨닫는 장면이 나와요. 천재 의사도 안 되는 게 있구나, 인간적이다…… 하는 생각을 했지요."

영수가 끼어들었다.

"그런 면에서 보면 딱 철주네. 안 그래? 닥터 하우스도 여자는 마음대로 못하는군."

"아니야, 나중에 커디랑 엮여."

"음, 벌써 닥터 하우스랑 동일시하는 거야? 보라 샘, 이 친구가 말이야. 대학교 1학년 때……."

"조용히 안 해? 닥치고 술이나 마셔."

철주가 황급히 볼륨을 높이고 잔을 들어 영수의 입으로 밀어붙였다.

의사가 되려는 사람의 무의식적 욕망을 들여다보면 그 안에는 전능감의 환상이 강하게 자리잡고 있다. 사실 무의식적으로는 전능한 존재가 되어 신에게 가까이 가 누군가를 고쳐주고 변화시키고, 죽음으로부터 구해내겠다는 환상을 실현하는 것이 가장 정확한 이유라고 정신분석가들은 얘기한다. 철주가 대학병원을 그만두고 나와 술집을 차린 다음에도 사람들의 인생에 개입하는 것을 멈추지 못하고 있는 이유도 아마 아직 그의 무의식적 욕망이 해결되지 않은 채 여전히 강력하게 작동하고 있기 때문일지 모른다. 철주는 병원을 그만두고 나

온 후에 남의 인생에 개입하지 않기로 굳게 마음을 먹었었다. 그럼에도 불구하고 흔들릴 때마다, 이 문구를 읽는다.

> 모든 사람의 삶을 바로잡고자 하는 열망으로부터 벗어나게 하소서
> 저를 사려 깊으나 시무룩한 사람이 되지 않게 하소서
> 남에게 도움을 주되 참견하기를 좋아하는 그런 사람이 되지 않게 하
> 소서

    17세기의 어느 수녀의 기도문이라고 하는 이 글을 철주는 노트 앞에 써놓고 생각날 때마다 꺼내 읽고는 한다. 그럼에도 남의 인생에 개입하는 오지랖은 여전히 작동하고 있어서 철주는 아직도 갈 길이 멀다고 느끼곤 한다. 어쩌겠는가, 그렇게 생겨먹은 인간인 걸. 이제는 저항하지 않으려 한다. 천성에 지나치게 저항하면 마음만 지치고, 결국 자신에 대한 이유 없는 자학과 불만족만 커지게 될 테니 말이다. 프로이트는 정신분석의 목표 중 하나는 자아에게 이쪽이든 저쪽이든 결정할 자유를 주는 것이라고 했다. 그렇다. 우물쭈물하다가 이러지도 저러지도 못하면서 안절부절못하는 것보다는 후회 없이 느낌 가는 대로 사는 것이 더 괜찮은 인생이 될 것이다. 철주는 최소한 자기만이라도 그렇게 살아야겠다고 다짐을 해왔다. 비록 원하는 것을 모두 다 가질 수는 없을지 몰라도.

우린 다 인생의 재활치료 중

"칙칙하고 구린 음악 그만 틀면 안 돼요? 이러니 장사가 안 되지."

"뭐 듣고 싶은 거 있어요?"

"클럽 음악도 좋고요, 존 레전드, 리아나, 카니에 웨스트…… 꼭 클럽, 일렉트로닉 아니라도 들을 음악이 얼마나 많은데, 왜 이렇게 업데이트를 안 해요."

미수가 메모지에 곡목을 적어 철주에게 전해줬다. 음악이 나오기 시작했다.

They tried to make me go to rehab but I said 'no, no, no'

Yes I've been black but when I come back you'll know know know

I ain't got the time and if my daddy thinks I'm fine

He's tried to make me go to rehab but I won't go go go

사람들은 나를 재활원에 보내려 하지만 난 '싫어, 싫어, 싫어'라고 했어

그래 난 정상이 아니었어 하지만 내가 돌아오면 알 거야

사실 난 거기서 지내지 않았어 아빠는 내가 멀쩡해 보여도

나를 재활원에 보내려 하지만 나는 가지 않아, 가지 않아, 가지 않아

음악이 나오자, 곧 수지가 말했다.

"에이미 와인하우스다. 곡목이……."

"〈리햅Rehab〉."

"맞아요, 리햅. 자기 이야기죠? 아깝게 죽었어."

"그래도 이 식당 음악 중 제일 최신곡일 듯. 내가 사다 놓은 CD니까. 우린 다 여기서 재활 치료 중이잖아. 인생의 재활."

"또 썰렁 유머. 에이미 와인하우스는 술과 약을 끊기 위해 재활을 했던 거고, 우리는 여기서 술과 음악으로 인생 재활 중이고. 안 그래요, 대장?"

미수가 말하자 철주가 고개를 끄덕였다. 철주가 원래 원한 것은 아니었지만, 이곳이 찾는 이들에게 의미를 갖게 되었다는 것, 일종의 안전한 정서의 보급 기지가 되어서 사는 게 힘들고 지쳐서 에너지가 바닥 났을 때 정서적 급유를 받는 장소가 되어준다는 것이 나쁘지 않았다. 물론, 여전히 부담이 되는 것은 사실이지만.

그때 문이 열렸다. 난주가 들어왔고, 뒤이어 진호가 들어왔다. 처음 두 사람이 왔을 때와는 정반대의 순서였다. 난주가 성큼성큼 망설이지 않고 안으로 들어오고, 진호는 두 발짝쯤 뒤에서 따라 들어왔다.

"어서 와요!"

사람들은 난주에게 손을 흔들어 적극적으로 환영을 표시했다. 그러다 한 박자 뒤에 진호가 나타난 것을 발견하고, 방송 사고 난 뉴스 프로그램처럼 약 2초간 환영의 분위기가 멈췄다. 곧이어 아무 일 없었다는 듯이 난주에게 손짓하고 진호와 눈을 마주치며 웃음을 던졌다. 홀에는 〈리햅〉의 쿵쿵거리는 베이스 소리와 에이미 와인하우스의 당찬 목소리가 쩌렁쩌렁 울리고 있어, 그 짧은 2초의 프리징은 어색하지 않아 보였다. 하지만 뒤따라 들어온 진호는 예민하게 알아차릴 수 있었다. 이곳에 이물질이 들어왔다는 경계 신호가 울렸음을 감지한 것이다. 전에도 이런 느낌을 경험한 적 있었다. 대학교 1학년때의 일이었다. 부모에게 첫 학기만 등록금을 대주면 다음 학기부터는 알아서 내겠다고 약속하고 서울로 무작정 올라온 상태였다. 진호는 경영과 투자 동아리에 들기로 결정했다. 동아리 방도 좋은 곳에 있었다. 문을 열고 들어갔다. 안에서 사람들이 진호를 쳐다봤다.

　진호는 그때의 대화를 지금도 잊지 않고 있다. 나중에야 동아리 회장이라는 걸 알게 된 한 남자 선배가 "어떻게 왔냐", "어디인 줄 알고 왔냐"고 물었다. 진호는 그가 '넌 여기 올 자격이 안 돼', '풍물 패에 가야 할 친구가 잘못 온 것 같은데'라는 의미를 전달하고 있는 것을 단박에 깨달았다. 마지막의 "가입하려고요?"라는 말이야말로 '네가 뭔데 여기를 와'라는 뜻이었다. 혼미해진 정신을 차리고 보니, 그들은 정말 '그들'이었다. 학교 캠퍼스 안에서 보기 힘든 깔끔한 옷차림.

2년 후 진호는 동아리의 회장이 되었고, 그 후에는 그런 어색함을 느끼지 않았다. 누군가를 어색하게 만드는 사람이 진호였고, 절대 그 관계가 역전되지 않게 해왔다. 그런데 오늘 놀랍게도 몇 년 만에 오랫동안 잊고 있던 소외감의 불편함을 느꼈다. 더욱더 전투 의지를 불태우는 밤이 아닐 수 없다.

"이쪽으로 와서 앉아요. 오랜만에 오셨네요."

미수가 옆으로 옮기며 진호와 난주의 자리를 만들어줬다. 그리고 말했다.

"난주 씨, 저기 가서 맥주랑 잔 좀 가져오고, 오징어 구워 오지?"

"어머, 내가 왜요? 미수 씨, 내 돈 내고 마시는데 내가 왜 오징어를 굽는데?"

"그럼, 저기 가서 쓰레기봉투 버리고 와요. 냄새가 너무 나네."

"싫어요. 난 오늘 여기 맥주 마시러 왔어요. 음악도 듣고."

진호는 이 상황이 이해가 가지 않았다. 열이 확 받으려고 했다.

"나 잘했죠?"

"패스! 난주 씨 맥주지? 좋아하는 칭따오로?"

미수가 웃으면서 말하고 일어나 냉장고로 맥주를 가지러 갔다.

"진호 씨 놀랐죠? 아직도 훈련 중이라서요. 연습을 해야 한대요. 하기 싫다, 아니다. 그래야 주체적인 사람이 된다고. 여기 올 때마다 연습해요."

'아…… 그랬구나. 바로 너희들이 이 여자를 망쳐놨구나.'

진호는 심증을 굳혔다.

"위스키 뭐 있어요? 잔술도 파나요?"

진호가 철주를 향해 말했다.

"그럼요. 제가 마셔야 해서 우리는 잔술도 꼭 있죠. 좋아하시는 술 있어요?"

철주가 쳐다보는 위스키 장을 진호도 봤다. 산토리 위스키 히비키 가 눈에 들어왔다.

"히비키, 스트레이트 노 체이서."

철주가 위스키를 잔에 따라 바로 진호에게 건넸다. 그리고 철주도 잔을 꺼내 위스키를 따르고 그 위에 얼음을 넣고 물을 조금 부었다. 난주가 둘의 차이를 보고 말했다.

"여기는 얼음이나 물 없어요?"

"아, 스트레이트 노 체이서, 물이나 같이 먹는 것 없이 오직 스트레이트로, 그렇게 주문을 하셔서요. 저는 이렇게 얼음도 넣고 물도 섞어서 서서히 조금씩 마십니다. 취향이 다 다르니까요. 자, 한잔하실까요?"

철주가 잔을 들어 진호와 눈을 마주쳤다. 진호도 잔을 들어 살짝 목례를 하고 한 모금을 마셨다. 그사이 음악이 바뀌었다. 철주가 다시 일어나 주방으로 들어갔다. 프라이팬을 달궈 뭔가를 잠깐 볶더니 바로 접시에 담아 내왔다.

"이 음악을 원하셨고, 아마 안주는 이거죠?"

철주가 가져온 접시 위에는 땅콩과 소금을 살짝 볶은 것이 담겨 있었다.

"사장님이 음악에 조예가 깊으시다고 하더니, 대단하네요."

노사이드에서 울리는 음악은 델로니오스 몽크의 〈스트레이트 노 체이서Straight no chaser〉였다. 그리고 철주가 다음으로 연상한 것은 디지 길레스피의 〈솔트 피너츠Salt Peanuts〉. 그제야 영수는 노사이드에 철주가 평소 즐겨 듣지 않는 비밥 재즈가 흐르는 것을 알고 두 사람 사이를 주시하기 시작했다. 조마조마해졌다. 저 남자가 알 수 없지만 어떤 이유로 철주를 자극하고 있다는 것이 철주의 행동을 통해 감지되었기 때문이다.

"뭘요. 이런 걸 원하시는 것 같아서요. 느낌으로."

"예……. 정신과 의사라고 들었는데, 음악도 많이 알고 대단하십니다. 이런 거 하실 분 같지 않은데, 역시……."

난주는 진호가 뭔가를 시도하고 있다는 것을 직감으로 느끼고 명치 끝이 아려왔다. 진호는 공격 전에 상대방을 칭찬하는 버릇이 있었다. 철주도 진호의 태도를 보고 감을 잡고 있었다. 보통 때 같으면 무시했을 것이다. 그러나 진호를 변화시키지 않으면 난주의 근본적 변화는 오지 않을 것이라는 걸 알았다. 결국 다음 타깃은 그가 원하건 원하지 않건 진호가 된 셈이다. 철주도 진호가 만만한 상대는 아니라는 걸 바로 알 수 있었다. 단단하고 빈틈없고 매끈한 방어막을 갖고 있었다. 무엇보다 자기 문제를 전혀 인식하지 못하고 오히려 문제를 장점으로 알고 있는 타입. 섣불리 찔러보다가는 본전도 못 건지고 역습을 당하기 쉬운 상대. 정신과 의사를 오래 하면서 발달한 것이 이런 민감한 센서였다. 일단 시간이 필요했다.

"재미있는 일이죠. 난주 씨 같은 좋은 손님들도 만날 수 있고. 한 잔 더 하실래요?"

"그러니 더 대단하시다는 거죠. 한 잔 더 주십시오. 히비키는 술집에서 만나기 어려운 술인데."

"제가 좋아하는 술이라 사다 놓고 마시죠. 사실 병으로는 팔 것도 없어요."

진호가 보기에도 철주는 그가 평소 보던 사람들에 비해 쉬운 상대 같지는 않았다. 한 번 운을 띄워봤지만 덥석 미끼를 물지 않았다. "이런 일이라뇨?"까지는 아니더라도, "아, 예. 무슨 일 하시는데요?" 정도의 반응을 기대했었다. 그런데 대수롭지 않다는 듯한 반응에 술만 한 잔 더 준다. 빨리 먹고 나가라는 것일까. 잘 모르겠다. 일단 지켜본다. 부릉부릉하던 엔진의 알피엠을 낮췄다. 난주가 제일 먼저 경계경보 해제를 알아차렸다. 이제야 진호에 대한 긴장을 풀고 반대편의 영수나 미수와 대화를 하기 시작했다.

'그래, 이런 것도 오늘이 마지막이니 최후의 만찬을 즐겨라.'

진호도 난주가 그냥 그렇게 놀게 됐다. 진호는 화장실에 들렀다가 나오면서 자연스럽게 철주가 앉은 자리의 앞으로 옮겨 앉았다.

"여기 앉아도 되죠?"

철주는 대답 없이 다음에 틀 음악을 생각하며, 영수가 던지는 농담을 듣고 있었다. 원래 빈자리면 아무나 앉아도 되는 것이고 모두 그렇게 하고 있는 것이라 신경 쓸 필요도 없었다. 그러나 진호는 열이 받았다. 하지만 참고 자기 자리로 가서 잔을 가져다가 옮겨 앉았다. 난주는 진호가 자리를 옮기는 것도 알아차리지 못할 정도로 영수의 말도 안 되는 얘기에 반응하며 웃고 있었다. 왁자지껄한 순간이 지나고 조용한 음악으로 갈아탔다.

"사장님, 질문 하나 해도 돼요?"

"네?"

철주는 잠시 긴장을 풀고 진호를 바라봤다. 진호는 때를 잡았다고 느꼈다.

"정비소가 하는 일이 뭡니까?"

"네?"

"정비소에 가잖아요. 차가 고장 나면요. 거기서 하는 일, 목표가 뭐냐고요."

"뜬금없네요. 고장 난 걸 고치죠. 고장 났다고 하는 부분이 무엇인지 찾아내서 그 부분을 고치는 것 아닌가요."

"그렇죠? 주인이 원하는 그만큼 고치면 되는 거잖아요."

"네, 갑자기 그건 왜 물어보세요. 무슨 일 당하셨어요?"

"아주 황당한 일이 있어서요. 그래서 사장님 의견을 들어보려고요.

물건인데 오래 쓰다 보니 기능이 미진하고 제대로 안 돌아가는 면이 있었어요. 고칠 줄 아는 곳이 없다고 들어서 그냥 불편한 대로 쓰고 있었는데, 수소문 끝에 아주 제대로 고치는 곳이 있다는 것을 알게 되었어요. 그래서 갖다가 맡겼거든요."

"그런데요?"

"고치기는 고쳤는데, 내가 원하지 않는 부분까지도 손을 댄 거예요. 고친 쪽은 업그레이드가 된 것이니 더 좋아진 것 아니냐는데, 제가 볼 때는 아니거든요."

"그래요? 그래도 좋은 거 아닌가요?"

"아니죠, 주인이 원하는 만큼만 해야 하는 것 아닌가요? 수리공은 원하는 만큼만 수리해주면 되는 거죠. 저는 그렇게 생각합니다."

"뭐 그렇게 생각할 수도 있겠네요."

"그럼 책임을 져야겠지요? 다시 원상 복구를 해야겠지요?"

"요구한다면 그럴 수도 있겠네요."

"사장님, 그죠? 제가 원하는 게 그거예요."

"그래서 어떻게 하셨는데요?"

"지금 하려고요. 원상 복구를 해주세요. 고쳐놓기는 했는데, 아주 마음에 안 들어요. 저 여자를 원상 복구하세요. 아니면 환불을 해주든지, 내가 손해 본 만큼 배상을 하든지."

진호는 난주를 손가락으로 가리켰다. 철주는 진호가 게임을 시작했다는 것을 알았다.

"난주 씨요? 많이 좋아졌죠."

"저게 좋아진 거라고요? 내가 이곳에 데려왔던 건 저렇게 만들어 놓으라는 게 아니었어요. 시방서를 잘못 읽으신 거죠."

"아닙니다. 처음 데려온 것은 그쪽이 맞아요. 하지만 난주 씨는 자기가 원해서 변화한 것이고, 그 변화의 방향은 난주 씨가 원하는 쪽이었어요. 나, 아니 우리가 한 것은 그저 힘들어할 때 손을 잡아주고, 관성 때문에 변하지 못하고 있을 때 옆에서 방향을 틀 수 있도록 살짝 도움을 준 것뿐이죠."

"살짝? 차선을 하나 바꾸라고 했더니, 길 밖으로 튕겨 나가 버렸는데? 어쨌든 내 마음에는 들지 않아요. 그러니 다시 원상 복구를 하라는 겁니다."

"바뀐 난주 씨가 그쪽 마음에 꼭 들 필요는 없지요. 좋은 관계는 상대방의 변화를 인정하고 다름을 인정하는 것 아닐까요. 전과 달라져 불편해졌다고 해서, 틀린 것은 아니죠."

일방적인 두 사람의 관계에서 흔히 발견되는 문제가 틀림과 다름의 혼동이다. 한쪽이 강하고 다른 한쪽이 수동적으로 끌려가는 일방적인 관계에서 수동적인 한쪽의 의견은 대부분 '틀림'으로 평가받는다. 강한 쪽의 생각만 일방적으로 통용될 뿐이다. 수동적인 쪽의 독자적 생각은 인정받지 못하고, 두 사람의 관계에서 오직 강한 쪽의 생각만 인정된다. 이 상태를 좋게 말하면 '일심동체가 되었다'고 할 수 있겠지만, 냉정하게 말하자면 한 사람의 정체성이 현실적으로 작동을 멈춰버린 셈이다. 진호와 난주도 그랬다. 철주는 얼어붙어 기능하지 못하고 있던 난주의 영혼에 뜨거운 바람을 불어넣어 움직이기 시작하게 했다. 이제 난주는 '싫어'라는 말을 할 수 있게 되었다. 그러나, 진호가 그동안 난주를 컨트롤하기 위해 사용하던 '아니야'는 '넌 틀렸어'였다. 그런데, 그 말에 대해 난주가 저항하며 자기 의견을 내기 시작한 것이다. 그리고 '당신과 내가 생각이 다를 수 있어요, 그런데 난 이게 옳다고 생각해요'라는 독자적인 목소리를 내기 시작했다. 일심동체라 여겼던 한쪽이 독자적으로 움직이며 '이심이체'일 수 있다고 선언한 것을 진호는 용납할 수 없었다. 자기만의 완벽한 세상에 균열이 생겼고, 그 균열의 진원지를 용서할 수 없게 된다.

"틀린 것이 아니라뇨. 착각하고 계시네요. 완전 틀린 겁니다. 백 퍼센트. 의뢰자가 원하는 그만큼, 딱 그 모습으로 만들어놨어야죠. 안 그런가요, 정신과 의사 선생님?"

"사람은 그렇게 마음대로 변하지 않습니다. 정신과 의사로서 환자를 고친 것도 아니고, 난주 씨는 전에도 그랬지만 지금도 환자는 아닙니다."

"전에는 아니었지만 지금은 환자가 되었죠. 병균을 머릿속에 심었잖아요. 교수라는 분이 그러면 안 되죠."

"지금은 교수가 아닙니다."

"그렇죠. 제자리로 돌아온 셈이죠. 그렇지 않나요. 자기 옷이 아닌 것을 입고 있었으니 말이죠."

철주의 비밀

사람들은 어느새 두 사람의 대화를 듣고 있었다. 난주는 차마 끼어들 수 없었다. 아슬아슬하고 팽팽하게 돌아가는 톱니바퀴 같은 두 사람 사이에 잘못 손을 댔다가는 손가락이 댕겅 날아가버릴 것 같았다.

"여기 숨어 있으면 기억도 사라지나 보죠? 왜 잘나가는 대학병원 교수님이 병원을 나와 이런 누추한 술집을 차리게 되었나 궁금했었죠. 알아보니 아는 사람은 다 아는 얘기였더군요."

"진호 씨, 그만해요."

난주는 도저히 참을 수 없었다. 사람들에게 너무 미안했다.

"정말 죄송해요. 자, 우리 일어나요."

난주가 진호 쪽으로 갔다.

"가만히 있어."

진호가 난주를 보며 강하게 한마디로 제지했다. 그의 눈은 단호했고, 난주는 순간 멈칫했다. 주인의 손짓에 바로 동작을 멈추는 잘 훈련된 강아지처럼. 진호는 말을 이어갔다.

"원래 교수가 될 실력이 아니었는데, 아버지가 힘을 써서 임용이 되었더군요. 같은 해에 훨씬 실력 있는 사람이 있었는데 미국에서 슝 하고 날아와서 교수 자리를 한 번에 꿰찬 것이 김철주 교수 당신이었죠. 다른 교수들이 반대해서 결국 최종 면접에는 둘이 올라갔지만, 병원장이 당신 아버지의 친구였으니 떨어진 사람은 두 번 죽은 셈이더군요. 이거야말로 낙하산 그 자체죠. 그런 사람이 이런 곳에서 전직 교수라고 잘난 척하고 있으니, 누구를 제대로 치료하겠어?"

"야이, 개새끼야, 너 조용히 못해!"

수지가 참지 못하고 달려들었다.

"너, 나가! 잘 알지도 못하면서 어디 와서 깽판이야. 조용히 술이나 처먹고 나갈 것이지, 어디서 우리 오빠를 건드려!"

"아, 여기 또 있네. 그래, 집안의 수치 같은 어린 여동생이 있다고 하던데 여기 있었네. 왜 이렇게 나이 차이가 많이 나고, 또 서로 하나도 닮지 않은 것일까?"

"이봐요. 그만합시다. 일어나요."

영수가 아무래도 나서서 정리를 하게 되었다. 진호에게 다가가 그의 어깨를 잡았다. 진호도 더는 앉아 있고 싶지 않았다. 충분히 대미지를 줬다는 것을 철주의 얼굴을 통해 느낄 수 있었다. 내가 입은 손해와 짜증의 10분의 1 정도는 갚아줬다. 그러나 아직 멀었다.

"봐요. 나도 여기 더 있을 생각이 없으니, 멋지게 의대 교수 자리를 박차고 자유와 낭만을 찾아 훌훌 떠난 멋진 훈남? 전혀 아닌 것 같던데. 여기 앉아 있는 당신들도 꿈 깨라고."

"진호 씨! 그만해요! 왜 그러는 거예요. 자, 빨리 나가요."

난주가 참지 못하고 울음을 터뜨렸다.

"야, 너 뭔데 남의 가게에 들어와 깽판이야. 조용히 술 먹고 나갈 것이지. 유 마더 퍼커! 니가 뭘 안다고."

수지도 분이 나서 발을 동동 구르더니 갑자기 손으로 제 머리를 치기 시작했다.

"니가 뭘 안다고 이 나쁜 놈아!"

철주가 수지에게 뛰어가 감싸고 달래줬다.

"괜찮아, 괜찮아."

수지는 귀를 막고 철주의 품 안에서 어깨를 흔들며 흐느끼다 천천히 진정되었다.

진호는 차가운 얼굴로 두 사람과 얼어붙어 어찌할 바 모르는 다른 손님들을 천천히 둘러보았다. 먹을 만큼 먹고 난 다음의 포만감을 느꼈다. 외투를 집어 들고 나가려고 하는데, 철주가 그를 불렀다.

"이봐요."

진호가 철주를 쳐다봤다.

"좋아요?"

"뭐요?"

그의 마음속이 읽힌 것 같아 1초간 뜨끔했다.

"그렇게 말하고 나니까 기분이 좋아졌느냐고요. 이곳이 낯설었죠? 반면 난주 씨는 그렇지 않아 보였고요. 당신이 느끼는 그 소외감은 무시당했다는 확신으로 발전했을 거예요. 내가 아는 그쪽은 그걸 제일 견디기 어려웠을 거고요. 마음에 안 드는 판은 깨버리겠다고 생각하게 만든 이유가 됐겠죠."

"흠, 날 보고 정신분석이라도 하는 건가요. 그건 아닌데요. 번짓수가 완전히 틀렸어요."

"듣고 싶은 것만 듣는 사람이니까요. 난주 씨가 변한 것도 마음에 안 든다고 반품을 원하는 사람인데, 내가 지금 하는 말이 들리겠어요. 정신과 의사의 궤변이라고 여기겠죠. 화나서 하는 말이라고. 10퍼센트는 맞는 말이기는 해요. 보통 때 같으면 당신 그냥 나가게 하고 소금이나 뿌리고 음악 꽝꽝 때리면 10분이면 잊어버릴 일이에요. 알아요? 10분이면 잊혀질 일이에요. 안타깝게도. 내 평생 지우지 못할 칼집을 넣었다고 착각하지 마요. 이정도로는 아니죠."

"그럼 됐구요. 내가 더 얘기를 들을 필요도 없군요. 안녕히 계세요."

"갈 땐 가더라도 이건 듣고 가세요. 난주 씨를 조금이라도 사랑한다면 내 말을 들어보세요. 여기 있는 다른 사람들에 대해 헤아려본 적 있나요. 누구나 다른 사람이 어떻게 느낄지 자기 마음 안에서 느낄 수 있습니다. 그런 공감을 하지 못하면 오직 나를 중심으로 판단하고 행동하죠. 상대가 죽든, 다치든, 아프든 말든. 오늘 당신을 보니 그게 잘 안 되는 불쌍한 사람이라는 걸 알겠습니다. 남이 아플 수 있다는 걸 알아야, 좋은 관계가 유지됩니다. 난주 씨가 참 힘들었을 것 같아요."

"그러니까, 내가 이 여자를 망쳤다고? 적반하장도 너무하시군. 알았으니까, 어줍잖은 심리학 수업은 여기서 그만하자고요."

진호는 더 있기가 싫었다. 철주가 자기 목덜미라도 잡기를 바랐다. 동생이 울기까지 했으니 충분히 가능할 것 같았다. 한두 대쯤 맞을 각

오도 하고 있었다. 맞고 나면 바로 사진 찍고 병원에 가서 진단서 끊어 형사 고발하고, 인터넷 언론사의 친구에게 부탁해서 기사를 올릴 생각이었다. 그런데, 이 사람이 가만히 있는다. 그냥 동생을 달래기만 한다. 언성을 높여 얘기하는 것도 아니다. 감정이 흔들리는 것 같지도 않다. 재미없어진다. 아니, 처음으로 조금 무서워졌다. 잘 파악이 되지 않았다. 나름 사람을 잘 파악하고 자기 뜻대로 해왔다고 자부했는데 이상했다. 이런 공기의 느낌은 처음이었다. 그가 자신을 바라보는 눈이 싫었다. 벌레를 보듯 무시하는 눈길은 많이 경험했다. 대학 때 선배도 그랬고, 만나던 여자들과 헤어질 때도 그랬다. 그런데 이 눈은 달랐다. 빨리 벗어나야겠다고, 마음이 바빠졌다. 외투를 들고 나가려는데 철주가 다시 불렀다.

"이봐요."

진호가 놀라서 돌아봤다. 약간 오싹했다.

"계산하고 가요."

철주는 수지를 의자에 앉혀놓고 장부로 갔다.

"만 8천 원입니다."

진호는 아무 말 없이 지갑을 꺼내 카드를 내려다, 멈칫하고 현금을 꺼냈다.

"잔돈은 됐습니다."

순간 진호는 카드로 계산하고 인증을 기다리는 시간이 싫다고 느꼈다. 빨리 나가고 싶어졌다. 분명 잘못한 게 없는데, 마음 안에서 이

상하게 화끈한 것이 올라오고, 얼굴이 뜨거웠다. 처음이었다. 이 상황
이 싫었다. 보통의 그였다면 나가기 전 한 바퀴 주변을 돌아보면서 낭
패스럽고, 화가 나고, 어찌할 바 몰라 망연자실해 있는 사람들을 확인
하는 것으로 승리의 여운을 흡입했을 것이다. 그러나 그럴 수 없었다.
돌아보지 않고 고개를 숙이고 나갔다. 밖으로 나오고 나니, 바깥공기
가 이토록 상쾌할 수 없었다. 저렇게 지하에서 오래 지내다 보면 일찍
죽을 게 분명했다.

철주는 자기 의자로 가서 앉았다. 사람들은 철주가 동요가 없어서
안심은 되었지만 어수선한 분위기인 것만은 분명해서 숨을 죽이고 앉
아 있었다. 누구도 말을 먼저 꺼내지 못하고 있었다. 난주는 이 황당
한 상황의 원인 제공자가 된 셈이라 민망한데 눈물만 날 뿐이었고, 화
장이 다 번져서 고개를 들고 있을 수도 없었다. 그렇지만 진호를 따라
나가고 싶지는 않았다. 쿵짝쿵짝 레게 리듬이 나오기 시작했다.

밥 말리의 〈노 우먼 노 크라이No woman no cry〉. 맥락에 맞지 않
는 노래였지만 사람들은 서로를 쳐다보며 피식 웃었다. 수지도 난주
도 고개를 들어 웃기 시작했다.

Everything's gonna be alright
Everything's gonna be alright
Everything's gonna be alright

Everything's gonna be alright

다 잘될 거예요

다 잘될 거예요

다 잘될 거예요

다 잘될 거예요

후렴구를 같이 따라 부르면서 술을 한 잔씩 했다. 음악의 힘이었을까, 곧 시끌벅적해졌다. 무안함과 당황스러움, 혼돈을 덮기 위한 의도적인 수다가 이어졌다. 그렇게 밤은 다시 시작되었다. 서너 곡이 흐르고, 파도타기를 한두 바퀴 하고 난 다음에 진호의 존재는 잊혀진 것 같아 보였다.

목숨을 걸고 지킬 것

그 일이 있고 2주 남짓한 시간이 지났다. 노사이드의 식구들은 일상을 즐기려 했다. 좋은 날도 있고, 나쁜 날도 있는 법. 항상 좋고 따뜻한 해피 엔딩만 있는 것이 인생일 수 없다. 현실의 삶에서 지치고 다친 영혼들이 노사이드에 와서 안식을 얻는다. 그러나 이곳도 백 퍼센트 안전 지역은 아님을 깨닫고 인정해야 하는 것은 달가운 일이 아니었다. 철주가 의연하게 대처해서 진흙탕 개싸움 같은 파국이 일어나지는 않았지만, 이곳은 바깥세상과 다른 곳이라는 안전감에 위협이 왔다는 것. 그리고 진호가 터뜨린 철주의 과거에 대해 철주도, 수지도, 영수도 입을 굳게 닫고 말을 하지 않고 있다는 것에서 전과 같은 안온함은 없어져버린 것 같았다. 얼음 밑 물의 흐름은 그랬지만 어찌되었건 얼음은 아직 단단했다.

　노사이드의 하루하루는 농담 따먹기와 좋은 음악, 맛있는 얘기들, 친한 이들의 오고감, 철주의 한결같음 속으로 다시 돌아왔다. 철주도 이 일이 시작되기 전까지는 그렇게 일단락이 난 줄 알았다. 철주도 그렇게 생각했다.

　"네? 계약 기간도 한참 남았는데요."

　"나도 정말 난감해요. 조건이 너무 좋으니 건물주로서는 어쩌겠어요. 어떡해. 김 사장, 미안해."

　"저희는 어떻게 하라고요."

　"김 사장 가게 말고 나머지도 다 마찬가지예요. 나도 여기 평생 살았는데, 골목 안까지 이 정도 조건으로 들어올 줄 몰랐어요. 건물주도 세 받고 사는 것도 힘들어서 이제는 그만하겠다고 합디다. 그래도 미안하니까 미리 알려주는 거예요."

　부동산을 통해 급한 전화가 왔다. 갑자기 건물이 팔리게 되었고, 건물을 살 쪽에서 새로 지을 것이라면서 모든 세입자를 다 정리해달라는 조건을 걸었다는 것이었다.

　"누가 산다는 겁니까. 큰길가에 좋은 건물들도 많은데 왜 이곳을 산대요?"

"프로젝트 파이낸싱인가, 뭐 그런 게 들어와서 그 건물이랑 앞 건물까지 다 엮어서 쇼핑몰하고 복합 문화공간 같은 걸 크게 만들 건가 봐요."

"아니, 왜 하필 여기냐고요."

"글쎄 낸들 아나요. 그 회사 이름이 JB 인베스트던가 그렇던데. 그래도 우리 사장님이 인망이 있어서 이렇게 말씀 드리는 거예요."

철주는 망연자실 앉아 있다가 회사 이름에 귀가 번쩍 뜨였다. 갑자기 머리가 복잡하게 돌아가기 시작했다. 아직 끝난 게 아니었던 것이다.

"어떻게 할 거야?"

"글쎄, 오늘 들은 얘기라 아직 머리가 정리가 안 되네."

노사이드로 돌아온 철주는 영수를 불러 상황을 설명했다. 그리고 아마도 진호의 회사가 개입한 것 같다는 것도.

"그 새끼 회사 맞아?"

"혹시 해서 예전에 받았던 명함을 확인했어. 부동산 개발 파트에 있다는 것도 난주 씨한테 들었었고. 이런 식으로 치고 들어올 줄은 꿈에도 몰랐네."

"왕싸가지 아니야? 복수심이 너무 불타오르잖아."

"자기 말고는 생각 못하는, 그래서 자기 이외에도 사람이 존재한다는 걸 인정할 수 없는 그런 사람인 거지."

"자길 우습게 알았다 그거구나."

"그렇지. 우습게 알았다, 그게 제일 커. 그리고 자기 장난감이 망가졌다는 분노. 난주 씨가 장난감에서 영혼을 가진 사람이 되어버렸으니 얼마나 화가 나겠어. 생각할 때마다 화가 나겠지. 근원을 파괴해버리겠다는 판단은 어찌 보면 합리적일 수도."

"넌 네 문제인데도 남 얘기 하듯이 참 이성적으로 분석하는구나. 이봐요, 당신 발등에 강력한 화염병이 떨어졌어요. 분석만 하지 말고 방법을 찾자고."

마침 미수가 평소보다 일찍 들어왔다. 심각한 이야기를 하느라 음악도 틀지 않은 상태였던 것을 미수가 눈치챘다.

"어, 오디오 고장 났어요?"

"일찍 왔네요."

"무슨 일 있어요? 대장 출근하면 음악부터 틀잖아요."

"아, 그럴 일이 있어서."

영수가 미수를 보고 표정이 밝아졌다.

"내가 삼겹살에 소주 한잔 쏠게 같이 갈래요? 야, 나가자. 나가서 얘기하자고."

머뭇거리며 철주가 말했다.

"음…… 미수 씨를 왜?"

"전문가 패널이라는 게 있는 거야. 자, 나와. 지금 정신에 장사가 되겠니, 선곡이 되겠니. 일단 배부터 채우자고. 너 오늘 한 끼도 안 먹었지? 저혈당의 짜증이 눈에 보인다."

삼겹살을 굽는 동안 철주는 빈속에 소주를 몇 잔 들이켰고, 영수는 그사이에 컨설턴트인 미수에게 상황을 간략히 설명했다. 전후사정을 모두 지켜봤던 미수가 말했다.

"뭐 그런 놈이 다 있어요? 난주 씨에게 전화해서 부탁하라고 할까요?"

"그건 정말 안 되죠. 난주 씨는 절대 알아서는 안 돼요."

철주가 소줏잔을 내려놓으면서 단호하게 말했다.

"그러면 어떻게 해요?"

"방법을 찾아봐야죠. 이제 겨우 장난감 같은 존재에서 독립적인 인간으로 되살아나고 있는데, 자칫하면 다시 처음으로 돌아갈 거예요."

"요새도 가끔 열 시쯤 핸드폰이 부르르 울리면 깜짝깜짝 놀라던데, 아직도 무서운 것 같던데요."

"무섭다고 생각하는 것도 좋아진 것이고, 바로 안정이 되는 것도 이곳의 힘이라 생각해요. 전 같으면 무섭다고 생각하기보다, 자기가 이렇게 거리를 두고 먼저 연락하지 않는 것에 대해서 밑도 끝도 없는 죄의식에 시달리고 있었을 거예요. 또 한번 놀라게 되면 그때부터 확 불안해지면서 최악의 시나리오를 그리기 시작하죠. 가슴은 계속 두근거리고 머리가 서버리면서 전화를 걸어 무조건 잘못했다, 어디로 가면 되느냐고 말을 내뱉어야 진정이 될 거라는 생각이 머리를 지배했을 겁니다. 그걸 잘 참고 있다는 것이 정말 대단한 일이거든요. 습관을 고치는 것만큼 어렵고 힘든 일은 없어요. 습관은 관성의 힘이 지배하니까요."

말을 마친 철주가 소주를 한잔 입에 털어 넣었다.

"야, 고기도 먹으면서 마셔라."

"니가 내 마누라라도 되냐?"

"웃기고 있네. 내가 미쳤다고 니 마누라를 하냐. 그리고 언제 니 마누라가 니 건강 챙겨준 적 있냐. 빨리 먹고 죽어라."

"여기서 그 사람 얘기는 왜 해? 더 짜증 나게."

"그래, 미안하다. 그건 그렇고. 넌 여기서도 난주 씨 걱정에 상황 분석에다 해설이냐? 그러지 말라고 데리고 나온 건데."

"하, 그런가? 그건 삼겹살 한 점의 무게로 미안하다. 이거 너 먹어라."

철주가 영수의 입에 삼겹살을 우겨 넣었다. 미수가 입을 열었다.

"생각해봤는데요, 현실적으로 쉽지 않은 문제일 것 같기는 해요. 개인이 투자 목적으로 산 것이면 보증금하고 월세를 재계약하는 것으로 타협을 볼 여지도 있을 텐데, 세 건물을 묶어서 통으로 재개발하는 것이니…… 사실 노사이드는 손해 보는 것도 다른 가게들에 비하면 적은 편이고."

"그렇죠? 그만두고 딴 데로 가든지 조금 쉬는 게 좋을까?"

"무슨 방법이 있나 다방면으로 생각을 해봐야죠."

"바쁜 사람이 무슨, 괜찮아요. 이건 답이 안 나오네."

철주의 말에 영수가 입안에 있는 고기를 억지로 삼키고, 물을 한 잔 들이켜고 말했다.

"넌 그게 문제야. 알아?"

갑자기 목소리가 확 커졌다.

"너 여기 좋아하지? 그치?"

"그래. 그게 문제냐?"

"좋아하는 게 있으면 목숨을 걸고 지켜야지. 너 아까 내가 위에 친구나 알던 사람 있느냐고, 있으면 손을 써보라고 했지. 그랬더니 뭐라고 했어."

"귀찮다고 했다. 또 내가 이렇게 지내는 거 알리고 싶지도 않고."

"그래, 이런 일, 이렇게 지내는 거, 겨우 이런 거로 도움 청하는 거라고 했지."

"그래, 왜."

"너도 똑같은 놈이라는 거야. 너는 이걸 일로 생각하지 않아. 작은 업장이라도 목숨 걸고 지키는 사람들에 비해서 너는 마음속 깊은 곳에서는 언제든지 떠날 수 있는, 그냥 잠깐 머무는 곳이라 여기는 거야. 안 그래?"

"누가 여기가 하찮다고 그랬어? 물론 중요하지. 중요하지만, 도움을 청할 만한 일은 아니라는 거야. 다른 데서 시작하면 되지 않냐?"

"귀찮은 거 싫어하잖아. 그리고 지금 이 세팅도 좋고. 그런데 왜 못해. 왜 도움을 못 청해. 그건 못하는 게 아니라, 안 하는 거야."

"지금 이 문제로도 충분히 머리가 아프거든. 가만히 내버려둘래?"

"답답해서 그러는 거야. 넌 지금 지는 게 싫어서, 졌다는 걸 인정하기 싫으니까 도망가는 거 아니야, 그 개 같은 자식한테서. 넌 항상 고상해. 그래서 마음에 안 들어. 똑똑하고 잘난 놈인 거 인정. 그렇지만 여기는 시장 바닥이야. 저쪽이 진흙에서 구르면서 한판 붙자고 하면 무서워서 피하는 게 아니라 더러워서 피한다는 말은 하지 말아야 해. 어떨 때에는 제대로 한판 붙어야 하는 거야. 네가 손님들한테 잘하는 말이잖아. 그런데 넌 왜 못해. 힘이 딸리면 눈깔을 찌르고, 급소를 차고, 모래라도 뿌려야 하는 거 아니냐. 그런 면에서 넌 그놈보다 못한 놈이야. 고상해서 진흙에서 구르지도 못하는."

영수는 작정을 한 것 같았다. 철주는 묵묵히 듣고만 있었다.

"난 너랑 10년이 훌쩍 넘어서 그런가 보다 하고 지내지만, 처음 알게 된 사람들은 너한테 느끼는 게 있어. 열등감이 없는 완벽한 존재로 보여. 난주 씨 남친이 너한테 화가 난 것도 같은 놈들끼리라 거울로 비춰져서인지도 모르지."

"너 오늘 말이 많다. 벌써 취했냐."

"내가 언제 맨정신이냐. 할 말은 하자. 지금도 그래, 억울하고 분하면 화를 내. 열 받아 하고 싸워. 넌 대학교수가 아니야. 시장 바닥에서 장사하는 사장이야. 장사꾼이야."

"사람이 쉽게 변하냐?"

"넌 만날 사람들보고 변해라, 변해라 하면서 넌 왜 안 변해? 왜 못 변해? 땅으로 내려와서 한판 붙어봐. 또, 까놓고 얘기해보자. 이 독한 놈이 우리가 딴 동네에 가게 얻는다고 가만히 있을까."

"그래서 어쩌라고, 나보고?"

"힘들면 힘들다고 말을 해."

철주는 영수의 말 하나하나가 망치로 머리를 때리는 것같이 울렸다. 속이 울렁거렸다. 테이블을 말없이 바라보던 철주는 한 번 숨을 깊게 내쉬고는 잔을 들어 입안에 털어 넣었다.

철주도 이런 상황이 막막했다. 하지만 어떤 말도 할 수 없었다.

\#

"박 팀장, 들어와 앉지."

전무가 진호를 불렀다. 정말 빠른 속도로 진행한 일이었다. 사실상 포기했던 프로젝트를 진호가 짧은 시간에 살려내 구원을 한 셈이라 사업을 담당하고 있던 전무는 진호가 기특했다. 진호도 전무가 흡족해하는 것을 알기에 전화로 오라고 불렀을 때 마음 편하게 문을 두드릴 수 있었다. 한마디로 일타쌍피였다. 노사이드를 어떻게든 없애버리려고 시작한 일인데, 그게 동기가 돼서 이렇게 좋은 결과에까지 이르게 되었으니 말이다. 난주가 마지막으로 좋은 선물을 하고 갔다는 마음이 들 정도였다.

"수고했어. 우리 박 팀장 일하는 솜씨가 아주 좋아."

"감사합니다. 전무님이 지시한 대로 했을 뿐이죠."

"이 친구 공치사도 할 줄 알고 말이야. 하하, 좋았어. 팀원들도 고생이 많았지?"

"야근을 조금 하기는 했지만 그 정도는 우리 팀에서는 항상 있는 일이라, 괜찮습니다."

"그래도, 박 팀장도 앞으로 더 위로 올라가려면 아랫사람들 눈치도 볼 줄 알고 그래야 돼. 내가 박 팀장 눈치 보듯이 말이야. 하하."

진호는 왜 전무가 말을 빙빙 돌리나 궁금해지기 시작했다. 전무는 헛기침을 한 번 하고 진호를 한 번 쳐다보고 창 쪽으로 눈을 한 번 돌렸다. 잠시 뜸을 들이더니 전무가 입을 열었다. 진호는 바짝 긴장했다.

"그런데 말이야, 여기 이 부분 읽어봤나?"

"네?"

전무가 두꺼운 프로젝트 계획서를 들고 포스트잇이 붙어 있는 부분들 중 하나를 펼쳤다. 며칠 사이에 못 보던 포스트잇이 여러 개 붙은 것을 발견할 수 있었다.

"내가 이런 일 여러 번 해봐서 아는데, 아무래도 찜찜해."

진호는 가슴이 두근거리기 시작했다. 전무는 별 생각이 없는 사람이었다. 오너가 어디를 보고 있는지, 거기에 따라서 움직일 뿐이지 자세히 계획서를 읽어볼 성격이 아니었다. 물론 진호도 이 부분의 맹점을 알고 있었다. 땅만 사고 건물 세입자만 몰아내고 나면 이 프로젝트는 진행이 안 돼도 그만이었다. 그리고 그때가 되면 그럴 수밖에 없었다는 더 두꺼운 보고서를 쓰면 되었다. 진호의 계획은 그랬다.

"또, 여기 말이야."

전무가 다른 페이지를 펼쳤다. 포스트잇에 메모가 적혀서 붙어 있었다. 적당히 넘어간 부분들을 정확히 지적하고 있었고, 예상해보지 못한 약점들, 문제점들에 대해 상세하게 적혀 있는 것이 한눈에 들어왔다. 화끈 땀이 났다.

"전무님 지적이 대부분 타당합니다. 시간을 주시면 제가 수정해서 가져오겠습니다."

"그래, 그건 그렇게 하고. 계약도 일단은 다 홀드하자고."

"네? 그건 안 됩니다. 이미 말이 다 된 얘기라서요."

"뭐 먹은 거라도 있나?"

전무가 눈을 반짝이며 진호를 쳐다보았다.

"아닙니다."

"그런데 왜 그래? 여기서 안 한다고 망하는 것도 없잖아. 오너도 천천히 하라는 사인을 보내셨다고. 다른 회사에서 더 좋은 제안이 들어올 거 같다고 하시던데."

"안 됩니다. 우리가 지금까지 한 게 있고, 지금이 기회입니다. 이번에 놓치면 아마 또 1년이 그냥 가고 그러면 전무님도 힘들어지지 않습니까? 제가 알기로는……."

"자네, 날 협박하는 건가? 젊은 친구가 말이야."

전무의 말이 낮아지고 냉정해졌다. 나이가 들면서 빠릿빠릿한 능력은 전보다 덜하지만 본능적인 위험 감지 능력만큼은 예리해졌다. 전무의 경험으로는 분명히 뭐가 있었다. 이럴 때는 안 하는 게 가늘고 긴 직장 생활을 이어가는 생명줄이라는 것을 그는 잘 알고 있었다. 단호해야 했다.

"가만히 기다리고 있자고. 이건 가져가서 잘 다듬고. 여기에 지적되어 있는 내용들을 잘 공부해봐. 나도 읽으면서 공부 많이 했어."

전무가 진호에게 계획서를 던져주며 말했다.

"됐어. 나가봐."

진호는 서류를 들고 방을 나오지 않을 수 없었다. 얼얼했다. 빨간 펜이 죽죽 가 있고, 포스트잇 범벅이 되어 있는 계획서가 처참했다. 전무실을 나와 엘리베이터를 타고 사무실로 오자마자 계획서를 벽에 던지고 떨어진 서류를 집어 갈갈이 찢기 시작했다.

누군가에게 의존한다는 것의 의미

"얼떨떨하네."

"잘된 거예요. 좋죠?"

"네, 좋기야 하죠. 당연히. 이렇게 풀릴 줄은 몰랐는데."

철주가 어리둥절해하고 있었다. 모든 것을 포기하고 새로 이사 갈 비어 있는 건물을 찾고 있었다. 그렇게 열흘이 지났나 싶었는데, 부동산 사장에게서 전화가 왔다.

"김 사장님, 건물 매입이 중단되었어요."

미수와 동우가 들어온 후에야 자초지종을 알 수 있었다.

"다음 날 제가 노사이드 멤버들 중에 알 만한 사람을 모았어요. 우리도 여기가 흔들리는 게 싫었으니까요."

미수가 그동안의 얘기를 시작하자 동우가 이어받았다.

"얘기를 듣다 보니까, 회사 이름이 낯익은 거예요. 오너랑 제가 친분이 있어서 연락을 드려봤죠. 마침 머리 아픈 프로젝트라고 전무를 소개시켜주데요."

"알고 보니 동우 씨가 인맥이 장난이 아니에요."

"별것도 아닌 인맥이죠."

동우는 너무 열심히 살아서 문제였던, 앞으로 달릴 줄만 알던 사람이었다. 그러던 중 공황 발작이 왔고, 그 후에는 엘리베이터를 타는 것도, 택시를 타는 것도 힘들어했다. 일도 어려워지고 일만 아는 그를 두고 가족마저 떠났을 때 철주를 만났다. 노사이드에 와서 달리기만 하는 게 아니라 스탠딩을 배우는 것도 중요하다는 것을 깨닫고, 스트레스가 왔을 때 싸워 이기려 하지 말고 파도를 타듯이 그냥 지나가게 두는 것을 배우면서, 공황 발작도 없어졌고 변화를 맞을 수 있었다.

아직도 열심히 일하기는 하지만 전과 같지는 않았고, 일을 할 때와 놀 때를 정확히 구분할 수 있는 사람이 되려고 노력하는 중이었다. 그런 동우와 프레젠테이션의 여왕 미수가 만난 것이다.

"계획서를 보니까 잘 만들기는 했는데 여러 군데 허점들이 보였어요. 제가 한번 비판의 각을 세우면 봐주는 게 없거든요."

그리고 동우가 오너를 만나 더 괜찮은 프로젝트에 대해서 제안하면서 이 일에 대한 관심을 끄도록 유도하는 마무리까지 해냈다. 덕분에 노사이드는 이제 한동안은 안심해도 되는 상황이었다. 철주가 말했다.

"그동안 쌓아온 카르마가 돌아온 것인가?"

"카르마?"

"오랫동안 내가 베풀어온 카르마가 쌓여 있다가, 위기에 처했을 때 보답을 한 셈이라는……."

"놀고 있네. 그냥 고맙다고 하면 어디가 덧나냐?"

영수가 직격탄을 날렸다. 철주도 알고 있었다. 그러나 막상 고맙다는 말이 입밖으로 나오지 않았다. 남에게 고맙다는 말은 수없이 들어봤지만, 지금같이 정말 고마울 때, 고맙다는 말을 하는 게 쉽지 않다는 걸 처음 느꼈다. 죽을 위기에서 벗어나자 제일 먼저 살아난 것은 고마움과 감사의 마음이 아니라 자존심이었다. 그게 나인가? 철주는 생각했다. 그 자존심 밑에서 서서히 퍼지는 큰 울림이 있었다. 혼자 할 수 있는 것은 없다는 것, 완벽하고자 함을 버려야 한다는 것, 누군가에게 의존한다는 것은 지는 것도, 무시당하는 것도, 자신이 못난 것을 인정하는 것도 아니라는 것을 깨달았다. 그게 함께 더불어 살아가는 것이고, 어찌 보면 사는 즐거움의 근원이라는 것을. 더욱이 미수와 동우, 그리고 영수의 환한 얼굴이 그 울림을 강하게 했다.

미수와 동우도 남다른 감정이 들었다. 그동안 철주가 외로워 보였다. 혼자 모든 것을 안고 가는 것이 안쓰러웠다. 그런데 이번에 그를 도우면서, 노사이드라는 공간을 함께 지키면서 모두가 정말 한 식구가 된 느낌이 들었다.

"어쨌든 당신들, 내가 베푼 은혜의 10퍼센트는 갚은 거야."

철주는 허세 부리듯 말을 하며 눈을 돌렸다. 그리고, 숨겨놓았던 싱글몰트 위스키를 꺼냈다.

"오늘은 내가 쏜다. 내가 뭐 보답할 게 이런 것밖에 더 있냐? 어쨌든…… 고맙습니다."

철주가 고개를 숙였다. 의례적이지만 진심을 담아.

"크, 이게 웬 떡이냐. 마시자. 축하할 일이다!"

영수가 눈을 빛내며 입이 찢어져 말했다

"넌 한 거 없잖아. 딱 한 잔만 마셔!"

"야, 결정적으로 내가 세팅을 짠 거잖아. 반 병은 내 거야."

영수가 반박하자, 미수가 잔을 꺼내오며 말했다.

"누가 누가 먼저 마시나 하면 되겠네. 자, 1라운드"

철주의 자존심이 다시 살아났다.

기분이 제로였다. 막상 계획서를 찢어발기고 소리를 지르고 나니 민망했다. 화를 삼키며 고개를 숙이고 찢어진 계획서를 한 장 한 장 줍는 과정은 가슴이 미어지는 일이었다. 회의를 소집해 자초지종을 말했다. 팀원들의 눈에서 불이 뿜어져 나오는 것이 보였다. 각자 자리로 돌아갔는데 의외로 조용했다. 진호는 뒷수습을 하느라 정신이 없었다. 거의 처음으로 팀원들의 사기가 너무 떨어져 보여서 뭐라도 먹여야겠다는 생각이 들었다. 회식을 제안하자 한숨을 쉬는 소리가 진호에게 들릴 정도로 컸다. 진호는 황당해하는 투자사와 설계사무소에 해명을 하러 가기 위해 나갔다가 저녁에 합류하기로 했다.

하루 종일 진을 빼고 만신창이가 된 진호는 회식 자리라고 연락이 온 곳을 겨우 찾아갔다. 생각해보니 아무것도 먹지 못했다. 술이라도 한잔해야겠다는 마음만 들 뿐이었다. 그런데, 직원들이 앉아 있는 곳이 고깃집이었다. 10미터 앞에서부터 고기 냄새와 연기가 진동을 했다. 열이 확 받아서 고깃집으로 들어갔는데 이미 술판이 거나했다.

"누가 여기로 잡았나?"

모두가 말이 없이 그를 무시하고 고기를 구우며 소줏잔을 돌리고 있었다. 부팀장이 겨우 일어나서 자리를 잡아줬다.

"팀원들이 고기 먹자고들 해서……."

부팀장이 애써 해명하면서 분위기를 무마하려고 했다. 진호도 할

말은 없는지라 그냥 자리에 앉았다. 고기는 먹고 싶지 않았다. 소주도
더욱 아니었다. 팀원들의 분위기는 폭동 직전 같아 보였다. 진호는 살
기가 느껴져서인지, 그들의 무시가 불편해서인지 혼자 술을 따라 마
시기 시작했다. 오이를 씹으면서 소주 두 병을 30분 만에 다 마셨다.
자리를 정리하고 나와서 진호가 말했다.

"어디 가라오케라도 갈까? 내가 쏠게."

사람들은 하나둘 뒤로 물러서더니 순식간에 사라져버렸다. 부팀장
이 쭈뼛거리며 말했다.

"팀장님, 죄송한데 아이가 아프다고 하네요. 응급실에 데려가야 할
것 같아요. 먼저 가보겠습니다."

진호가 대답도 하기 전에 부팀장은 길 앞에 선 택시를 잡아타고 사
라졌다. 황망한 상황이었다. 술이 올라오기 시작했다. 눈앞에 바가 보
이기에 들어가서 위스키를 한 병 시켰다. 천천히 먹으면서 오늘 있었
던 일을 복기해봤다. 도저히 이해가 가지 않았다. 그의 계획은 완벽했
다. 어디서 틀어진 것이었는지 이해하기 어려웠다. 술이 올랐다. 손에
휴대전화가 잡혔다. 어느새 다이얼을 누르고 있었다.

"오랜만이야……. 잘 지냈어? 나는 뭐……. 지금 잠깐 만날 수 있
을까. 여기 회사 앞. 응 괜찮아. 기다릴 수 있어. 회사 앞에 몇 번 같이
갔던 바에 와 있어. 기다릴게."

난주는 진호가 다시 전화해 온 것에 놀랐다. 다시는 전화를 하지 않
을 줄 알았다. 그런데 그가 다시 한 번 자기를 시험하고 있다는 것을

이제는 알게 되었다. 여기서 일어나서 그에게 가면 다시 그 수렁에 빠지게 된다. 그게 두려웠다. 나쁜 기억을 다시 반복하고 싶지 않았다. 과거라면 나쁜 관계가 없는 관계보다 낫다고 여기고 그를 만나러 갔을 것이다. 그러나 이제는 노사이드의 식구들이 그녀와 함께하고 있다. 이제는 내가 원하는 변화에 초점을 맞추어야 했다. 그럴 용기가 생겼다. 불안해지면 시야가 좁아지고 상대가 던진 선택지 안에서 움직이게 된다. 그 선택지에 없는 것은 가능하지 않은 것이라 단정 짓기 쉽다. 불안감이 많이 줄어들고 난 지금, 그녀는 시야가 전보다 넓어졌다. 이제는 나쁜 습관을 버릴 때가 온 것이다. 새로운 습관을 만들 결심을 했다. 난주는 전화기를 들어 잠금해제를 했다.

"여보세요? 진호 씨. 저 지금 갈 수 없어요. 힘들겠지만 그래야 한다고 저는 생각해요. 앞으로도 가지 않을 거예요. 잘 지내세요."

가슴이 벌렁거렸다. 바람 소리가 나면서 난주의 방 창문이 조금 흔들렸다. 깜짝 놀랐다. 하지만 곧 안심이 되었다.

\#

몇 달이 지났다. 그날 이후 진호는 관계에 대해서, 삶에 대해서 진지하게 고민을 하게 되었다. 난주가 그에게 얼마나 중요한 존재였는지 시간이 지날수록 뼈저리게 느낄 수 있었다. 그걸 인식하고 난 순간

너무나 가슴이 아파서 견딜 수 없었다. 가슴이 뽀개지는 것 같은, 처음 경험해보는 이상한 통증이었다. 진통제를 먹어도, 위장약을 먹어도 가라앉지 않았다. 한참이 지나서야 외로움의 아픔일 수 있다는 것을 깨달았다. 그 아픔을 느끼기 싫어서 오히려 일방적인 관계를 맺어왔다는 게 어렴풋이 보이기 시작했다. 회사에서 후배들에게 무시당하고, 노사이드에서 소외당하고, 난주와 헤어지고 난 후, 갑자기 하루하루 사는 게 불안해졌다. 불안해지는 것은 두려움 때문이 아니라, 두려운 것이 의식될까 봐 두렵기 때문이다. 자꾸 그 존재를 의식하려 하기 때문에 불안해진다. 진호가 그랬다. 견디기 어렵게 불안이 엄습했다. 아픔은 불안에서 오는 것이었다. 진호는 그 불안을 없애기 위해 관계를 조금씩 바꾸지 않을 수 없었다. 감사를 표시하고 온전한 기쁨을 표시한다고 해도 남이 나를 무시하지 않고 뒤통수치지 않는다는 것을 조금씩 배워나가게 되었다. 삶의 방식을 바꾸려고 노력하기 시작한 것이다. 자신에게 도움이 되지 않는다고 여겨 관계를 끊고 지내던 가족들과도 만나기 시작했다. 하지만 여전히 공허하고 불안했다. 그 불안이 생각보다 뿌리가 깊다는 것을 그는 알 수 있었다.

해결책은 어디에서 찾을 수 있을까, 그는 알고 있었다. 하지만 차마 발이 떨어지지 않았다. 거기만은 갈 수 없었다, 또 거기까지 갈 정도로 자존심이 바닥을 치지는 않았다고 진호는 여러 번 되뇌이지 않을 수 없었다.

삼겹살 집에서 회식을 하고 팀원들과 2차를 가서 맥주를 한 바퀴 돌리고, 계산을 한 후 먼저 자리를 떴다. 그래야 팀원들이 신나게 자기 욕도 하고 자기들끼리 회포를 풀 테니까. 혼자 거리를 휘영휘영 걸었다. 그냥 누군가와 함께 있고 싶었다. 그때 눈에 익은 간판이 보였다. 왜 이 골목 안까지 걸어왔는지 알 수 없었다. 아니, 알고 싶지 않았다. 숨을 한 번 크게 쉬었다. 그리고 침을 꼴까닥 삼켰다. 이곳은 자신을 받아줄 것 같았다. 채워줄 것 같았다. 문을 열고 지하로 내려갔다. 노사이드로.

5

말을 해야 하나,
하지 말아야 하나?

- 고백을 앞둔 당신이 알아야 할 것들

수지와 엄마의 거래

"너 여기서 뭐 할 거니?"

"몰라."

"그게 대답이니?"

"아이, 몰라. 내가 언제 계획대로 살았어?"

"어이구, 대답하고는……."

'또 시작이야.'

수지는 테이블 위에 놓인 휴대전화를 힐끗 봤다. 만난 지 10분이 지났을 뿐이다. 잠깐은 반가웠다. 엄마라는 게 그래서 좋구나 하는 생각도 들었다. 그런데 딱 10분이었다. 엄마가 수지의 앞날에 대해 한바탕 걱정하고, 생각 없이 살지 말라는 훈계를 시작하려 하고 있었다. 유체이탈을 하고 딴생각을 하면서 30분이 지나가기를 기다리는 길밖에 없었다. 어릴 때부터 너무 힘이 들었다. 수지가 사고를 치고 나면 엄마는 늘 뒷수습을 해주었고, 그런 엄마에게 수지가 할 수 있는 것은 최소한 공손한 표정으로 손을 마주 모으고 엄마의 말을 듣는 것이었다. 오빠처럼 말대꾸를 하거나 눈을 부라리며 화를 내서는 안 된다. 그래봤자 달라지는 것은 없다. 엄마와 아빠는 강적이다. 그냥 자기가 해야 할 설교의 정량을 다 풀어놓을 때까지 들어주면 된다. 그러다 보면 풀린다. 그게 오빠의 전례를 보고 배운 수지의 전략이었다. 이제 어느 정도 얘기가 끝날 때쯤에 분명히 용건이 나올 것이다. 수지가 한국에 들어온 것을 알아차린 지 한참이 지났는데, 엄마는 이제야 만나자고 연락을 했다. 뭘까, 그게 궁금했다. 기도가 끝날 때쯤에 "이 모든 말씀 예수님의 이름으로 기도 드립니다"라는 목사의 말이 나오면, '이제 아멘을 하면 되는구나. 드디어 끝나는구나'라면서 유체이탈에서 돌아와 눈을 뜰 준비를 하면 되듯이, 28분이 경과되자 엄마는 속사포같이 퍼붓던 걱정, 앞날에 대한 염려를 마치고, 한 번 크게 숨을 쉬었다. 이게 엄마의 마무리 사인이었다. 긴장이 풀리고, 말의 속도가 줄어든다. 이제 카드가 나올 차례다.

"놀면 뭐하니. 자, 이거 한번 봐라."

엄마가 핸드백을 열어 사진을 꺼내 수지에게 건넸다.

"뭔데?"

"뭐긴. 한번 만나보라고. 너도 나이가 찼으니."

이게 용건이었던 것이다. 사진 속의 남자는 선량해 보였다. 수지는 열심히 보는 척하다가 엄마를 쳐다봤다.

"엄마는 나 뭐 해줄 건데?"

"뭘 해주다니?"

"내가 이 남자 만나면 엄마는 나한테 뭘 해줄 거냐고. 나한테 떨어지는 게 뭐냐고요."

"좋은 사람 만나서 빨리 결혼하고, 예쁜 애기 낳으면 네가 좋은 거지."

"아니, 내가 집안 망신 안 시키고 잘 만나게 하려면 엄마가 내게 뭘 해줘야 할 거 아니냐 이거지."

엄마는 수지의 눈을 빤히 쳐다봤다. 철주와 달리 기브 앤 테이크가 분명하다는 것이 얄미운 점도 있지만 최소한 예측 가능하다는 점에서 엄마는 수지를 컨트롤하기 쉽다고 생각했다.

"그래, 뭐가 필요한데?"

"음, 일단 입을 옷이 없고……. 그리고, 오빠 오피스텔에서 같이 지내는 거 불편해."

"집으로 들어오면 되잖아."

"싫어. 이 동네 좋아. 나도 여기서 살래. 그리고 내가 집으로 들어가면 오빠가 어떻게 지내는지 엄마가 파악하기 어렵지 않겠어?"

수지도 엄마와 거래를 한 게 한두 번이 아니라, 왜 엄마가 수지가 서울에 있는 것을 알고도 사람을 시켜서 집으로 끌고 들어오지 않았는지 파악하고 있었다.

"그래도, 처녀가 집 놔두고 혼자 나와 살면 안 되지."

"나 처녀 아니야. 아임 낫 어 버진."

"얘!"

"엄마도 알면서 뭘 그래. 하여튼, 일단 옷부터 사게 나가자. 응?"

"그러면, 만나는 거다."

"글쎄, 그건 엄마가 오늘 하는 것 보고."

오피스텔 문제는 단번에 해결 안 되리라는 걸 잘 알고 있었다. 엄마의 계산 옵션 중에 하나로 밀어 넣는 것, 그게 오늘의 진도였다. 수지는 오랜만에 돈을 쓸 생각을 하니 벌써 기분이 좋아졌다. 굳이 각을 세우고 싸울 필요가 없다. 얻을 것은 얻고, 줄 수 있는 것은 주면 된다. 수지는 오빠가 그렇게 말을 잘 듣다가 갑자기 180도 변해서 엄마 아빠와 철천지 원수 사이가 된 것이, 수니파와 시아파같이 답이 안 나오는 대립각을 세우고는 '누가 옳고 그른지', '누가 이기고 졌는지' 확인과 인정을 받겠다고 버티는 것이 이해하기 어려웠다. 그런 것은 수지의 취향에 맞지 않았다. 이해하려는 노력을 하는 것조차도 에너지 낭비로 여겨졌다.

'굳이 그렇게 시시비비를 가리면서 살 필요 없잖아?'

부모와 오빠, 양쪽 모두 상대가 자신이 원하는 대로 되지 않는다고 화를 내고 거리를 둔 채 멀리서 자기 쪽으로 오기만 바라고 있는 것 같아 보였다. 사실 나 자신조차도 내가 원하는 존재가 되기 힘든 일인데 말이다.

#

"만일 여기 테이블마다 단말기를 설치하고, 헤드폰 잭을 꽂을 수 있게 하면 어떨까?"

"좋은 아이디어 같은데요. 내가 듣고 싶은 음악을 들을 수 있잖아요."

영수의 말에 보라가 반색했다.

"그런데 그게 좋은 걸까? 요새 손님들 보면 같이 얘기하는 시간도 있지만 각자 자기 스마트폰을 갖고 노는 데 더 많은 시간을 보내는 것 같더라고. 그게 같이 놀러 온 걸까 하는 생각이 들어서."

철주가 보라에게 말했다.

"그게 현대인의 심리라면서요. 꼭 아동발달심리에 나오는 평행놀이 같아요."

"아, 맞아 그래. 평행놀이."

"그게 뭔데? 정신과끼리 아는 척 작렬이군."

영수가 보라에게 물었다.

"애들이 같이 모여서 역할 놀이로 소꿉장난 같은 걸 할 수도 있는데요, 그런 상징적인 면이 발달되지 않았고, 아직 규칙이 있는 놀이를 할 나이가 되지 않은 아이들도 혼자 노는 것보다 같이 모여서 노는 걸 좋아한대요. 그런데 같이 모여서 놀기는 하는데 각자 자기 장난감을 갖고 노는 거예요. 그러면서 재미있게 같이 잘 놀았다고 하죠. 그걸 평행놀이라고 해요. 같이 모여 있으니 외롭지는 않지만, 같은 주제를 공유하면서 얘기하기보다 자기 장난감인 스마트폰을 갖고 놀고 있으니 그게 평행놀이랑 똑같다는 거죠."

"그 정도 수준으로 퇴행했다는 것일 수도 있지."

"옆에다가 기저귀라도 갖다놔야겠네. 오줌싸개 주의."

"하여튼 그렇게 하면 재미없는 노사이드가 될 것 같아. 전반적인 삶의 태도가 바뀌는 방향은 개인화 쪽이잖아. 그러니까 독서실 책상 놓듯 술집이나 식당에도 개인 칸막이가 있고, 자기가 원하는 음악을 자기가 원하는 술을 마시면서 듣다가 가는 그런 곳도 생기지 말라는 법도 없겠지만."

"생각해보니 대장 말대로 무지 심심하고 재미없을 것 같아요. 서로가 좋아하는 음악이 딱 나올 때의 전율. 또 각기 다른 기억들이 떠오르고 그걸 나눌 때 정말 좋잖아요."

"그렇지. 그래서 우리가 여길 식당이라고 부르잖아. 한 상 차려놓고 나눠 먹는 그런 느낌."

각자 놀 때도 있고, 마시고 싶은 것을 각자 마시는 것도 좋다. 또 그래야 한다. 존중받아야 한다. 얘기하지 않고 혼자 마시고 듣기만 하는 것도 좋다. 그렇지만 음악만큼은 공유하는 것이 진정한 바가 아닐까. 같은 음악이 주는 각자의 느낌들이 말하지 않아도 서로 공유되는 기분만큼은 이곳이 놓쳐서는 안 될 요소여야 한다. 철주는 최소한 이곳은 그래야 한다고 생각했다. 테이블의 개인 헤드폰 잭은 그렇게 잠깐의 엉뚱한 상상으로 왔다가 사라져버렸다. 마침 신청곡을 적은 쪽지가 눈에 들어왔다. 송창식의 〈맨 처음 고백〉.

말을 해도 좋을까

사랑하고 있다고

마음 한 번 먹는 데

하루 이틀 사흘

돌아서서 말할까

마주 서서 말할까

이런저런 생각에

일주일 이주일

맨 처음 고백은

몹시도 힘이 들어라

땀만 흘리며 우물쭈물

바보 같으니

화를 내면 어쩌나

가버리면 어쩌나

눈치만 살피다가

한 달 두 달 세 달

상자를 열어볼 것인가, 덮어둘 것인가

"말을 해야 할까요?"

태윤은 그 망설임을 견디기 어렵다고 했다. 좋아하는 사람이 생겼다. 회사 거래처에서 알게 되었고, 얘기하다 보니 같은 인터넷 동호회 회원이라는 것을 확인하고 더욱 친밀감을 느꼈다. 최근에는 몇 번 따로 만나 식사를 하고, 개인적인 문자를 주고받는 사이가 되었다. 그런데, 태윤이 걱정이 되는 것은 조금 다가가려고 하면, 그쪽이 뭔가 경계를 하는 듯한 느낌이 드는 것이었다.

"나를 싫어하는 것 아닐까요?"

"왜 그렇게 생각하는데요?"

철주가 태윤에게 물어보았다. 눈을 잘 맞추지 못하고, 말할 때 조금은 머뭇거리는 인상의 태윤과 같은 사람은 조금 편안해지면 사근사근하고 사람에 대한 배려가 많은 타입이다. 오늘 노사이드에 와서 이 이야기를 꺼내는 데까지도 꽤 걸렸다. 처음에는 쭈뼛거리면서 친구를 따라와 친구를 상담해주는 철주를 옆에서 보기만 했다. 두 번 정도 그렇게 오고 난 다음에야 혼자 이곳을 찾아오기 시작했다. 그때부터 철주도 태윤을 관찰하기 시작했다. 혼자 한두 시간 정도 앉아서 맥주를 마시고 음악을 듣다가 가지만, 듣고 싶은 음악을 신청하는 일도 드물고, 국산 맥주를 조금씩 따라 마시는데 매번 다른 맥주를 갖다주는 대로 먹는 걸 봐서는 술을 좋아하는 사람 같지도 않았다. 다른 단골들의 대화에 적극적으로 끼어드는 것은 아니지만 그렇다고 싫어하는 것 같지는 않은 묘한 스탠스를 유지하는 사람이었다. 철주가 그를 더욱 의식하게 된 것은 가끔은 태윤이 철주와 눈을 마주치려고 하는 듯한 인상을 받을 때였다. 먹이를 주거나 놀아주기를 바라며 주인을 쳐다보는 강아지의 눈빛 같은 느낌.

오늘에서야 태윤은 철주에게 이렇게 고민을 털어놓은 것이다.

"저는 그 사람이 좋아요. 저랑 취미도 비슷하고, 인상도 좋고, 제게 맞장구를 잘 쳐줘요. 한마디로 뭔가 잘 맞는 사람이라는 느낌이 들어요. 그런 느낌이 드는 사람은 정말 오래간만이에요."

"좋은 일이네요. 그러면 된 거네요."

"그런데 제 생각에는요, 제가 생각이 짧아서 그런지는 모르겠지만, 업무상 회의를 할 때나, 동호회 모임에서 보면 꼭 저한테만 그러는 건 아닌 것 같다는 생각이 들어요."

"어디서든 활달하고 잘 맞춰주는 사람인 것 같다는?"

"네, 맞아요. 저한테만 그러는 게 아니라 누구한테나 잘해주는 착하고 나이스한 사람인데, 나 혼자 착각하고 김칫국 마시고 있는 것 같아 불안한 거죠."

"아, 그럴 수 있겠네요."

"그렇죠."

태윤이 철주가 던진 '그럴 수 있겠네요'란 말을 덥석 물었다. 그만큼 불안해하고 있었다. 이 긴가민가한 상황에 대해 정확한 판단을 얻기를 바라는 한편 자신이 갖고 있는 불길한 예측을 확인해주기를 바라는 마음이 70퍼센트는 되어 보였다. 철주는 태윤의 그런 마음을 '그럴 수 있겠네요'라는 말에 대한 반응으로 확인할 수 있었다.

"그런데, 지금 얘기 들어보니까, 그분…… 이름이?"

"미유 씨요."

"그래요, 미유 씨하고 따로 둘이서만 식사도 하고 그랬다고 하지 않았나요?"

"네, 한번은 네 명이 만나기로 했었는데 어쩌다 보니 둘만 만났던 거구요. 그다음에는 자연스럽게 둘이 좋아하는 영화를 인디영화포럼에서 상영하는 걸 알고, 주말에 같이 영화 보고 저녁을 먹은 적 있어요. 그 영화는 예술영화라 다른 사람들이 좋아할 만한 게 아니었어요."

"다른 사람이 좋아하지 않을 거라는 건 누가 한 말이죠?"

"미유 씨가 그렇게 말하면서 그냥 둘이 가자고 해서."

"아하, 태윤 씨가 그렇게 말한 게 아니고, 미유 씨가 이건 둘만 좋아할 만한 영화니까 괜히 여기저기 얘기하지 말고 둘이서 가자고 했다는 거지요?"

"네……."

"둘이 따로 만나자는 말을 넌지시 돌려 얘기했다는 생각은 안 들어요?"

"예?"

"지금 조금 마음이 급하고 거절에 대한 두려움이 있다 보니까 그런 관점에서 상황을 객관적으로 보기보다, 실패와 거절의 관점에서 해석하려고 한다는 생각이 들어요."

"실패와 거절의 관점……."

"좋아는 해요? 진정?"

태윤이 철주를 빤히 쳐다보았다.

"아니면 제가 왜 여기서 이런 쪽팔린 고민을 얘기하겠어요?"

"좋아요. 태윤 씨가 몇 주 전부터 여기서 이야기하고 싶어 했다는 것을 알고 있어요. 오늘 영수랑 남 얘기 좋아하는 다른 손님들이 빨리 자리를 비운 것도 찬스라고 생각했을 것이고. 맞죠?"

"네."

"태윤 씨의 성격이기도 하겠지만, 이런 고민은 누구나 갖고 있는 것이기도 해요. 나쁜 태도는 아니에요."

실패와 거절에 대한 두려움은 성공과 승낙의 즐거움보다 힘이 세다. 성공과 승낙을 포기하는 것은 원하는 것을 얻지 못하는 것일 뿐 내 것을 뺏기는 것은 아니다. 그러니 당장 손해 보는 것은 아니고, 눈에 보이는 상처도 없다. 그러나 실패와 거절은 꽤 오랫동안 상처가 남고 다음 행동에 반복적으로 영향을 미친다. '내가 전에 이런 실패를 경험했으니 다음에는 요렇게 해봐야지'라고 의식적으로 경우의 수에 넣고 셈을 하는 것은 윗수다. 그런 사람은 상대적으로 드물다. 도리어 마음은 그런 상처의 경험이 의식 위로 올라오는 것 자체를 싫어하고 불편해한다. 그래서 아예 생각조차 하지 않고, 왜 그렇게 판단했는지조차 의식하지 않은 채 자동적으로 그 일과 연관된 기억을 떠올릴 만한 것에서 멀리 떨어져 판단하고 행동한다. 그래야 아프고 쪽팔린 기억을 되새김질하지 않을 수 있기 때문이다. 물에 빠진 적 있는 사람이 처음부터 등산만 줄기차게 하는 것도 비슷한 심리다. 물과 산을 놓고 고민하는 과정 자체를 생략하는 것이 효율적이니까.

아마도 태윤은 과거에 작은 거절의 경험이 있었을 것이다. 가까운 과거가 아닌 듯하다. 또 가벼운 일도 아니었을지 모른다. 그러나 거절의 상처가 없는 사람은 없을 것이다. 관계에서 완전무결한 백전백승이란 현실에 없다.

이런 내재된 과거의 경험이 현재의 선택을 위한 상황 판단에 색을 입힌다. '그는 너를 좋아하지 않아', '그녀는 그저 사람을 좋아하고 모두에게 친절한 사람이지 너만 좋아하는 게 아니야'라고 미리 판단을 해버려, 거절당할 가능성을 사전에 차단해버리는 생각의 구조를 만든다. 그런데 이번에는 달랐다. 그런 생각만 하고 뒤로 물러서기에 태윤의 마음에 미유가 훨씬 강하게 자리잡고 있기 때문인 듯했다.

"저는 사람은 익숙한 대로 관성적으로 살아간다고 생각해요. 그래

야 에너지가 덜 드니까. 그런데, 그 관성이 흔들릴 때가 있어요. 언제
인지 아세요?"

"글쎄요."

"관성은 힘이 센데요, 그 관성을 흔들 수 있는 게 바로 감정이에요.
이성과 논리로는 관성을 바꾸기 어려워요. 하지만 전에 느껴보지 못
한, 기존의 관성으로는 판단하기 어려운 전혀 색다른 감정이 나타난
다면, 그때는 시스템의 근본이 바뀔 문이 열릴 수 있어요. 감정만으로
할 수 있는 것은 많지 않지만, 굳게 닫힌 큰 문을 여는 열쇠가 될 수는
있죠. 그러니 갑자기 떠오른 감정을 허투루 보면 안 돼요."

"어려워요."

"그런가요? 하여튼, 제가 말하고 싶은 것은 감정에 이끌리는 대로
해보시라는 거예요. 그리고 저쪽도 태윤 씨에게 싫은 감정이 있는 것
같지는 않다는 것이고요. 좋아한다는 말을 하는 게 얼마나 손해일까
요. 생각해보셨어요?"

"엄청나게 쪽팔리고, 다시는 못 만나게 될 거예요. 눈도 못 마주치
고요. 동호회도 탈퇴해야겠죠."

"글쎄, 그럴까요? 그럼 확인해보지 않은 채 이대로 쭉 갈 건가요?
그게 더 불편하지 않을까요?"

"상자를 열어보고 실망하느니, 그냥 애매한 친구 관계로 이어지는
것이 나을 것 같다는 마음도 들어요. 물론, 말씀대로 이대로 애매하게
가는 것이 힘든 것은 사실이고요."

"또 하나 생각해야 할 것은 타이밍이에요. 버스는 손님이 타기만을 기다리고 있지는 않아요. 시간이 되면 떠나야 해요. 저도 그런 일이 있었죠……. 아주 오랜 예전에."

철주도 과거에 태윤과 같은 상황을 경험했다. 만일 그때 잠깐 부끄럽고 죽고 싶은 마음이 들더라도 가타부타를 알았다면, 지금까지 잊을 만하면 한 번씩 나와 '만일 그랬다면'이란 상상의 극장에서 단골 레퍼토리가 되지는 않았을 것이다. 그래서 지금 망설이고 있는 태윤이 안타까웠다.

"태윤 씨, 두 가지 선택이 있는데요, 어떤 걸 고를지 말해보세요."

"네."

"우리가 망설이는 일이 있어요. 하나는 할까 말까의 문제이고, 다른 하나는 무엇을 선택할까의 문제예요. 어느 게 더 중요할까요?"

"음. 할까 말까의 문제겠죠. 무엇을 선택할까는 다음 문제니까요."

"그렇죠. 이번에는 다른 방식으로 생각을 해봅시다. 할까 말까 하다가 말까를 선택했는데, 그게 두고두고 마음에 걸려요. 다른 하나는 뭘 선택할까 고민하다가 한 가지를 선택했는데 그게 틀린 선택이라는 것을 확인하게 되었어요. 어느 게 더 괴롭고 마음에 오래 남을까요?"

"아무래도 실패한 것이 더 마음에 오래 남고 괴롭지 않을까요? 틀린 선택만큼 눈에 분명히 들어오는 것은 없잖아요."

"맞아요. 그것도 일리가 있어요. 그런데 그런 문제에 대한 심리 실험을 했더니 다른 결과가 나왔어요. 단기적으로는 틀린 선택을 한 것이 훨씬 괴로웠대요. 맞는 말이죠. 그 결과를 확인하는 것은 참 아픈 일이죠. 그런데 몇 년이 흐른 다음에 장기적으로 마음에 남아서 사람을 괴롭히는 것은 할까 말까 하다가 아예 하지 않은 쪽이라는 거예요. 과거의 틀린 선택보다 선택을 하지 않은 사실이 더 오래간다는 것, 그건 왜 그럴까요?"

"틀린 선택을 하고 난 다음에는 내 행동을 바꿀 수 있어서일까요. 아니면, 아예 하지 않았을 때는 미련이 남아서?"

"저는 미련이라는 것, 인간이 갖는 상상의 힘이 그만큼 강력하기 때문이라고 생각해요. 틀린 선택을 하고 나면 이제 그건 아니라는 것을 확인했으니 흑과 백이 명확하죠. 그렇지만 하지 않은 것에 대해서는 오랜 시간이 지나고 난 다음에도 '그때 그걸 했더라면' 하는 미련을 갖게 돼요. 미련이란 마음의 자르지 못한 끈인데, 그 끈이 오랜 시간이 지난 다음에도 내 발목을 잡고 있는 것이죠."

길을 가다가 여러 갈래 길이 나오면, 우리는 고민한다. 그리고 한 길을 선택한다. 그 길로 가보니 너무 험하고 원하는 풍경도 나오지 않는다. 한 시간쯤 가다가 아깝지만 돌아선다. 무슨 길인지 알게 되었으니 앞으로 그 길로는 가지 않게 될 것이다. 그걸 인생의 수업료라고 한다. 실패는 후회의 대상이 되기도 하지만, 넘어져봐야 자전거를 배울 수 있듯이 실패를 해야 '최소한 이건 아니다'라는 것을 알게 된다. 그리고 그건 내 마음 안의 기본 선택지가 되어 다음에 비슷한 상황이 왔을 때 한결 손쉽게 선택할 수 있게 된다. 그런데 가보고 싶은 길을 가지 않은 경우라면, 지금 가는 길이 잠깐 험해지거나 막막해질 때마다 아까 고르지 않은 그 길이 자꾸 머릿속에 떠오른다. 그게 미련이다. 왠지 그 길은 탄탄대로일 것 같고, 지금 여기서 겪는 괴로움은 없을 것만 같다. 그래서 그때 그쪽으로 갈걸 하는 상상의 옵션이 매번 등장한다. 그런 옵션은 마음 안에 매번 팝업창처럼 떠서 시야를 가린다. 그리고 팝업창을 지우느라 품을 팔듯이 같은 감정의 고통을 재경험해야 한다. 오랫동안 괴로운 이유다.

"이제 어떻게 해야 할지 분명해지지 않았어요? 미련을 갖게 되는 게, 만에 하나 잘못된 선택으로 인해 괴로운 것보다 훨씬 후유증이 길어요. 인생을 긴 호흡으로 볼 필요가 있다는 것이죠. 지금 미유 씨와 태윤 씨가 커플이 될까 말까 하는 문제가 아니라, 몇 년이 지난 다음에 무엇이 마음에 남아 있을까를 한번 생각해보자는 거예요."

"몇 년이 지난 후에……."

> 중2 때까진 늘 첫째 줄에
> 겨우 160이 됐을 무렵
> 쓸 만한 녀석들은 모두 다
> 이미 첫사랑 진행 중
> 정말 듣고 싶었던 말이야
> 물론 2년 전 일이지만
> 기뻐야 하는 게 당연한데

내 기분은 그게 아냐

하지만 미안해 네 넓은 가슴에 묻혀

다른 누구를 생각했었어

미안해 너의 손을 잡고 걸을 때에도

떠올렸었어 그 사람을

철주가 튼 노래는 델리 스파이스의 〈고백〉이었다.

"아다치 미츠루의 《H2》라는 만화를 보고 만든 노래라고 하네요. 조그만 녀석은 히로였고, 히로와 히까리는 어릴 때부터 친구예요. 히까리는 히데오를 좋아하고요. 어느 순간 히로는 히까리를 좋아한다는 것을 깨닫죠. 히까리도 그 사이에서 망설이게 되고. 저도 아주 재미있게 읽은 책이에요. 소장 가치가 있죠. 《H2》, 《터치》 모두 고백과 망설임, 확신과 불신에 대한 책이에요. 고등학생으로 설정이 되어 있

지만 마음은 십대인 우리들에게는 언제나 현재진행형이죠. ˮ

태윤은 철주의 말을 듣고 고개를 끄덕이고 있었지만 맥주잔만 바라볼 뿐, 어떻게 하겠다는 말을 하지는 않았다.

#

"여보세요? 정영철 씨세요? 전 김수지라고 하는데요, 어디 앉아 계세요?"

호텔 1층의 라운지 카페는 선의 명당이다. 그래서 토요일 오후의 카페는 어색한 긴장의 공기가 넓은 공간을 지탱하고 있다. 수지는 엄마의 성화에 못 이겨 남자를 만나러 오늘 여기까지 왔다. 지금 사람을 사귀고 결혼을 할 생각은 없었다. 다만 어디까지 부모와 협상하는 것이 최적의 이익을 얻는지 잘 알고 있었다. 엄마의 불안을 줄여주는 대신 수지는 서울에 돌아와 있는 것에 대해 암묵적인 허락을 받은 셈이고, 최소한의 품위 유지를 위한 경제적 도움을 결혼 준비를 위해서라는 합리적 근거 아래 당당히 받을 수 있게 된 것이다. 수지의 엄마도 딸을 가까이에 두고, 아들은 도대체 뭘 하고 지내는지 간접적으로나마 알 수 있다는 부수적인 효과가 있으니 마다할 이유가 없었다.

"제가 조금 늦었죠? 죄송해요."

카페에는 먼저 와서 기다리는 남자가 여럿 있었다. 사진에서 봤던 그를 찾기가 쉽지 않았다. 전화를 건 수지에게 손을 들어 위치를 알린 남자는 눈에 띄지 않는 감색 싱글 수트를 입고 적당히 매치되는 넥타이를 매고 있었다. 헤어스타일은 단정했다. 한마디로 길거리에서 돌을 던지면 다섯 번에 한 번은 맞을 남자. 수지는 마음속에서 모래시계를 돌려세웠다. 30분만 버티다 일어나기로.

"안녕하세요. 말씀은 들었습니다. 저는 정영철입니다. 앉으세요. 뭐 드실래요?"

"저요? 음, 거기는 뭐 드실 건데요?"

"조금 일찍 와서요, 커피 한잔 먼저 하고 있었어요. "

"아, 그래요? 저기, 괜찮으시면 전 요기가 될 만한 거 먹어도 될까요? 실례가 아니라면……."

수지는 이 비싼 호텔 카페에서 차 한 잔 마시고 돈 내는 것이 너무 아까웠다. 그리고 배도 고팠다. 수지는 클럽 샌드위치와 주스를 시키고 나서 영철과 이야기를 나누기 시작했다.

"배 고프셨나 봐요. 보통은 처음 만나서는……."

"아, 제가 원래 생각이 없는 애라서요. 얘기 들으셨죠. 미국에 오래 있었다고."

"네, 사진으로 본 것보다 훨씬 미인이신데요."

"아하. 고마워요. 엄마가 도대체 무슨 사진을 보여드렸는지 정말 궁금하네요. 제가 사진을 보내주거나, 같이 찍은 기억이 없거든요."

수지는 샌드위치가 나오자 영철에게 말했다.

"같이 드실래요? 맛있어 보이는데."

수지는 자기가 남에게 어떻게 보일까 신경 쓰면서 사는 게 싫었다. 부모가 평생 그렇게 사는 것을 봐왔고, 그것 때문에 자기가 미국에 보내졌다고 여기고 살았다. 그렇기에 자기만은 내숭 없이, 그냥 느끼는 대로 살아가기로 결심했다. 남에게 해가 되지 않는다면, 다치게 하는 것만 아니라면 괜찮은 것이다. 지금은 배가 고팠을 뿐이다. 배가 차야 사람도 보이는 법. 일단 먹는 데 집중하기로 했다.

"미안해요. 일단 배를 채울게요. 저혈당이 왔나……."

영철은 자기 앞에 있는 선보는 남자를 신경 쓰지 않고 한입 가득 샌드위치를 베어 물기 시작한 수지를 보고 있을 수밖에 없었다. 흥미로웠다.

\#

"할 얘기 있다면서."

"아, 그게……."

"무슨 일인데, 재미있는 얘기야?"

수연과 종민은 지금 한창 좋은 사이다. 다니는 대학교는 다른데, 친구들 모임에서 함께 어울리다 서로 호감을 느끼고 사귀기 시작한 지 두 달이 되었다. 시간이 되면 거의 매일 만나고, 친구들에게도 관계를 오픈한 것이 몇 주가 됐다. 그런데, 얼마 전부터 가끔씩 종민이 "있잖아……"라고 말문을 열었다가 그냥 닫는 일이 생기기 시작했다. 수연은 대수롭지 않게 여겼는데, 어제는 종민이 할 말이 있다면서 만나자고 해서 다른 친구들과의 모임을 뒤로 미루고 급히 만난 것이다. 그런데도 종민은 빙빙 돌리기만 하고, 정작 하겠다는 말을 하지 않고 있었다. 시원시원하게 말 잘하고 리더십도 있는 종민의 모습이 마음에 들었던 수연은 이런 태도가 낯설었다.

"너 무슨 막장 드라마 같은 태생의 비밀이라도 있는 거야?"

종민이 "그런 거 아니고!" 하면서 손사레를 쳤다.

"아니면, 뭔데? 그만 만나자고?"

그 말을 하면서 수연의 가슴도 쿵쾅거렸다. 그냥 나온 말이었지만 진짜일지도 모른다는 불안이 일었다.

"아니야, 아니야. 그냥 할 말이 있었어. 있잖아…… 내가 말이야."

"그래."

이때 수연의 휴대전화가 부르르 떨렸다.

"빨리 와. 너 없어서 재미없어. 과제 다 끝냈으면 대강 정리하고 와."

친구들에게는 내일 내야 할 과제를 다 끝내야 한다고 둘러댔던 것이다. 수연은 마음이 급해졌다.

"문자 왔어?"

"아, 별거 아니야. 오늘 고등학교 친구들 만난다고 했잖아. 걔네들이 요 앞에서 기다린다고."

"아, 그래? 빨리 가봐야겠네."

"할 말 있다면서."

"괜찮아. 다음에 하지 뭐. 일어나자."

종민은 바로 일어났다. 어깨에 가득 차 있던 긴장이 풀려 보였다.

"별거 아니었어. 다음 주말에 놀러 가자고, 친구들하고. 전에 펜션 빌려서 다 같이 가자고 했었잖아."

"아, 맞다. 그거? 애들하고 카톡으로 얘기해서 정하자. 그래도 되겠지?"

수연은 종민이 같이 여행가는 것이 부담스러워서 그런 것으로 이해하고 마음이 놓였다. 수연과 헤어지고 천천히 지하철역 쪽으로 걸어가는데, 종민은 마음이 편하지 않았다. 말을 해야 하는데, 하지 못한 것이 있었는데, 오늘도 타이밍을 놓쳤기 때문이다. 어떻게 해야 할까. 그냥 이대로 집에 가면 잠이 오지 않을 것 같았다. 이런저런 생각 속에 길을 걷는데 술집 간판이 보였다. '노사이드'.

서로에 대해 전부 오픈하면 하나가 될 수 있을까?

"말하지 않고 어떻게 진짜 만남을 할 수 있죠?"

"다 털어놓고 나면 더 좋아질까요? 그 반대에 대해서는 생각해봤어요?"

"하지만 내 마음을 온전히 주려면, 상대한테 나에 대해서 내가 아는 만큼은 알려줘야 하지 않을까요? 나중에 알고 나서 실망하면 어떡해요? 왜 말하지 않았느냐고, 왜 숨겼느냐고 하면 어떡해요?"

종민은 어쩌다가 지금 여기서 이런 말을 하고 있는지 황당하기는 했지만 분위기가 그렇게 흘렀고 어느새 철주에게 고민을 술술 털어놓고 있었다. 텅텅 비어 있는 술집에 혼자 들어간 종민은 자연스럽게 바에 앉아 음악을 들으면서 맥주를 홀짝였다. 그런데 바로 옆자리 여성이 사장 같아 보이는 남자에게 고민을 털어놓고 남자가 담담하게 그녀에게 대답을 해주는데, 경험이 많아 보이고, 어찌 보면 전문적인 사람 같아 보이기도 했다. 이상했다. 너무 열심히 듣다 보니 저도 모르게 몸이 둘의 대화 쪽으로 쏠리는 실례까지 하게 되었다. 자연스럽게 철주가 종민에게 의견을 물었고, 그러다 보니 종민도 자기 고민을 얘기하게 되었다.

종민의 부모는 그가 초등학교 4학년 때 이혼을 했다. 그리고 중학교 1학년 때 아버지가 재혼하면서 지금 같이 살고 있는 어머니와 살기 시작했고, 올해 대학 신입생이 된 여동생은 새어머니가 데리고 온 배다른 동생이었다. 요새야 흔한 일이기는 하지만, 사춘기 때는 한동안 격동의 시간을 보냈다. 아버지에게 반항도 많이 했고, 이제야 새어머니와 사이가 나아졌다. 종민은 그런 사실을 수연에게 미리 알려야 할 것 같았다. 자기가 경험한 사춘기가 정상적이지 않았기 때문에 이 부분을 모르면 수연이 자신을 이해하는 게 불가능할 것만 같았다.

"그러면 어떻게 되는데요? 그걸 알고 나면 더 좋아질까요?"

"제가 부담스러울 수도 있겠지요. 하지만 감수해야 하지 않을까요. 어차피 맞을 매라면 미리 맞는 게 좋을 것 같아요."

"안 맞고 넘어가도 되는 것이라면? 아니면 나중에는 매로 느껴지지 않을 일이라면?"

"그게 어떻게 그럴 수 있어요?"

"꼭 모든 걸 알아야 서로 사랑하는 사이가 되는 걸까요? 저는 그런 부분에 대한 근본적인 의심을 가져요."

"사랑한다면 서로 숨기는 것이 없어야죠. 저를 이해하는 데 핵심이에요, 이건. 지금 수연이는 저의 겉모습만 만나고 있어요. 저를 진짜 이해하려면 제가 어떻게 살아왔는지 알아야 한다고요."

"물론 과거의 내가 현재의 나를 규정하기는 하겠지만요, 저쪽이 지금 궁금해하지 않는데, 굳이 내가 나서서 얘기할 필요가 있을까요? 특별히 종민 씨가 잘못한 일도 아닌데? 부모들 사이에서 벌어진 일이 잖아요."

옆에서 듣고 있던 영수가 한마디 했다.

"그건 나도 비슷한 생각이야. 용산 전자상가에 물건을 사러 갔는데, 손님이 마음에 드는 물건을 집었으면 가격이 맞으면 팔면 될 것이지, 판매 사원이 양심에 거리낀다고 그건 잘 안 팔리는 물건이에요, 요 옆 물건이 기능이 더 좋아요, 라고 물어보지도 않았는데 굳이 말할 필요가 있을까? 안 살 수도 있고, 또 나는 그 물건이 마음에 들어서 하자 없이 잘 쓸 수도 있는데 말이야."

"어떻게 사람을 물건에 비유해요?"

"그렇게 받아들였으면 미안하고……. 난 정신과 의사가 아니라서 멋진 말은 못하는데, 그냥 그런 느낌이더라 그거지."

철주가 말했다.

"반대의 경우도 생각해볼 수 있지 않을까요? 알고 보면 내가 재벌집 아들이에요. 아니면, 이 학교 교수의 아들이거나……. 그런데 그걸 말하지 않고 만난 거야. 어떻게 생각해요? 그것도 마찬가지의 과거잖아요? 종민 씨 그 친구랑 가까워지고 싶죠?"

"네, 맞아요."

"지금까지 만난 모든 여자 친구들에게 다 종민 씨 어릴 때 얘기를 했나요? 부모님 이혼한 얘기도요."

"아니요. 한 번도 한 적 없어요. 그전에 다 헤어졌어요. 이번에는 특별해요. 정말 이 친구랑은 오래 잘 가고 싶어요. 이런 말 하기 그렇지만 너무 좋아요. 그래서 더욱더 그 친구가 날 잘 이해했으면 해요. 난 솔직하고 싶어요. 하지만 무섭기도 하고요."

상대방과 친근해지기 위해서는 그의 모든 것을 다 알아야만 할까? 그러면 일심동체가 되는 것일까? 상대방과 가까워지기 위해 완전한 소통을 하고 싶은 욕망은 인간의 근본적인 것이다. 철주가 말했다.

"누군가를 가장 가깝게 느꼈던 때가 언제예요?"

종민이 대답했다.

"글쎄요. 첫사랑과 손을 잡았을 때?"

옆에 앉아 있던 여자 손님이 말했다.

"애인과 섹스하고 난 다음 품에 안겼을 때? 그때만큼은 둘이 하나가 된 것 같아요."

"크, 동감."

영수가 여성과 잔을 부딪혔다.

"작업 걸지 마시고……."

철주가 영수에게 눈 흘김을 한 번 하고 여자 손님에게 말했다.

"그런데 그게 오래가지는 않지 않나요?"

"그게 문제예요. 그때만큼은 하나가 된 것 같은데, 그렇게 오래가지 않아요. 그게 참 찝찝하단 말이에요. 그래서 자꾸 확인해보고 싶어서 별로 동하지 않는데도 그 인간에게 전화를 하고 그 나쁜 새끼 침대로 기어들어가게 된다는……."

옆에 앉은 여자 손님은 애인과 헤어지지 못하고, 결국 다시 만나 육체 관계를 갖고 있는 것이 고민이었다.

"두 사람 모두 갖고 있는 환상이 있어요. 일심동체의 환상. 그 환상은 우리 뇌 정말 깊숙한 곳에 박혀 있거든요. 그게 언제인지 아세요?"

모두가 고개를 저었다. 철주가 앞에 앉아 있는 사람들을 한 번 둘러보며 엷은 미소를 지었다. 영수는 철주가 뭔가 판결을 내리기 전 순간에 짓는 표정을 알고 있었다. 마치 소년 탐정 김전일이 "수수께끼는 모두 풀렸어!"라면서 밀실 살인의 범인을 지목하는 순간 같은 그런 상태 말이다.

"바로 엄마 뱃속에 들어 있을 때입니다."

"엄마 뱃속이요?"

"네, 이때를 우리는 기억하지 못하지만 뇌는 있기 때문에 저장은 되어 있어요. 그게 아이러니죠."

엄마 뱃속에 있을 때 아이의 삶은 편안하고 행복하다. 자궁 안에 양수로 둘러싸여 둥둥 떠 있으니 항온항습이고 어떤 진동으로부터 자유롭다. 그러니 춥지도 덥지도 않고, 오줌을 싸도 기저귀가 젖어서 불편할 일도 없다. 탯줄로 엄마와 직렬 연결이 되어 있으니 필요한 영양은 다 공급된다. 배고프다고 울 필요도 없고, 배부르다고 짜증을 낼 이유도 없다. 거기다 금상첨화는 엄마의 기분이 좋을 때와 안 좋을 때를 실시간으로 함께하는 싱크로 백 퍼센트의 상황이다. 바로 이 시기를 공생기라고 하는데, 우리의 뇌는 이때를 기억하고 있다. 다만 말로는 표현할 수 없고, 내재된 기억으로 입력이 되어 있을 뿐이다. 그리고 엄마의 배에서 분리되어 나온 이후부터 지금까지 어떤 관계를 맺을 때마다 그 관계를 재현하고 싶은 욕망을 갖는다. 지금 만나는 사람과는 채울 수 없는 어떤 결핍을 경험할 때마다 깊은 곳에서 솟아 올라오는 것은 바로 이 공생의 욕망이다.

"그런데 문제는 말이에요."

철주가 말을 이어갔다.

"그게 살아 있는 한은 실현될 수 없는 욕망이라는 거예요."

"아, 우리가 엄마 뱃속에 들어갈 수 없으니까."

여자가 대꾸를 하자, 영수가 말했다.

"정확히는 우리가 남을 내 뱃속에 넣을 수 없다는 말 아닐까요."

"하하, 그러네요. 아저씨 저랑 말이 좀 통할 듯?"

여자가 영수에게 잔을 들었고, 두 사람은 건배를 했다. 철주가 말을
이어갔다.

"지금 두 사람이 뭔가 통하는 느낌이 들었죠?"

두 사람이, 특히 영수가 거하게 고개를 끄덕이며 여자와 눈을 마주
치려고 애썼다.

"이 정도가 우리가 경험할 수 있는 하나 된 느낌의 일시적 구현으
로 최적인 것 같아요. 우리가 남의 뱃속에 들어갈 수도 없고, 또 타인
을 내 뱃속에 넣을 수도 없으니까. 잠깐잠깐 직렬로 연결된 것 같은
짜릿함은 손을 잡을 때, 의견이 일치할 때, 섹스를 하면서 느끼지만
그건 너무 잠깐이죠. 그래서 그 이상을 원하게 돼요. 거기서부터 여기
이 친구의 고민이 시작되는 거죠. 서로에 대해 모든 걸 오픈하고 나면
하나가 될 수 있을 거라는……."

철주를 포함해 나머지 사람들이 종민을 쳐다봤고, 종민은 고개를
숙였다. 조금 부끄럽기도 했지만 뭔가 흐릿하던 부분이 밝아지는 느
낌이 들었다. 그가 헷갈린 지점이 바로 거기였기 때문이다.

"다른 사람과 하나가 되고 싶다, 그러기 위해서는 비밀이 없어야

한다는 것은 분명히 맞는 명제예요. 비밀을 간직한다는 것은 각자 남에게 알리지 않는 것이 있다는 것이고, 하나가 되려는 욕망을 위배하는 일이죠. 그래서 괴로워집니다. 언젠가 그 비밀을 털어놓고 싶어 하고, 비밀을 털어놓음으로써 상대방과 깊은 유대 관계를 갖는다고 여기게 되는데, 그게 지금 종민 씨의 마음이죠."

철주가 음악을 틀었다.

"이 음악 같이 들어볼까요. 여장 남자 헤드윅이 부르는 〈오리진 오브 러브 The origin of love〉란 곡인데, 인간이 왜 다른 하나를 찾아, 둘이 하나가 되려고 애를 쓰는지에 대해 이야기해요. 신화의 이야기."

> Last time I saw you
>
> We had just split in two
>
> You were looking at me
>
> I was looking at you
>
> You had a way so familiar
>
> But I could not recognize,
>
> Cause you had blood on your face
>
> I had blood in my eyes
>
> But I could swear by your expression
>
> That the pain down in your soul
>
> Was the same as the one down in mine

That's the pain,

Cuts a straight line

Down through the heart ;

We called it love

So we wrapped our arms around each other,

Trying to shove ourselves back together

We were making love,

Making love

It was a cold dark evening,

Such a long time ago,

When by the mighty hand of Jove,

It was the sad story

How we became

Lonely two-legged creatures,

It's the story of

The origin of love

That's the origin of love

마지막 널 봤을 때

우리가 막 둘로 나뉘어졌을 때였을 거야

넌 날 바라보고 있었고

나도 널 바라보고 있었지

네겐 친숙한 뭔가가 있었지만,

난 알아보지 못했어

네 얼굴엔 피가 묻어 있었고

내 눈엔 피가 묻어 있었기 때문이겠지

하지만 네 표정을 보니

네 영혼 깊은 곳의 상처는

내 영혼 속의 상처와 같은 것이라는 확신이 들어

그게 바로 그 상처야

심장을 직선으로

관통하며 베는 상처

그 상처를 우린 사랑이라 부르지

그래서 우린 서로를 팔 벌려 안았지

서로의 몸에 서로를 집어 넣어 다시 하나가 되게 하면서

우리는 사랑을 했어

사랑을 했지

그때는 아주 오래전,

춥고 어두운 저녁이었어

제우스의 전능한 능력으로 말미암은 그때,

그건 슬픈 이야기

우리가 어떻게

외로운 두 발 짐승이 되었는지에 대한

그것은

사랑의 기원에 대한 이야기

그것이 사랑의 기원

조금씩 다가가는 법

세상에 존재하는 모든 비밀은 사람 사이를 떼어놓는 기능을 한다. 정말 중요한 비밀이라면 그걸 안고 있는 사람에게는 너무 큰 부담이다. 그래서 어떻게든 비밀을 빨리 알려 그 부담에서 벗어나고 싶어진다. 비밀들이 쌓이고, 그것이 거짓말이 되고, 거짓이 다른 방식으로 진화해서 사실을 왜곡하기 전에 말이다. 그래서 비밀이 밝혀지면 당사자는 양쪽 모두 조금은 마음이 편해진다. 하지만 준비되지 않은 사람에게 던지는 비밀 공개는 폭력적일 수 있다. 그러므로, 일방적이어서는 안 된다. 비밀의 물꼬를 트기 전, 쏟아질 비밀을 잘 가둬둘 제방의 벽을 탄탄히 하는 준비가 반드시 필요하다. 철주가 말을 이어갔다.

"두 사람 사이에 충분한 신뢰라는 방탄막을 치는 것이 비밀의 부담에서 벗어나려는 불안감, 또 서로에게 더 가까워지기 위해 비밀을 알리고 싶은 욕망을 드러내기 전에 꼭 해야 하는 일이라고 봐요. 둘은 어떤 것 같아요?"

"글쎄요. 신뢰가 있기는 하지만…… 저도 그 친구가 제 얘기를 듣고 나서 저를 싫어할까 봐 겁이 나요. 그래서 망설여왔던 거죠."

"그렇죠? 망설여진다면, 충분히 기다려보세요. 아직까지 종민 씨 마음만 급한 것일 수도 있어요. 제가 전에 정신 치료를 할 때 말이에요, 환자가 자꾸 빨리 떨어져나가는 거예요. 제가 분명히 그 사람의 문제점에 대해서 정확히 해석을 했거든요. 어느 순간부터 그 사람의 인생 역정에서 왜 지금 그렇게 힘들어하는지 너무 잘 알겠고 잘 보이는 거예요. 그래서 정확한 지점에 정확한 내용을 투하했죠. 마치 순항 미사일 토마호크같이 말이죠. 그런데 웬걸, 환자가 다음 시간부터 안 오는 거였어요. 왜 그랬게요?"

여자가 철주를 바라보며 말했다.

"더 이상 치료할 게 없이 다 나았기 때문 아닐까요?"

"아니었어요, 수술은 잘되었지만 환자는 죽은 케이스였어요. 치료자와 환자 사이에 충분한 신뢰 관계가 만들어지지 않은 상태에서, 해석을 들을 환자의 정신세계가 그 내용을 받아들일 만큼 준비가 되어 있지 않았기에 내가 아무리 정확한 해석을 해도 먹히지 않았던 것이고, 도리어 무서워서 도망을 가게 된 것이죠. 확 시껍하게 되었다고 할까요. 그다음부터 아는 것을 다 말한다고 좋은 것만은 아니라는 것을 알았어요. 그리고 환자가 받아들일 수 있는 그만큼만 조금씩 해나가는 능력이 중요하다는 것을 알게 되었죠. 지금도 마찬가지라고 봐요."

현명함이란 무엇을 보고도 못 본 척할 것인지 아는 기술을 갖는 것이다. 비밀이란 한도 끝도 없는 것이 아닐까. 또 비밀의 내용이 중요한 것이 아니라 비밀로 인해 생긴 결과를 이해하고 분석하는 것이 중요하다. 그러므로 내가 지금 비밀을 털어놓고 싶은 것은 사실은 철저히 나 중심적인 사고에서 비롯된 것이다. 상대가 나를 잘 이해하기 위해 필요하다는 것도 나 중심적인 생각이고, 상대에게 내 부정적 비밀을 숨기는 것이 솔직하지 못한 것이라고 여기고 죄의식을 갖는 것도 조금만 깊게 따져보면 나의 부정적인 면을 털어내고 싶은 욕망 때문이다. '다 너를 위한 거야'라는 것도 한 꺼풀만 벗기면 다 나를 위해 하는 일이다. 그게 인간이다.

"무엇보다 중요한 것은요, 지금 내가 알고 있는 나의 과거가 정말 나의 전부일까, 하는 것이에요."

"네?"

"프로이트 할아버지가 말했지만, 우리는 우리가 아는 것보다 자신에 대해서 너무 많은 것을 모르고 있어요. 정말 중요하고 끔찍한 기억들은 봉인돼서 갇혀 있어요. 이게 정말 끔찍하고 힘든 일이었다고 기억하고 있는 것은 그나마 의식에서 다룰 만한 일이니까 허락을 받고 수면 위로 올라와 있는 것들이죠."

"그래서요?"

"내 얘기는 그 말을 하고 난다고 해서, 잠깐은 후련할지 모르지만, 저쪽이 정말 그쪽을 너무나 잘 이해하게 되는 것도 아닐지 모르고, 시간이 지나면 다른 걸 또 얘기해야만 하는 상황이 되어 그 족쇄 속에 빠질 수 있다는 것이죠."

"그럼 어떻게 해야 해요?"

"글쎄요, 선택은 자신의 몫이지만……. 그 고백은 이기적인 선택이기도 하지만, 일종의 희생이기도 하죠?"

"네."

"전 이렇게 봐요. 자기 자신을 희생시키면서까지 상대의 사랑을 받아야 할 필요가 있을까. 일생 동안 만나는 모든 사람들 중에서 나를 떠나지 않을 사람은 오직 나뿐이니까."

종민은 알쏭달쏭한 철주의 말에 조금씩 짜증이 났다. 점을 보러 가는 사람은 잘 모르겠는 앞날에 대해 알고 싶다는 기대도 하지만, 한편으로는 지금 마음 안의 유혹에 대해서 '망설이지 말고 해라'라는 승인을 받기를 바라는 마음이 더 크다. 지금 이 술집에서 전직 정신과 의사라는 주인과 상담할 때 이런 걸 기대한 것은 아니었다. "어서 가서 고백을 해, 안 그러면 그녀가 떠날 거야"라고 반은 협박조로 등을 떠밀어주기를 바랐다. 그런데 전개는 정반대다.

"그냥 내가 알고 있는 것만큼 서로 알면서 지내는 게 더 좋지 않을까?"

철주가 말을 이어갔다.

"종민 씨도 생각해봐요. 수연 씨 집안에 대해서 잘 알아요?"

"아니요. 그런 얘기 별로 안 해서……. 어디 살고, 형제가 어떻고 부모님이 뭐 하시고 그런 건 알아요."

"그런 거 말고, 수연 씨가 집안의 복잡한 얘기 같은 거 미리 말하던 가요?"

"아니요."

"그러니까, 이쪽이 말하고 나면 저쪽도 부담이 생겨요. 100만큼 말하면 10만큼 보여줬던 사람도 부담을 갖기 싫기 때문에 본능적으로 40은 얘기해줘야 할 것 같다고 느끼는데, 그게 싫으면 만나기 싫어져요. 상대가 던진 진실을 알고 무서워서 그만 만나는 게 아니라, 사실 나는 그런 걸 얘기하고 싶지 않은데 불평등한 관계를 유지하는 건 옳지 않기 때문에 그러느니 차라리 만나지 않겠다는 마음도 존재할 수 있다는 거죠. 한편으로는 일종의 수건돌리기 같은 악순환이 시작되기도 해요."

"수건돌리기요?"

종민이 의아해하자 영수가 말했다.

"아, 그런 거구나. 누가 누가 더 추악한 과거가 있었나 밝히기 대회."

영수 옆의 여자가 말했다.

"저, 그런 적 있어요. 한번 술 진탕 마시고 진실게임 비슷하게 시작했어요. 과거에 대해서 하나씩 얘기하는데, 1번 타자가 중요해. 첫 타자가 자기가 최근에 낙태한 얘기를 한 거야. 대박 센 얘기로 시작한 거지. 그리고 나니까 수위가 확 올라가서, 유부남 사건 얘기, 직장 상

사랑 회식하고 원나잇 스탠드 한 얘기 등등…… 점입가경이었거든
요. 문제는 그 자리에 술 못 마시는 애가 하나 있었다는 거지. 다 떡이
돼서 집에 갔는데, 아침에 깨보니 황당한 거예요. 밑바닥을 다 보여준
셈이었거든. 우리 다시는 안 만나잖아. 크크."

"지금 얘기한 것 중에 뭔데요?"

영수가 짓궂게 물었다.

"아저씨, 내가 왜 내 얘기를 여기서? 상상은 자유!"

"그래도 내 마음을 다 주려면 고백을 해야 할 것 같은데……."

종민이 마지막 저항을 했다. 철주가 그의 눈을 보며 말했다.

"마음을 다 주면 어떻게 되는 줄 알아요?"

"정말 좋은 거죠. 전 그런 관계를 원해요."

"뭐가 좋아, 하나도 안 좋지."

"네?"

"마음을 다 주고 나면 당신 마음 안에는 뭐가 남는데? 텅 비어버리
잖아. 나라는 껍질만 남게 되는데, 그게 좋아?"

종민은 '이 사람이 왜 반말이지?'라는 생각이 확 들었다. 나이가 많
은 사람이라 차마 열 받은 걸 내보이지는 못하고, 그를 빤히 쳐다봤
다. 천천히 생각해보니 맞는 말 같기도 했다.

"마음을 다 준다는 말 하지도 말고, 받지도 마세요. 서로 줄 수 있는
만큼 주고, 받을 수 있는 만큼 받고 딱 그만큼을 감사하게 여기는 것,
그러면서 그 폭을 조금씩 넓혀가는 것, 그게 사랑 아닐까, 집착이 아

닌?"

"난, 그런 건 재미없더라. 그건 우정이지! 하려면 뼈와 살이 다 녹아버리게, 화끈하게!"

여자가 영수를 보며 찡긋하고 웃으며 말했다.

"그렇죠. 나도 그렇게 생각해요. 배고프지 않아요? 요 앞에 곱창 잘하는 가게 있는데."

"좋죠. 아저씨가 사는 거?"

"당연하죠."

영수가 여자와 나가기 위해 일어나며 종민에게 말했다.

"다 피가 되고 살이 되는 얘기예요. 하지만 선택은 본인이 해야 하는 것이지."

종민은 혼자 남았다. 무서워졌다. 저 앞에 앉아 있는 남자의 포스에 "잘못했어요"라고 해야 할 것만 같았다.

\#

'여긴 또 어디인가?'

정영철은 오늘 하루가 너무 길게 느껴졌다. 오후에 가벼운 마음으로 선을 보러 갔을 뿐이다. 그냥 두 시간 정도 앉아 있다가 나오면 되는 자리였다. 마음에 들면 다음에 연락하면 되는 것이고, 마음에 안 들면 주선한 사람에게 의사를 전달하면 됐다. 그리고 선을 보는 첫 만남이 길게 이어진 적은 최소한 영철의 경험으로는 없었다. 그런데 이 여자 묘했다. 혼자 열심히 샌드위치를 먹고 나더니 무슨 인터뷰를 하러 온 것처럼 질문을 하고 사람 혼을 빼놓았다. 갑자기 혼자서 "마음에 드는데"라는 말 비슷한 것을 한 것 같은데, 그를 끌고서 이곳으로 택시를 타고 왔다. 그게 세 시간 전의 일이었다. 학생들에게 인기가 있다는 삼겹살집에서 정장 차림의 두 사람이 냄새와 연기를 온몸으로 맡으며 고기를 굽고 소주를 마셨다. 많이 웃고, 많이 떠들었다. 오늘 만난 수지라는 여자는 지금까지 그가 만난 사람들과 달랐다. 중매로 만난 낯선 여자가 아니라, 오랜만에 만난 대학교 친구 같았다. 무장 해제가 되는 기분이었다. 어느새 넥타이를 풀어 가방에 넣은 영철은 목소리 볼륨이 서너 단계는 올라가 있었다.

"우리 맥주 한잔 더 해요. 괜찮죠?"

영철은 마다하지 않고 그녀의 뒤를 따랐다. 꼬불꼬불한 골목 안으로 성큼성큼 걸어 들어가는 그녀의 등만 겨우 쫓아갔다. 그녀가 대로변에서 한참 들어간 골목 안 빌딩 지하 앞에 서더니 "여기예요. 제 단골" 하고는 쑥 들어가 버렸다.

안으로 들어가니, 토요일 밤인데도 가게는 휑했다. 길쭉한 바에 대학생 같아 보이는 남자 한 명이 있었고, 수지가 그에게 손짓을 하며 빨리 들어오라고 재촉하고 있었다. 그가 앉기를 기다리지도 않은 채, 그녀는 냉장고로 걸어가 "하이네켄 좋아한다고 했죠?"라고 아까 말한 것을 기억하고는 맥주 두 병을 직접 꺼내 들고 주인을 향해 말했다.

"여기 하이네켄 두 병이요!"

"어이쿠, 웬일로 뭘 먹는지 이야기를 다?"

"아하, 오늘은 계산을 할 예정이라는."

수지는 영철에게 맥주를 주고 건배를 했다.

"우리의 영원한 우정을 위해!"

'웬 우정?'

영철은 당황스러웠다. 선본 남자에게 우정이란 말을 하는 여자는 처음이었다. 맥주를 한 모금 들이켠 수지가 주인에게 말했다.

"토요일 밤인데, 길거리에는 애들이 바글거리던데 이게 뭐야? 너무 장사가 안 되잖아."

"조금까지 많이 있다가 나갔어. 넌 어디 갔다 왔길래 옷이……."

"말 안 했던가? 오늘 선봤어. 여긴 오늘 선본 남자분. 멋지지?"

영철이 얼결에 가볍게 인사를 했다. 단골인 건 분명해 보이는데, 왜 둘이 반말을 하는지 잘 모르겠다.

"마음에 들었나 봐. 여기도 데리고 오고."

"응, 아주. 영원한 우정이라고 했잖아."

철주가 수지와 몇 마디 주고받다가 다시, 종민에게 말했다.

"정신없죠? 맥주 한 병 더 줄까요?"

"아니요, 괜찮아요. 생각 좀 하느라고요."

"맞아요. 충분히 생각해보세요. 답이 있는 건 아닌 것 같아요. 대신 내가 생각을 조금 더 깊이 하라고 서비스로 맥주 한 잔 드릴게요."

철주가 맥주를 꺼냈다.

"처음 보는 건데, 이게 뭐예요?"

"리베스 비어라는 독일 맥주예요. 원래 독일 이름은 에로틱 비어. 미풍양속을 저해한다고 이름을 순화해서 사랑으로 바꿨나 봐요. 부드럽고 벌꿀 향이 나는데 지금 분위기에 어울리는 듯하네."

수지가 끼어들었다.

"야한 맥주구나. 나 이런 거 좋아. 우리도 줘."

문이 열리고 두 명의 남녀가 손을 꼭 잡고 들어왔다.

태윤이 미유를 데리고 온 것이다.

"안녕하세요?"

태윤이 앉으며 미유를 바라보며 다시 철주를 봤다.

"아, 그……."

태윤이 고개를 끄덕였다.

"예, 맞아요. 덕분에 바로 다음 날 가서 얘기했거든요. 사실 그동안 미유 씨가 나한테 사인을 여러 번 보냈는데 나만 모르고 있던 거였어요. 지쳐가고 있었다고…… 정말 여기 오기를 잘했어요."

미유는 철주를 보며 기분좋게 웃었다.

"말을 하고 나니 얼마나 후련한지. 덕분에 고백할 수 있었어요."

종민이 어리둥절해하면서 철주를 바라봤다.

"저기, 저한테는 하지 말라면서요."

철주가 종민을 보며 말했다.

"누가 하지 말래요? 저쪽에도 하라는 말은 하지 않았어요. 그렇죠?"

종민을 바라보며, 또 다른 상담 신청자인가 하는 동료 의식을 느끼며 태윤이 말했다.

"그냥 아이큐가 제대로 박혔으면 뭘 해야 할지 판단을 하게 해주신 거죠."

"판단을 할 근거요……."

"네, 뭐가 좋은지 나쁜지에 대해서 그냥 꺼내놓고 보여주는 거예요. 누구 편을 드는 것도 아니고. 아, 굳이 얘기하면 어떻게든 '내 편'이기는 한데, 객관적인 내 편, 건강한 의미의 내 편?"

수지가 듣다가 끼어들었다.

"하여튼 잘됐다는 거니까, 그쪽도 이분이 하라는 대로만 하면 만사형통이에요. 날 믿어요. 나도 여기 영원한 우정과 같이 왔잖아요. 다 잘 풀려요."

"거기도?"

태윤이 수지를 보면서 잔을 들어 건배를 제의했다.

"우리 다 같이 건배할까요? 여기 계신 분들께는 제가 한 잔씩 쏘겠습니다."

수지가 영철을 보면서 말했다.

"우리 모두의 영원한, 끝나지 않는 우정을 위해서!"

종민은 무엇인지 모르겠지만 이런 분위기가 좋았다. 그리고 그냥 믿고 맡겨보고 싶다는 생각이 들었다. 그런 기분을 느끼기는 영철도 마찬가지였다. 토요일 밤에 얼떨결에 이곳에 왔고, 어느새 아홉 시가 넘은 시간이지만, 하루를 날렸다는 생각은 전혀 들지 않았다. 수지랑 어떻게 될지 알 수는 없지만 그냥 오늘을 즐기는 것도 나쁘지 않은 것 같았다.

다 같이 한 잔을 들이켜고 나서 철주가 말했다.

"오늘 같은 토요일 밤에 딱 어울리는 노래 한 곡 틀어야겠네. 빌리 조엘, 〈피아노 맨Piano man〉."

철주가 생각하기에 좋은 손님이 좋은 인연을 만들어 좋은 가게를 만든다. 우연이 겹치면 인연이 된다, 그리고 그 인연이 겹치고 잘 얽힌다면 인간은 결코 고독하지 않을 것이다. 이런 식으로 얽히는 인연은 짜증 나는 악연이 인생의 발목을 잡는 것과는 확연히 다른 것이다. 우리는 미처 깨닫지 못했을 뿐 이미 여러 번 마주쳤고, 이렇게 한자리에 앉아서 같은 길을 바라보고 있다.

혼자 상념에 잠겨 있는데, 수지가 철주를 향해 말했다.

"그런데 오빠, 이 아저씨 궁금하지 않아?"

영철은 수지를 바라보며 입을 뗐다.

"오빠……요?"

"네, 우리 오빠예요. 사귀는 오빠가 아니라 친오빠. 울 오빠 술집

해요. 여긴 오빠네 가게고. 혹시 의사라고 알고 있는 건 아니죠?"

영철은 또 다른 미궁에 빠지는 기분이 들었다. 이건 또 뭐지?

6

첫사랑은
사랑의 기준점
혹은 성장점

– 첫사랑의 상처에서 헤어나오지 못하는 당신에게

모든 사랑 이야기는 첫사랑 이야기

"저거 누구더라?"

노사이드의 한쪽 벽에 프로젝터로 쏜 영화가 비치고 있었다. 야구나 축구 중계를 틀어놓을 때도 있지만, 영화나 뮤직비디오가 나올 때도 있다. 오늘은 꽤 오래된 영화가 상영되고 있었고, 영수가 들어와 한잔 마시고 난 후 철주에게 물었다.

"저거, 나탈리 우드."

"그래? 캬…… 예쁘다."

"아마, 저때가 이십대 초반? 전성기였지 아마. 너 저거 봤지? 〈초원의 빛〉."

"〈초원의 빛〉이구나. 워렌 비티 나오는 거지? 고등학교 때 텔레비전에서 처음 보고 얼마나 감동을 했었는데."

"왜, 교회 누나 때문에?"

"그 누나 말고도 내 첫사랑은 참으로 많았다네. 넌 나를 잘 안다고 생각하지만 1퍼센트도 몰라."

영수와 철주는 잔을 들어 건배했다. 옆에 앉아 있던 수지가 말했다.

"첫사랑 때문에 저렇게까지 오래가게 되는 걸까? 나는 잘 이해가 안 돼. 지금이 중요하지, 뭘 저렇게 오랫동안 가슴에 두고 살아?"

영수가 수지를 안타깝다는 듯이 쳐다보며 말했다.

"그건 네가 아직 진정한 첫사랑을 못 해봤다는 의미야. 고등학교 때 만나 열렬한 사랑을 했는데 부모의 반대로 헤어지게 되다니. 로미오와 줄리엣부터 한여름밤의 꿈, 모든 사랑 이야기는 사실상 첫사랑 이야기지. 안 그러냐?"

철주가 말을 받았다.

"나는 두 사람이 헤어지고 나탈리 우드가 정신병원에 입원하게 되는 장면이 충격적이었어. 무엇보다 두 사람이 중년이 되어서 나중에 만나게 되는데, 그때까지 마음에 간직하고 있었다는 게 인상적이었어."

"왜, 오빠?"

"지금은 이해할 수 있지만, 그때는 그랬다는 거야. 그렇게 오래

갈 거라는 건 상상하기 어려웠거든. 아마, 어떻게든 끝이 나지 않은 채 멈춰졌기 때문이라는 생각도 하게 되는데……."

엘리아 카잔의 〈초원의 빛〉은 세 명의 잡담과 상관없이 벽면을 타고 있었다. 그들의 시시껄렁한 이야기가 디니와 버드의 아름다운 사랑의 열병을 훼손시키지 못하도록 탄탄하게 벽에 붙어 청춘의 이십대를 찬연히 결정화하고 있었다. 옆자리에서 조용히 맥주를 마시며 그들의 잡담을 듣고 있던 여자가 그들을 향해 작은 목소리로 말했다.

"첫사랑이요……."

제대로 알아듣지 못한 수지가 말했다.

"네? 뭐 더 필요하세요?"

"아니요, 첫사랑이……. 아, 됐어요."

여자가 말을 멈추고 고개를 떨구었다. 테이블 위의 맥주는 반이나 남아 있었다. 철주는 여자가 눈을 내렸다가 다시 올려서 철주를 잠시 쳐다보는데, 철주가 눈을 맞추려고 하면 시선을 바로 옆이나 뒤로 옮겨버리는 것을 알아차렸다. 철주가 메뉴판을 들고 다가가자 여자는 나쁜 생각 하다 들킨 아이처럼 놀라서, 고개를 반대 방향으로 돌리고 맥주를 마셨다.

"더 시키실 거 있나요?"

"아, 저 오징어 구이 같은 거 되나요?"

"물론이죠. 그건 그렇고, 혹시 하실 말씀 있으세요?"

"네?"

"그냥 그럴 것 같아서요. 여기 한두 번 오신 것 같은데요. 그냥 이쪽으로 오세요. 누구 기다리시는 건가요?"

"아니요, 혼자 왔어요. 올 사람이 누가 있겠어요. 저 같은 여자한 테."

"말씀 잘하시네요. 자, 이쪽으로 오세요."

철주가 여자를 두 사람이 있는 쪽으로 옮기도록 권했다. 영수가 자리를 만들어주며 너스레를 떨었다.

"우리 안 잡아먹어요. 심심하니까 이리 오세요."

이십대 후반의 여자는 세미 정장으로 어느 정도 격식 있게 입었고, 옅은 화장에 어깨에 걸쳐지는 정도의 얌전한 헤어스타일을 하고 있었다. 굽 낮은 구두를 신고 큰 백을 들고 있었다.

"성함이……."

"예, 양미현이에요. 저도 저 영화 본 적 있어요. 나탈리 우드가 전에는 바보 같았어요. 뭐가 아쉽다고 병원까지 가나. 옆에 계신 여자분 말이 바로 제가 하는 말이었죠. 당연히 내가 손해 볼 필요가 없다고 생각했죠. 그런데……."

"그런데요?"

"누구나 첫사랑이란 것은 하는 거잖아요? 저도 이제 이십대가 저물어가거든요. 'ㅂ'이 들어가는 나이요."

"'ㅂ'이 들어가는?"

수지가 물었다.

"스물여덟, 스물아홉. 이렇게 받침에 'ㅂ'이 들어가는 나이가 서른을 앞두고 스트레스 받는……."

"아하, 재미있네요. 그런데요?"

"저도 스무살 무렵에 몇 년 동안 정말 진하게 사람을 만났어요. 그리고 누구나 그렇듯이, 저 영화에서도 그랬듯이 헤어졌구요. 물론 우린 부모의 반대로 억지로 헤어져버리게 된 것은 아니지만요. 처음에는 원망도 많이 하고, 내가 뭘 잘못한 것인지 반성도 했어요. 술도 많이 마셨구요."

"차였어요?"

"아니요, 누가 찼다 차였다의 문제는 아니었던 것 같아요. 그냥 권태기가 길어지면서 지겨웠어요. 저도 소홀히 했고, 그 친구도 그냥 데면데면했는데, 어느 날 친구가 말해주더라고요. 다른 여자랑 있는 걸 봤다구요. 가서 따졌죠. 놀라운 건……."

"놀라운 건 뭐였는데요?"

"부정하지 않는 거예요. 아니다, 그런 일 없다, 오해다. 아무리 우리가 대략 끝이 날 시기였다고 해도, 그건 최소한의 예의 아니었을까요? 그런데, 뭐라고 했는지 아세요?"

"글쎄요. 음…… 유감이다?"

"널 사랑하니까 그냥 놔주겠다는 거예요. 그리고 이제는 새로운 시작을 해야 할 시기라는 거죠. 말이 안 되는 궤변이었어요. 저도 바보인 게 거기서 무슨 말을 못하고 그냥 듣고 있다가 왔어요. 알겠다고,

잘 있으라고. 그 친구가 말은 정말 잘했거든요. 그렇게 몇 년의 관계가 끝나는구나 먹먹했죠. 생각해보니 참 좋아했더라고요. 그런데 그게 지금까지 내 발목을 잡고 있게 될 줄은 몰랐어요. 그게 문제예요."

각인효과와 사랑의 기준

미현은 그녀의 첫사랑에 대해 담담하게 이야기를 해나갔다. 첫사랑이 없는 사람이 누가 있겠는가. 첫 경험이란 무엇이든 중요하다. 그래서 어떤 심리학자는 첫사랑을 잊지 못하는 것을 각인효과로 설명하기도 한다. 각인효과는 콘라드 로렌츠가 동물 실험에서 입증한 것이다. 알에서 부화되어 세상으로 나온 오리 새끼는 처음 눈앞에 보인 동물을 자기 어미로 인식하고 졸졸 쫓아다닌다. 뇌가 백지처럼 하얗게 비어 있을 때 처음 찍힌 점 하나가 기준점이 되는 것이다. 로렌츠는 각인이 잘 일어나기 위해서는 '결정적 시기'가 있다는 말도 했다. 즉, 알에서 갓 부화되어 나온 시기같이 그 상황에 가장 적절한 결정적 시기가 있고, 그 시기의 경험이 뇌 속 깊이 확 박혀버리게 된다는 것이다. 첫사랑도 그렇다. 최소한 2차 성징이 나타나고 난 다음인 사춘기나 이십대 초반의 사랑이 첫사랑이라고 할 만한 것이 아닐까. 그보다 어린 나이에도 누구를 좋아하고 사랑한다고 생각은 할 수 있겠지만 성적인 부분까지 포함하지는 못할 것이고, 나란 사람의 정체성과 인격이 어느 정도 갖춰지고 난 다음에 맺은 관계여야 그 후의 인생에 온전히 영향을 줄 수 있을 것이다. 그렇기에 미현이 경험한 몇 년의 첫사랑은 아무리 부인하려 하고 잊으려 해도 그녀의 삶에 영향을 끼치고 있었던 것이다. 철주가 말했다.

"각인효과라는 것이 있지만, 저는 그것으로 모든 걸 다 설명할 수 있다고 생각하지 않아요. 미현 씨가 어떤 경험을 했는지 궁금하네요. 조금 더 이야기해주실래요?"

다들 미현의 말에 귀를 기울였다. 이 세상에서 제일 재미있는 것이 사랑 이야기와 싸움 이야기라 하지 않는가.

"듣고 나면 실망하실 거예요. 사실 별것 없었어요."

막상 입 밖으로 내자니 딱히 에로틱한 장면도, 어떻게 사람이 이렇게까지 할 수 있나 싶은 홍상수 영화의 한 장면 같은 이야기도 없었던 것 같았다. 별것도 아닌 사랑이 보잘것없고 평범한 한 여자아이의 마음에 살짝 스크래치를 긋고 갔을 뿐인데 괜히 호들갑을 떨며 오래오래 아파하고 엄살을 부리는 것으로 보일까 봐 망설여졌다.

"별것 아닌 일은 없습니다. 모든 것이 다 별거죠. 나한테 일어난 일이니까요. 내게 울림을 주는 일은 다 별것입니다."

미현이 망설이자 이제 겨우 불이 붙은 모닥불에 후 하고 바람을 넣어주듯이 철주가 말했다. 그리고 오지은의 〈당신을 향한 나의 작은 사람은〉을 틀었다.

"그냥 잊고 지냈어요. 꽤 오랫동안요. 그리고 나도 그 사람도 다른 사람을 만났고, 또 헤어졌죠. 음, 저는 한 사람은 그 사람보다 더 오래 만나기도 했어요. 그런데, 이상하게 잘되지 않는 거예요. 그냥 서로 잘 맞지 않는다고 느꼈죠."

미현이 담담하게 말했다.

"얼마 전에 참 마음에 드는 사람을 만났어요. 그 사람도 제가 싫지는 않았던 것 같아요. 꽤 적극적이었거든요. 저도 나이가 웬만큼 됐고, 적당히 경험도 있으니까 이 정도면 괜찮은 사람이라는 것을 의식적으로 받아들일 주변머리는 깨쳤거든요. 그런데, 결정적인 순간, 진도가 나가야 하는 시기가 왔는데, 확 도망을 가게 됐어요. 아닌 것 같은 거예요."

"왜요? 뭐가 마음에 들지 않았나요? 너무 갑자기 진도가 나가서 무서운 것은 아니었을까요? 저도 그럴 때가 아주아주 가끔은 와요. 사실은 저랑 만나다가 연락을 끊는 인간들이 그런 편이기는 하지만요, 하하."

수지가 미현의 긴장을 풀어주려는 의도인지 끼어들어 말했다.

"아, 좋겠어요. 그쪽은 적극적일 수 있어서요. 관계의 거리 문제는 아니었어요. 그보다는…… 그냥 여러 번 만나고 나니까, 처음엔 좋게 보였던 그 사람의 여러 가지 모습들이 이상하게 눈에 거슬리기 시작하는 거예요."

"예를 들어서 어떤 거요? 종교적인 것? 아니면 양아치였나요?"

"아니요, 종교에 대해서는 서로 관대했고요, 양아치는 아니었요. 그보다 그 사람이 한식을 좋아하는데, 갑자기 고루해 보이는 거예요. 저도 한식을 싫어하는 게 아닌데도요. 그리고 클래식을 주로 듣는데, 베토벤까지는 음악으로 치지만 그 이후의 음악은 별로라고 하기에 그런가 보다 했는데 어느 순간 짜증이 확 나는 거예요. 갑자기 제 통화 연결음이 아이돌 그룹 음악으로 돼 있다는 데 생각이 미치면서 귀까지 확 부끄러워졌어요."

철주가 물어보았다.

"그 정도면 취향의 차이로 볼 수도 있었을 텐데요."

"그렇죠. 대단히 싸운 것도 없었고요, 몰랐던 과거를 알게 된 것도, 양다리를 걸친 것도 아니었어요. 그 사람은 여전히 제게 호감이 있었구요. 그런데 이상하게 거리가 느껴지다가 얼마 전에 그 사람이 청혼을 했어요."

"잘된 일 아니에요?"

"이성적으로는 그런데, 생각할 시간을 달라고 했어요. 그리고 잠수 중이에요. 생각해봤죠, 왜 그런 건지……. 그랬더니 딱 떠오르는 사람이 한 명 있었어요. 바로 첫사랑 그 남자. 그 사람하고는 포장마차에 가서 해물을 먹었고, 최신 팝송을 같이 찾아 들었어요. 옷 입는 것, 정치적 태도 같은 것을 모두 그 사람을 중심으로 비교하고 있었던 거예요."

"그럴 수 있죠. 그런데 그게 왜요?"

"그걸 깨닫게 되는 순간 지금 만나는 사람에게 너무 미안했어요.

그리고 비교하는 내가 너무 황당했어요. 아직도 그 인간에게서 벗어나지 못하고 있는 내가 바보 같고 멍청하다는 생각이 들 뿐이었어요. 헤어진 지 몇 년이 지났고, 어디서 뭘 하고 살고 있는지도 모르는 그 남자가 내 삶의 밑바닥을 차지하고 있고, 난 거기서 자유롭지 못하다는 것이 말이죠. 저 정말 바보 같죠?"

철주는 그제야 미현의 고민을 이해할 수 있었다.

"첫사랑이 유령처럼 떠돌면서 발목을 잡고 있는 그런 느낌?"

"네. 그런 셈이에요."

"첫사랑 이후 더 진한 관계도 있었고, 막상 지금 중요한 사람을 만나고 있는데, 그 사람에 대한 평가가 내 기준이 아닌 첫사랑과 있었던 일에 의해 영향을 받는다는 사실요."

"네, 맞아요. 황당해요. 전에는 몰랐어요. 그런데 어느 순간 깨닫고 나니 전에 잘되지 않은 사람들하고도 마찬가지였을 수 있겠다는 생각이 드는 것이……. 제가 너무 한심해졌어요."

"미현 씨가 한심한 게 아니라 뭐랄까……. 사람이 그런 면이 있어요. 기준! 하는 것 있죠? 그게 빈 땅에 딱 꽂히는데요. 우리 뇌의 빈 공간에 새로 좌표 설정이 될 때 그래요. 어떻게 말하면 좋을까? 잠깐만 기다려봐요."

철주는 어딘가로 전화를 하더니, 주방으로 가서 냉장고에서 뭔가를 꺼내 굽기 시작했다. 얼마 있지 않아 1층에서 작은 스시집을 하고 있는 상진이 접시를 하나 들고 내려왔다.

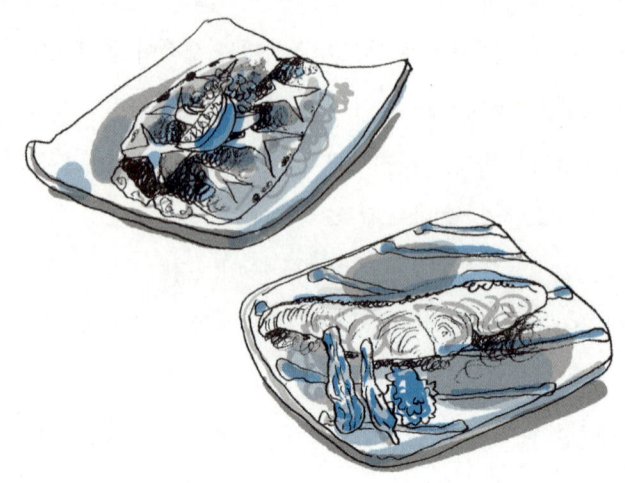

"꼭 필요한 게 있을 때만 부르시네. 오늘 이 물건 들어온 건 어찌 알아가지고!"

"이 사장 왔어요? 땡큐."

상진이 코를 킁킁거리더니 말했다.

"어, 여기도 같은 거잖아."

"하하, 그래서 부탁한 거예요. 이쪽도 다 됐습니다."

철주가 구운 것을 들고 바로 왔다. 철주는 상진이 가져온 접시와 자신이 가져온 접시를 미현 앞에 보여줬다.

"이게 뭐죠?"

접시 위에는 생선구이가 한 토막씩 있었다.

"생선 구이 같은데요."

"맞아요. 드셔보세요. 제가 구운 것부터요."

미현이 한 점씩 먹어보았다.

"어떤 생선인지 알겠어요?"

"네, 삼치 같은데, 제게는 이게 더 익숙한 맛인데요."

"맞아요. 삼치구이예요. 그리고 아마 미현 씨가 익숙하다고 한 맛이 의외로 제가 드린 삼치구이고요. 이 사장이 가져온 것은 어땠어요?"

"글쎄요. 맛은 있는데, 갈치 비슷한 느낌이 드네요. 은대구 같기도 하고."

"저랑 비슷하게 삼치구이를 경험하신 것 같네요. 식당에서 사먹거나, 선술집에서 삼치구이를 먹기 시작했죠?"

"네, 우리 집은 삼치를 잘 안 먹었어요."

"그게 미현 씨에게는 더 익숙한 맛이에요. 이 사장에게는 미안하지만."

이 사장이 흥분해서 열변을 토했다.

"이게 더 맛있다고? 말이 돼요? 이건 나마 삼치에, 숯불에다가 내가 정성을 들여 구운 것이고, 저건 척 보니 한 번 냉동 수준으로 갔던 놈을 적당히 프라이팬에 지졌구만. 저게 더 맛있을 수 없지. 내 건 팔면 2만 원은 받아야 하는 놈인데!"

영수도 거들었다.

"사람 입맛이 어디로 가나? 당연히 생삼치가 맛있지."

"이 사장 같은 전문가가 보면 당연히 그런데, 미현 씨 이상하게 요게 더 익숙하죠?"

"네."

"네, 저도 그랬어요. 나이가 꽤 들 때까지 삼치가 원래 이런 맛인 줄 알았어요. 나중에 좋은 일식집에 갔는데, 난생 처음 먹는 생선이 나왔죠. 그런데 세상에, 그게 삼치라는 거예요. 얼마나 놀랐던지. 제가 지금까지 먹던 삼치구이는 생삼치가 아니라서 퍽퍽한 맛이었어요. 실제로 삼치 자체의 맛을 보고 나면 얼마나 황당한 걸 먹고 있었는지 깨닫게 되죠. 그런데, 저도 그걸 알면서도 삼치 하면 떠오르는 맛은 이상하게도 제가 지금 구운 이 맛이에요."

"예……."

"지금 미현 씨한테 첫사랑이 우리에게 기준점이 된다는 걸 말씀드리려는 거예요. 첫 경험, 한번 익숙해진 것은 그게 좋은 것이든 나쁜 것이든, 고급이든 아니든 상관없이 우리의 기준점이 되어서 다음 경험에 영향을 미치게 됩니다. 아무리 무시하고 부정하려고 해도 그러기가 쉽지 않아요. 지금 이 삼치가 미현 씨나 저한테 그렇듯이요."

"그럼, 어떻게 해야 하는데요? 지금 만나는 사람이 진짜라는 건가요?"

미현은 철주가 하는 말이 뭔지는 어렴풋이 이해가 갔다. 그렇다면 지금 만나는 사람이 진짜고, 전에 만났던 사람은 가짜, 아니 싸구려라는 얘기를 하는 것같이 들리기도 했다. 그게 헷갈렸다.

"아, 그런 오해가 있을 수 있겠네요. 생물은 진짜고 냉동물은 가짜라는 건 아니죠. 취향은 과거 경험에 의해 만들어진다는 것을 보여드리려고 가져온 거예요. 각인되었다는 것은 오래간다는 말이 되지만 그렇다고 영원히 지속되어 사라지지 않는다는 것을 뜻하지는 않아요. 어느새 나의 일부분이 되어버리는 것이 가장 좋은 관계의 결과라고 저는 생각해요."

첫사랑은 성인 이후 진지한 관계의 기준점이 된다. 이 관계를 중심으로 동서남북이 발생한다. 자존심 상해할 필요가 없다. 그냥 그런 것이다. 기분 좋게 끝나는 첫사랑은 드물다. 대부분의 사람에게 첫사랑은 미완이고, 실패다. 실패의 기억은 오래 남는다. 아픈 기억은 좋은 기억보다 강하고 오래간다. 하나의 아픈 기억을 지우기 위해서는 다섯 개의 좋은 기억이 덧씌워져야 한다. 첫사랑이 많이 아픈 이유는 처음으로 의존이라는 것을 해봤고 타인을 필요로 해봤는데, 그것이 실패로 돌아갔기 때문이다. 하지만 이 과정을 거치면서 타인을 필요로 하는 것이 얼마나 자연스러운 것인지 이해하게 되고, 자신이 의존적일 수 있다는 것을, 꼭 독립적으로 사는 것만이 최선은 아니라는 것을 받아들임으로써 성숙의 길로 한 발 올라설 수 있다.

철주가 말을 이어갔다.

"하지만 그 과정이 쉽지 않죠. 그래서 어떤 사람은 아예 마음의 문을 닫아버리고 다시 시작할 엄두를 못 내는 경우도 있잖아요."

"예……."

"미현 씨는 최소한 그 과는 아니라는 점이 좋아요. 그리고 얼마 전까지는 첫사랑의 경험이 영향을 미친다는 것을 잊고 지낼 정도로 충분히 그 기억을 억누를 수 있는 마음의 힘이 있다는 것도 좋아요."

"하지만 힘든걸요. 혼란스러워요. 벗어날 수 없는 걸까요?"

"벗어나고 벗어나지 않고의 문제는 아니에요. 조금 과장되게 말하자면, 우리는 부모의 그늘에서 벗어나려고 노력하지만 결국 부모의 영향은 그냥 기본 상수로 놓고 살 수밖에 없죠. 그것이 크냐 작냐의 차이, 직렬이냐 아니냐의 차이가 있을 뿐임을 인정하는 것이 성숙의 척도라고 봅니다. 첫사랑도 그런 관점에서 볼 필요가 있어요. 잊고 무시하려고 했던 기본 상수가 내 사랑 방정식의 한 축이라는 것을 발견하는 것이라고 할까요."

미현은 고개를 끄덕이기는 했지만 아직 도통 모르겠다는 표정이었다. 그래도 뭔가 감은 잡히는 것 같기도 했다. 열어보면 아플까 봐 뚜껑을 굳게 닫아놓고 있었지만 사실 그 안의 기억들은 자기 할 일을 하고 있었고, 자신은 나름대로 선택적으로 반응하고 있었다는 것이 보이기 시작했다.

그렇다. 일단 보이는 것에서 시작하는 것이다. 봐야 실체를 알 수 있고, 실체를 알아야 그것이 무엇인지 이해하고 다룰 수 있다. 이제 알게 되었으니 어떻게 해야 할지는 천천히 생각해보고, 다시 상황이 오면 부딪치면 되는 것이다. 첫사랑은 이미 사라져버렸지만 여전히 우리 주변을 배회하는 유령과 같은 것인지도 모른다. 그래서 중간에 멈춘 것을 어떻게든 끝내야겠다는 '엔딩 심리'가 첫사랑에도 작용한다. 첫사랑은 미완이다. 여전히 어떤 형태로라도 끝내기 위해 무의식적으로 애를 쓰게 된다. 그 노력이 성장을 돕는다. 아프고 힘들지만 첫사랑의 터널을 뚫고 지나고 나면 다른 내가 된다.

우리 각자의 첫사랑

"그런데, 너 경은 씬가 그 사람이 첫사랑은 아니지?"

영수가 뜬금없이 철주에게 물었다.

"어, 왜?"

철주가 얼버무리며 물어보았다.

"너 전에 고등학교 때 얘기한 거 같은데, 독서실 그 여학생."

"아……. 너는 술을 그렇게 마시는데 어떻게 지나가듯 한 말을, 그것도 몇 년 전에 딱 한 번 얘기한 걸 기억하고 있나?"

"난 여자 얘기는 잘 기억해."

"독서실 같이 다니던 다른 학교 여학생이었는데, 같이 패스트푸드점에도 가고, 친구들하고 몰려서 극장에도 가고 그랬지."

다들 초롱초롱한 눈으로 철주를 바라보았다.

"대장이 고등학교 때라, 상상이 안 가요."

"왕 모범생 고삐리. 지금 생각하면 너무 진지했던 것 같아. 소설에서 좋은 구절 찾아 써서 주고, 좋은 책 같이 나눠 읽자고 하고."

"크크, 그러니 안 되지. 여자 심리를 몰라요."

"그렇지? 하여튼 그래야 되는 줄 알았으니까. 〈황인용의 영팝스〉를 같이 듣던 여학생이었는데, 방학 동안 다른 독서실로 옮겼다가 와 보니까 어느덧 다른 친구의 여자가 되어 있더라, 뭐 그런 얘기. 별것도 아닌 첫사랑."

모든 첫사랑이 드라마 같았다면 어땠을까. 철주의 사실상 첫사랑은 풋사랑이었다. 그런데도 그의 마음 안에는 아직도 꽤 크게 자리를 잡고 있었다. 나만 당할 수 없다는 마음에 철주가 운을 떼었다.

"우리 이렇게 된 거 각자의 첫사랑 얘기나 해볼까?"

영수가 받았다.

"나야 질풍노도였지. 첫사랑이 제일 진한 사랑이었어."

"그래, 너의 사랑은 항상 삼 옥타브 반을 넘어가는 샤우팅 창법 사랑이지."

"그렇줴! 의예과 때 선배 애인이었거든. 정말 예쁘고 가까이서 눈을 마주치기도 힘들었다, 그 누나가."

수지가 웃으면서 놀리듯 말했다.

"오, 연상!"

"내가 원래 조숙하잖냐. 누나가 나한테 영수야 뭐 하니, 하면 가슴이 벌렁벌렁해서 터져버리는 줄 알았다니까."

"그래서요?"

"결국 큰마음 먹고 도끼질을 시작했지. 선배 눈을 피해서 그 누나 집 앞에서 죽치기도 하고, 한 번만 만나달라고 쫓아다니고, 편지 보내고 별 짓을 다 했다. 핸드폰이 있냐, 삐삐가 있냐, 이메일이 있냐. 그냥 그 사람 동선 근처에서 버티는 수밖에⋯⋯. 어쩌다 누나가 그 선배랑 같이 집에 오면 하루 종일 기다리다 공치는 거고. 그러다가 학교 앞 술집에 친구랑 술 마시러 갔는데, 아 그래, 너 거기 있었지."

"너 확 사라진 날. 기억하지. 술 마시다가 갑자기 어딜 갔는지. 아르바이트 과외비 받았다고 술 산다는 놈이 사라져서."

"하여튼 선배가 옆자리에서 다른 선배들하고 술을 마시는데, 자기 연애 얘기를 하는거야. 귀를 쫑긋하고 들어보니 크게 싸웠더라. 선배 친구들은 그럴 거면 만나지 말라고 하고 있었고. 남의 위기는 나의 찬스. 가만히 있을 수 없었지. 야, 친구보다 연애가 경우에 따라서 더 중요할 수 있다는 삶의 철칙이 세워지던 날이었지."

수지가 궁금해 몸이 달았다.

"그래서요?"

"화장실 가는 척 일어나서 밖으로 나왔거든. 생각해보니 그날이 수요일 밤이었으니까, 누나가 딱 과외 끝나고 집에 들어갈 시간이더라고."

"사설탐정일세."

"그 정도 정보 수집은 기본이지. 바로 그 누나 자취집 앞으로 가서 술 한 병 사들고 가로등 아래서 기다렸지. 누나가 나타나더라고. 그다음엔 위로를 하면서 뭐 하여튼."

철주가 웃으면서 영수에게 말했다

"그날부터 너 일주일 동안 왜 학교 안 나왔냐? 대출하느라 고생했는데."

"그날밤에 확 휘어잡았거든. 누나가 바다 보고 싶다는 거야. 주머니에 아르바이트 비 받은 것도 있겠다, 바로 동해안으로 쐈지. 일주일 재미있게 있다가 왔다. 그 후로 한 학기 동안 잘 사귀었지. 선배들한테 끌려가서 욕도 먹고."

"그래서 너 어디 갔다는 말을 절대 안 했구나."

"질풍노도였어. 그런데 시간이 지나니까 시들하더라. 다음 해에 더 예쁜 신입생들이 들어오는데, 내가 그 누나로만 만족할 수가 있냐."

수지가 물었다.

"어떻게 끝났는데?"

"질풍노도는 파편만을 남기던가. 첫사랑이지 영원한 사랑은 아니었던 거지. 다음 해에 신입생 중에 참 괜찮은 애가 있어서 몰래 사귀다가 걸려서 헤어졌어. 그 누나 지금 잘 사나 몰라. 선영아! 불러보고 싶어지네. 나야 그렇다고 치고, 수지야, 네 첫사랑은 양키니?"

"응?"

"넌 미국에 있었으니까 미국 애랑 사귄 거 아니야?"

철주가 수지를 뚫어지게 쳐다봤다. 갑자기 술집 사장에서 오빠 모드로 돌변한 것이다.

"몰라. 난 첫사랑 없어. 첫사랑이란 거 시시해. 기억도 안 나. 누구를 사귀었고, 누구랑 뭘 했는지. 좋은 친구도 있었고 나쁜 새끼도 있었고."

"그래? 여자들은 다 그런가?"

"아니, 난 그래. 난 지금이 중요해. 내 생각에 나는 매번 첫사랑이야. 아까부터 첫사랑 얘기를 들어보니까 나한테는 누구를 만날 때마다 항상 일어나는 일이거든. 첫사랑의 두근거림, 벌렁벌렁. 신나고 재미있고, 또 무슨 일이 생길까 기대되고!"

철주가 한숨을 쉬면서 말했다.

"넌 언제 어른이 되니?"

"그래? 나쁜 건가?"

"나쁜 건 아닌데……."

"그런 거라면 어른 안 될래. 첫사랑만 할래. 죽을 때까지. 매번 첫사랑, 마지막 사랑도 첫사랑. 과거는 딜리트."

철주는 한편으로 수지가 부럽기도 했다. 수지의 마음을 이해할 수 있었다. 그런 마음가짐도 좋아 보였다. 어쨌든 더 깊은 얘기가 나오면 철주에게 추궁이 돌아올 차례다. 철주는 관심을 돌리기 위해 슬그머니 김윤아의 〈봄날은 간다〉를 틀었다.

눈을 감으면 문득

그리운 날의 기억

아직까지도 마음이 저려오는 건

그건 아마 사람도

피고 지는 꽃처럼

아름다워서 슬프기 때문일 거야, 아마도

봄날은 가네 무심히도

꽃잎은 지네 바람에

머물 수 없던 아름다운 사람들

가만히 눈 감으면 잡힐 것 같은

아련히 마음 아픈 추억 같은 것들

봄은 또 오고

꽃은 피고 또 지고 피고

아름다워서 너무나 슬픈 이야기

봄날은 가네 무심히도

꽃잎은 지네 바람에

머물 수 없던 아름다운 사람들

가만히 눈 감으면 잡힐 것 같은

아련히 마음 아픈 추억 같은 것들

눈을 감으면 문득

그리운 날의 기억

아직까지도 마음이 저려오는 건

그건 아마 사람도 피고 지는 꽃처럼

아름다워서 슬프기 때문일 거야, 아마도

7

저 사람을 내 인생에
포함시켜, 말아?

- 결혼에 대해 우리가 두려워하는 것들

선을 봐서 세 번 넘게 만나면

"뭐 상견례?"

"그래, 언제 할래?"

"상견례, 그거 왜 하는데?"

"너 결혼 안 할 거야? 그쪽 집에서도 네가 마음에 든다더라. 상견례하고 날 잡자."

"몇 번 만났다고 날을 잡는다고. 영철 씨가 그렇게 말했대? 황당하네, 이 아저씨."

수지는 엄마가 만나자고 해서, 이제 집을 얻어달라는 말을 하려고 했다. 그런데 엄마는 수지가 영철과 잘 만나고 있으니 빨리 상견례를 하고, 날을 잡자고 말했다. 수지는 이게 무슨 상황인지 이해할 수 없었다.

"이제 겨우 대여섯 번 만났어. 그걸로 어떻게 사람을 파악해. 손도 아직 안 잡았는데."

"너는 선을 봐서 세 번 넘게 만나면 그때는 결혼을 할 의사가 있다는 뜻인 거 몰라?"

"난 그런 거 몰라. 그냥 만나면 재미있으니까 만나는 거지. 미국에서는 동거만 몇 년씩 해도 결혼은 정말 신중하게 한다고. 그 사람 나한테 프로포즈도 안 했어. 해도 안 받아주겠지만."

"넌 정신이 있는 거니? 그냥 친구들끼리 만나는 그런 데이트가 아니야, 이게. 집안끼리 딱 맞는 사람 골라서 결혼을 전제로 선을 본거라고."

"그래도 난 싫어. 몰라."

수지는 자리를 박차고 나왔다. 엄마는 쯧쯧 혀를 차며 수지의 뒷모습을 바라볼 뿐 따라 나와 수지를 붙잡지는 않았다. 그런다고 말을 들을 딸이 아니라는 걸 잘 알 뿐 아니라, 이미 큰 흐름에선 수지의 결혼이 진행되고 있다는 것을 엄마의 직감으로 확신하고 있었다.

수지는 한국의 문화적 특성이 이해가 가지 않았다. 인도인 친구가 있었는데, 미국에서 나서 자랐는데도 사귀고 있던 백인과는 헤어지고, 결국 부모가 정해준 만난 적도 없는 인도인과 정혼을 했다. 그것도 비슷한 카스트끼리 만나야 한다는 것을 거스를 수 없는 숙명으로 인정하고 살아가는 것이 안타까웠다. 수지는 혀를 찼다. 오늘 겪어보니 한국도 만만치 않은 것 같았다. 이게 난관인지 해프닝인지 확인이 필요했다. 수지는 영철에게 전화를 했다.

"영철 씨? 어디예요? 나랑 결혼하겠다고 했어요? 이 아저씨 정말 황당하네. 오늘 저녁에 만나요. 시간 비워봐요. "

수화기 너머로 들려오는 영철의 당황한 목소리를 듣고 나니 조금은 안심이 되는 것 같았다. 그러나, 매번 두 수는 앞서 가서 사람 놀래키는 엄마의 고도의 수를 어떻게 피해갈지는 현실적으로 막막했다. 그러면서도 마음 한 켠에서는 '이 사람 정도면 나쁘지 않지 않나?'라는 생각도 들었다. 그런 생각이 드는 것이 신기했다. 재미있고, 맛있는 거 사주고, 해달라는 거 다 해줘서 만날 뿐이었는데…….

네버랜드에만 머무를 수 없다

Forever, and ever

You'll stay in my heart and I will love you

Forever, and ever

We never will part oh, how I'll love you

Together, forever

That's how it must be to live without you

Would only be heartbreak for me

간질간질한 음악이 레스토랑에 흐르고 있었다. 이 노래 어느 영화에 나왔었는데……. 유진은 머릿속이 간질간질했다. 그래, 〈I say a little prayer for you〉. 〈내 남자 친구의 결혼식〉에서 가족들이 떼로 노래하는 장면이 나왔었지. 줄리아 로버츠의 비합리적 이성 마비가 기억에 남았어. 카메론 디아즈가 귀여워 보였으니 옛날 영화구나, 라고 생각하는데 마침 눈앞에 민수가 보였다. 오늘따라 귀여워 보이는 걸 보니 좋아하기는 하나 보다, 라고 생각했다.

본격적으로 교제를 하기 시작한 지 이제 9개월이 넘어가고 있다. 촌스럽게 오늘이 265일째라고 세고 싶지는 않지만 우연히 발견한 연애 앱에 등록한 처음 교제를 하기로 한 날, 손을 잡은 날, 키스를 한 날 (사실 모두 같은 날이다), 그리고…… 다음 단계의 날까지 자연스럽게 셈이 되어 오늘이 이 사람과 며칠째인지 잊지 않고 기억하고 있다. 민수도 앞자리의 유진이 그냥 좋았다. 이렇게 제3의 공간에서 만나는 일이 요새는 더 많다. 둘만의 공간을 만든 것 같아 좋았다. 노사이드의 손님으로 철주의 '은혜'를 받아 날 선 인생에서 한결 편해진 하루하루를 보내게 된 두 사람은 바의 수다 멤버, 식도락 투어의 핵심 멤버로 어울려다니다가 자연스럽게 둘만의 관계를 만들기 시작했다. 한눈에 반했다거나, 처음부터 어느 한쪽이 눈독을 들이고 있었던 것은 아니다. 첫인상은 서로에게 '내 취향이 아닌' 쪽이었다. 그런데 오래 같이 어울리다 보니 이성으로는 설명할 수 없이, 어느 날 저녁 둘만 남아 따로 한잔하면서 얘기하다가 그렇게 되어버렸다. 놀랍게도 두렵거나 민망하지 않았고, '실수였어요'라는 말을 하고 싶지도 않았다.

처음에 둘은 사귀게 된 것을 애써 숨기려고 했다. 저녁에 만나 데이트를 하고 난 다음에 일부러 30분 간격으로 노사이드에 가고, 같은 자리에 있을 때에도 눈을 마주치지 않으려고 노력했다. 그런 스릴이 있었기에 서로를 더욱 친밀하게 느꼈는지 모른다. 그러나 얼마 안 있어 사람들이 '오늘은 둘이 25분 차이로 왔는데 곱창 냄새가 나기는 마찬가지였어', '알리바이가 두 시간 비네'라며, 크로스 체크하고 자기들끼리의 술안주로 삼고 있다는 것을 알게 되고는 일종의 커밍아웃을 해버렸다. 중간에 깨져버리면 둘 중 한 명은 노사이드에 오기 불편해질 거라는 불안감이 관계를 공개하는 것을 꺼리게 하는 면도 있었다. 그러나 일단 사람들이 축복해주고 그 안에서 또 하나의 특별한 만남을 가진다고 생각하니 뿌듯하고 행복했다. 그렇게 시간은 흘러갔고, 둘은 안정적으로 각자의 일을 하면서 서로에게 충실하고 있는 상태다. 그냥 이대로만 흘렀으면 좋겠다고 여겼다. 딱 요만큼만. 하지만 어른의 현실이란 네버랜드의 삶 속에만 머무르게 내버려두지 않는다는게 문제다. 두 사람 모두 최근 들어 그 분위기를 서로 읽고 있었다. 평소 남의 눈치를 지나치게 봐서 그게 문제였던 유진은 충분히 민수가 지금 처해 있는 상황에 대해 인지할 수 있었다. 한편 책임감 하나는 끝내주는 민수는 유진과 사권 지 1년이 다 돼가고, 서로 나이도 들 만큼 들었고, 무엇보다 유진이 엄마가 전화할 때마다 추궁을 당한다는 말을 넌지시 듣고 있었기에 지금쯤 다음 단계로 넘어가야 할 시점임을 충분히 파악하고 있었다. 민수도 요즘 들어 부모로부터 간접적인 압력을 받고 있었다. 남동생이 몇 년째 사귀는 여자가 있고, 올 초에 취업해서 이제는 결혼을 마냥 미루고 있을 수만은 없는데, 아버지는 남매라면 여동생이 먼저 갈 수 있지만, 형제끼리는 절대 순서가 뒤바뀔 수 없다는 입장이 단호했기 때문이다.

요새 들어 두 사람이 만나면 대화의 흐름이 끊어지고 어색한 침묵이 꽤 오래 이어질 때가 잦았다. 권태기가 온 것도 아니었다. 나이가 꽉 찬 두 사람은 마음 안에서 어떤 것이 커가고 있는 것을 느끼고 있었다. 바로 '결혼'이었다.

"주말에 드라이브 갈까?" 하고 캐주얼하게 툭 던질 주제가 아니었다. 두 사람 모두 여기까지 와본 것은 처음이었다. 각자 꽤 오래 사귄 적은 있었지만 나이 들어서 이 정도로 진지하게 서로에게 충실하며 사귀어본 적은 처음이었다. 다음 단계로 가야 한다는 것은 분명한데 상대가 어떤 마음인지 알 수 없으니 그것도 불안한 일이다. 짐짓 말을 잘못 꺼냈다가 본전도 못 건질지 모르니.

"저기……."

"응? 뭐 할 말 있어요?"

"아니, 아니에요. 잔 비었네. 맥주 더 시킬까요?"

"그럴까요……?"

다시 침묵이 흘렀다. 이번에는 유진이 말을 꺼냈다.

"민수 씨, 저기요."

"왜, 왜요?"

민수가 갑자기 정색하고 대답하자 유진은 다시 말문이 막혔다. 민수가 마지막 한 문제를 남기고 있는 퀴즈왕 후보 같아 보였다. 유진은 그를 앞에 두고 차마 그가 대답할 수 없는 문제를 낼 수 없었다.

"오늘은 여기서 일어나요."

"노사이드 가서 한 잔 더 안 하고?"

"응, 그냥 좀 피곤하네. 주말에 엄마가 올라온다고 해서, 집구석이 말이 아니라서 청소도 해야 하고."

"아, 그렇구나. 미리 얘기하지. 일어나요."

두 사람은 웨이터가 가져온 맥주를 황급히 마시고 일어났다. 민수는 긴장이 턱밑까지 차올라왔다. 이러다가 다시 불면증이 재발할 것

같았다. 최소한 오늘은 집에 가서 잠을 못 이룰 게 분명했다. 계산을
마치고 레스토랑 앞에서 민수가 유진을 불러세웠다.

"유진 씨."

"네?"

"유진 씨 어머니 올라오신다고 했죠. 혹시 우리 사이 아세요?"

민수가 유진의 어머니에 대해 먼저 물어본 것은 거의 처음이었다.
유진은 올 게 왔다는 생각이 들었다.

"네? 아…… 그냥 사귀는 사람이 있다는 것만 알고 계세요."

"많이 궁금해하시죠?"

"아하. 제가 알아서 잘 막고 있어요. 걱정하지 마세요."

"아니. 그게……."

뜸을 들이던 민수가 유진을 바라보다가 말했다.

"우리 사이를 말씀드리고 제가 식사라도 한번 대접해야 하지 않을
까 하는 생각이 드는데요."

"아. 그렇게…… 생각하세요?"

"부담스러우면 안 해도……."

"아니에요, 엄마도 좋아하실 것 같은데요. 제가 이번에 운을 띄워
볼게요."

"그런데 이번 주말은 아무래도……."

"하하, 당연히 아니죠."

유진이 별 일 아니라는 듯이 대답하자, 민수는 그제야 안심이 되었

다. 민수는 유진이 '우리 사이는 그런 사이가 아직 아니에요'라고 할까 봐 두려웠었다. 유진도 그렇지 않아도 엄마가 이번에 오시는 이유를 예측하고 있었다. 집에서는 나이를 먹을수록 여자가 불리하고 수세에 몰리는 거라면서 유진을 압박하고 있었다. 그렇지만 민수와는 친구에서 연인으로 발전한 사이인지라, 아무리 궁하다고 해도 먼저 말을 꺼내기가 쉽지 않았다. 관계가 동등하기를 바랐다. 그런데 민수가 먼저 말을 꺼내준 것이다. 다시 한 번 고마웠다. 이렇게 생각보다 편하게 다음 단계로 넘어가게 되었고, 개운해진 상태에서 각자 집으로 향했다. 그러나 집으로 가는 전철을 탄 쪽도 택시를 잡으려고 길가에 서 있는 쪽도 모두, 새로운 문제가 던져졌다는 것을 발견하게 되었다.

나 이래도 되는 걸까?

결혼 앞에서 불안한 이유

노사이드까지 어떻게 왔는지 모를 정도로 민수는 머리가 복잡했다. 문을 열고 들어갔다. 사람들은 언제나 그렇듯이 자리를 잡고 있었다. 영수도 미수도 철주도, 언제나 그렇듯이 손을 흔들고 맥주병을 들어 눈을 마주치며 그를 환영했다. 그들이 여기에 있는 것이 얼마나 마음 놓이는 일인지, 말할 상대가 있다는 것이 얼마나 고마운 일인지 새

삼스레 느꼈다. 민수는 자리에 앉자마자 말했다.

"저 사고 쳤어요."

사람들은 호기심에 찬 눈빛으로 그를 쳐다보았다. 영수가 민수에게 잔을 꺼내 맥주를 한잔 따르면서 장난스레 물어보았다.

"사고? 속도위반?"

"예? 아니오!"

강하게 손사래를 쳤다. 손짓을 하다가 맥주잔을 넘어뜨릴 뻔했을 정도였다.

"일단 목을 축이고 천천히 얘기해요. 우리가 설마 사고 쳤다고 경찰에 신고하겠어요? 민수 씨가 그럴 사람도 아니고."

철주가 편안하게 민수에게 말했다. 민수는 철주의 이런 면이 좋았다. 전쟁이 나서 포탄이 터지더라도 "전쟁이 났나 보네요. 우리는 여기서 기다리고 있읍시다"라고 차분하게 말해줄 사람이었다. 천천히 맥주를 한 모금 마셨다. 서서히 진정이 되었다. 동물원의 〈말하지 못하는 내 사랑〉이 흐르고 있었다.

말하지 못하는 내 사랑은 어디쯤 있을까

소리 없이 내 맘 말해볼까

울어보지 못한 내 사랑은 어디쯤 있을까

때론 느껴 서러워지는데

비 맞은 채로 서성이는 마음에

날 불러주오 나지막이

말없이 그대를 보며 소리 없이 걸었던 날처럼

아직은 난

"김광석 목소리도 좋지만 작곡한 유준열의 목소리가 더 애틋하지?"

"그렇지. 프로 가수 목소리 같지 않지. 그래서 풋풋하고 진실되는 느낌?"

"동물원에서 김창기가 제일 유명하지만, 사실 진성 팬들은 유준열을 좋아하지. 마이너들끼리는 알아보잖아."

영수와 철주가 품평을 하고 있는데, 민수가 드디어 말을 꺼냈다.

"저, 유진 씨하고 결혼 얘기했어요."

영수가 제일 먼저 반응했다.

"고생문이 열렸네, 하여튼 축하!"

미수가 반기며 말했다.

"우리 노사이드 멤버에서 처음이네요. 와, CC는 깨지기 쉬운데, 여기는 BC인가. 바 커플? 하하, 좋겠어요. 꽃미남 알바 들어오면 나도 시도해봐야지."

철주는 민수의 얼굴을 봤다. 그리 즐겁고 후련해 보이지 않았다.

"결혼 얘기한 게 사고예요?"

"그런 건 아니고……. 이제는 다음으로 넘어가야 할 때였어요. 더는 미룰 수 있는 상황이 아니라는 거……. 그런 거 있잖아요."

"그렇죠. 서로 나이가 찰 만큼 찼고, 만날 만큼 만났고, 영원히 비혼자로 살 생각이 확고한 사람들도 아니고."

"네, 아주 오래 만난 것은 아니지만 이제는 다음 단계에 대해 서로 합의가 돼야 할 것 같았어요. 요새 그런 분위기가 있었는데, 오늘 뭐랄까…… 얘기를 했거든요."

영수가 끼어들었다.

"무릎 꿇고 제대로 프로포즈? 반지는?"

"아뇨, 그런 것까지 한 건 아니고요. 제가 이벤트 같은 거 하게 생기지 않았잖아요. 따로 만나서 저녁 먹다가 엉겁결에 말하고 말았어요. 유진 씨 어머니에게 인사하고 싶다고."

"아, 그 정도? 선배로서 얘기하는데, 아직 갈 길이 멀다."

"그건 저도 알죠. 하여튼 망설이던 일이라 후련했는데……."

"그런데?"

"유진 씨가 밝은 표정을 지어줘서 정말 안심이 되었어요. 완곡하게 거절할까 봐 무서웠거든요."

미수가 말했다.

"유진 씨가 민수 씨 얼마나 좋아하는데. 내심 왜 이제 말해 그랬을 걸. 우리끼리는 왜 이 아저씨가 가만히 있나, 저러다가 유진 씨 확 가버릴 텐데 그러고 있었지."

"아, 그랬나요? 그러면 고맙구요. 헤어지고 나니 갑자기 불안해지고 먹먹해지네요. 도대체 이게 무슨 감정인지 몰라서 여기로 바로 왔어요. 이게 해결이 안 되면 다시 불면증이 재발할 것 같아요."

악성 불면증으로 고생하던 민수는 노사이드에 오고 난 다음에 이성으로 모든 것을 해결하던 습관을 고치고 감정의 존재를 인정하고 흐트러진 삶을 용납하면서 불면증의 늪에서 벗어났다. 그런데 지금 같아서는 꽤 오랫동안 이어진 숙면이 오늘로 그칠 것만 같았다.

철주가 민수에게 물었다.

"뭐가 두려운데요? 물론 두려울 이유는 참 많겠지만요."

연애 기간을 끝내고 결혼이라는 단계로 넘어가면서 경험하게 되는 고민의 종류는 참으로 많다. 사람마다, 살아온 궤적에 따라 너무나 다양해서, 섣불리 이런저런 문제일 거라고 단정 짓는 것은 어리석은 일이다.

"그게 뭔지 잘 모르겠다는 게 더 문제예요. 뭔가 일을 저지르고 난 다음에 드는 기분 좋고 신나고 성취했다는 느낌보다는 안 좋은 일이 벌어진 것 같은 기분이에요. 이성적으로 볼 때에는 좋은 일이거든요, 분명히. 우리 둘을 위해서는 이래야 하는 일이 맞고요."

"그런데요?"

"이성적으로는 맞는 답인 걸 분명히 알겠고, 지금까지 거듭 검산을 했는데 분명히 틀린 답이 아니거든요. 그런데 찜찜해요."

"그건 아마 문제를 한쪽으로만 풀어서 그런 거 아닐까요. 한쪽으로만 풀면 분명 정답이지만 인생이란 게 그렇지 않을 수도 있어서요."

철주가 영수를 보며 물었다.

"넌 결혼 결정할 때 어땠냐?"

"나? 그냥 미쳐서 했지. 그냥 좋았어."

"이성적으로 이것저것 재보고 했어?"

"만일 그랬으면 결혼 못했을걸."

"그렇지?"

철주가 민수를 보면서 말을 이었다.

"결혼이라는 것이 그냥 연애랑은 참 다른 의미를 갖는 것 같아요. 두 사람이 좋아한다는 것은 동일한데, 연애할 때랑 결혼을 앞두고 있을 때는 전혀 다른 시점을 갖게 되거든요."

"시점?"

"네, 시점요. 연애는 지금 바로 여기서 느끼는 감정에 충실한 것으로 충분하다면 결혼은 내 앞의 이 사람하고 더 먼 미래를 같이 쳐다보고 같이 갈 그림을 그려본다는 점에서 시점이 높고 긴 쪽으로 달라지게 돼요. 그런 면을 그려봤어요?"

"아, 네. 맞아요. 서로 말은 해보지 못했지만 둘이 낳은 아이는 어떨까, 20년후에 우린 어떻게 되어 있을까, 같이 있다면 좋을까 그런 상상은 해봤어요. 여러 번."

"애인과 배우자는 아무래도 다른 눈으로 보게 되죠?"

"맞아요."

영수가 말했다.

"그건 그래. 날라리들이 꼭 날라리만 만나다가 조신하고 참한 여자랑 결혼하더라. 같이 놀던 날라리는 누구랑 결혼하라고. 놀 만큼 놀다가 안정을 찾는 마음이 있지."

미수도 한마디를 얹었다.

"내가 잘 못하는 것을 대신 해주는 사람이 좋을 것 같아요. 연애라면 비슷한 성격이나 취향도 좋을 것 같은데, 함께 오래 살 사람이라면 상호 보완적인 면이 좋을 것 같다는 상상을 많이 해봤어요. 그래야 존중할 수 있고, 내게 도움이 된다는 생각도 할 수 있고요."

영수는 안전한 기지를 확보하고 싶은 욕망을, 미수는 상호 보완성의 중요함을 말한 것이다. 민수가 이어갔다.

"결혼을 진지하게 고민한다면 서로 끌리는 것 이상의 무엇이 있어야 하지 않을까요. 나와 맞지 않는 면이 있지만 그걸 다 넘어설 정도로 좋은 게 더 강하고 커야 해요."

"물론 속궁합도 중요하고. 그거 의외로 중요해…… 암……."

영수가 가볍게 한마디 했지만, 사실 그게 문제가 되는 경우를 철주는 많이 보았다. 한쪽의 육체적 욕망을 배우자가 만족시켜주지 못하거나, 그 부분의 갭이 커서 타협이 어려운 상황이 오면 결혼이란 계약에 근본적 회의가 생기기 쉽다. 철주가 계약이란 말에 연상이 되어 말했다.

"연애와 달리 결혼은 어쨌든 배타적 계약 관계를 사회적으로 맺는 겁니다. 그게 망설이게 되는 원인 중 하나예요. 무르기가 쉽지 않다는 것.”

“하하, 맞아. 애프터 서비스는 어느 정도 될 수 있지만 환불하거나 계약 파기를 하려면 많은 위약금을 물어야 하지.”

“그렇지. 영수 너는 위약금이 무서워서 멀리 보내버린 거냐? 기러기 생활로 타협을?”

“부부 안식년이라고 거창하게 이름을 붙이기도 했지. 한 10년 살았으면 1, 2년 정도는 떨어져 살아보는 것도 서로에게 좋을 것 같단 말이지. 확실히 떨어져 지내니까 서로 애틋해져. 물론, 위약금 문제도 전혀 아니라고는 할 수 없고. 서로에게 기대치를 낮추게 되니까, 훨씬 지내기가 수월해지더라고.”

“그래, 그 기대치가 문제가 되는 경우가 많아.”

민수가 고개를 끄덕였다.

“생각해보니, 제가 불안해하는 이유는 그 기대치 때문이라는 생각도 드네요. 내가 머릿속에 그려왔던 어떤 그림이 있는데, 지금 내가 만나는 사람에게서 그런 것들을 샅샅이 다 찾아내고 확인한 것은 아니거든요. 그럴 수도 없고요. 살아봐야 알 수 있는 것이 더 많을 테니까요. 그런 면에서 연애란 일종의 표본조사 같아요. 5~10퍼센트 정도를 경험하고 확인하고 난 다음에 그 정보로 모집단을 추정하는 것. 신뢰도는 높지만 완전히 딱 맞기는 어렵겠죠.”

그 조사가 틀렸을지 모른다는 것이 불안의 한 요인이 되고, 또 연애과정에는 매력적이던 모습이 현재나 미래에는 관계의 걸림돌이 될 위험도 있다. 그 불안은 확신이 없기 때문이기도 하다. 확신을 할 만큼, 아니 확신하는 과정을 마비시킬 만큼 애정과 집착이 커져 이성이 서버릴 정도가 돼야 결혼이라는 계약 관계에 사인을 하게 되는 것 아닐까.

"지금의 불안을 감수할 정도로 상대를 원하는가가 문제겠죠."

그만큼 유진을 원하고 있는 것일까? 그렇다면 내가 지금 불안해하고 있는 것은 상대보다 내가 더 소중해서인가? 민수는 고민이 되기 시작했다. 만일 그렇다면 미안해해야 할 일이 아닐까. 그만큼 진심으로 사랑하는 것이, 원하고 있는 것이 아닐 수도 있으니까. 철주가 말을 이어갔다.

"확신은 부족하고 불안이 크기 때문이겠죠. 그런데 누가 미래를 확신할 수 있겠어요? 다 알고 결혼할 수 없잖아요. 일종의 위험 감수인데, 살아오면서 그 정도로 큰 계약을 성사시켜 끝까지 완수해본 경험이 없다는 것이 문제죠. 5층짜리 빌라만 짓던 작은 회사에 갑자기 20층짜리 빌딩 계약 제안이 온 셈이랄까. 더 큰 문제는 저 사람을 내 인생에 포함시켜 말아 하는 문제예요. 어찌 되었건 배우자가 된다는 것은 언제든지 떠나거나 끝내도 될 상대가 아니라, 내 인생의 한 부분이 되어야 한다는 걸 서로 인정하는 것인데, 그게 망설여진다면, 아직은 지금 이대로의 자신을 보존해야겠다는 생각이 더 앞서기 때문 아니겠어요?"

나를 보존해야겠다는 생각, 변화에 대한 두려움……. 그렇다. 민수의 마음 안에 있던 헷갈림이 조금씩 정돈되어가는 것 같았다. 그런데도 풀리지 않는 것이 마음 안에 있는 것 같았다. 그게 뭘까.

사랑이란 긴장으로 가득 찬 이기적 관계

"이게 최선인가? 최선을 다한 것인가?"

민수가 중얼거렸다.

"시크릿 가든?"

미수가 민수에게 웃으며 물어보았다.

"하. 아니, 진짜 양아치 같은 생각이었어요. 참 싸다, 나란 인간."

"왜요? 너무 열심히 살아서 문제인 사람이, 최선에 대해 고민하는 게 뭐가 문제라고."

"결혼이 사람을 만나고 같이 사는 숭고한 일인데 그걸 계약같이 생각하다 보니, 지금 이게 베스트인가, 더 이상의 대안은 없나, 그런 고민을 하고 있네요. 그런 내가 보이니 쪽팔려서요."

민수는 그런 생각을 했다는 것을 부끄러워했다. 한 잔 들이켜고 철주에게 독한 술로 또 한 잔 달라고 부탁했다. 슈터 계열의 칵테일을 만들까 하다가, 철주는 데킬라를 잔 위에 따르고, 그 위에 작은 샴페인을 한 병 따서 섞었다.

"신종 폭탄주라고나 할까. 우리 이거 한 잔씩 죽 마십시다. 잊고 싶은 것 잊기 좋은 술."

많은 사람들이 결혼을 앞두고 고민한다. 이제 그만 짝짓기의 셔플을 그쳐야 하는데, 지금 이 사람이 현재로서 베스트일까, 혹시 후회하게 되지는 않을까 하는 망설임이 앞으로 나아가지 못하게 한다. 세칭 스펙, 외모, 성격, 배경, 패션, 가족 등등 수많은 변수들이 자기만의 고차방정식의 틀에 들어가 끊임없이 결과 값을 뽑아낸다. 느낌대로 가야 한다고, 셈이 되어서는 안 된다고, 그런 정략적인 결혼은 자기가 바라는 게 아니라고 할지 모르지만, 사람에 따라 어느 변수에 가중치를 두는가의 차이가 있을 뿐, 방정식을 돌리는 것은 누구나 하는 일이다. 마치 집을 고를 때 교육 환경에 최우선을 두는 사람, 출근 거리를 가장 우선시하는 사람, 비용을 최우선으로 하는 사람이 있으며, 또 어떤 경우든 다른 변수를 모두 무시하고 하나만 올인하지는 않는 것과 같다.

철주가 민수에게 부드럽게 말했다.

"민수 씨가 고민하는 것들, 당연한 일이고 또 해야 하는 일 아닐까요. 솔직히 까놓고 말해서, 그런 계산 안 하는 사람 없지요. 안 그래?"

영수를 보며 말했다.

"흐흐 그렇지. 그때는 백점 만점에 백점이었는데, 막상 계산하고 집에 가져와서 보니까……."

"그건 네가 제대로 계산을 못했으니까 그런 거구. 계산을 하긴 한 거냐? 어쨌든 민수 씨, 그걸 부끄러워할 필요는 없어요. 다만 사람마다 방정식의 설정이 모두 다르다는 걸 인정은 해야죠. 남의 방정식을, 특히 부모의 방정식을 내게 억지로 대입할 때 문제가 생겨요."

"그런가요?"

민수는 묵묵히 앉아서 다시 생각하기 시작했다. 그게 당연하다면 유진은 내게 베스트인가. 여기서 멈출 만큼, 이 정도면 된 건가? 아니면 이 정도면 과분한 건가. 내가 감당할 수 있는 것일까.

"민수 씨는 결혼하면 뭐가 달라질 것 같아요? 누구나 이런저런 상상을 하잖아요."

"뭐랄까요, 내가 완성되는 느낌? 안정감? 의무를 다했다는 느낌? 아, 그리고 내가 상대에게 쓸모있는 사람이라는 느낌을 지속적으로 갖게 되는 것."

"정말 중요한 것이네요."

결혼은 결국 자기만족 아닐까. 내 이상을 실현하는 것이 배우자의 선택이다. 배우자를 통해 절실한 이상이 실현되기를 원한다. 모든 영역에서 자기 이상을 상대에게 관철시키려고 노력한다. 그것은 집착과 지배가 되기도 한다. 그러나 적당한 수준의 집착이 없는 관계는 우정 그 이상도 이하도 아니다. 서로에게 자신이 원하는 것을 투사하고 또 그것이 실현되기를 바라는 것, 또 그 반응이 돌아왔을 때의 희열이 안정적으로 반복 재생산의 선순환을 하는 것이 결혼 관계다. 철주는 그중에서 특히 중요하고 좀 더 성숙한 방향은 이기적인 욕망을 넘어서서 상대에게 쓸모있는 사람이 되는 것이라고 본다. 민수가 지금 유진에게 그런 존재이고 싶다고 피력한 것은 바람직했다. 자신의 완벽하지 못함을 인정하는 것, 그리고 상대 또한 그렇다는 것을 인정하고 그 안에서 서로가 상대의 완성을 위해 노력하는 일종의 팀플레이 같은 것이 결혼인 것이다.

"민수 씨는 유진 씨에 비해 본인이 떨어진다고 생각해요? 냉정하게 우리 한번 얘기해봐요."

"네? 하하. 민망하네요. 글쎄요. 유진 씨가 제게 과분하죠, 감사히 여겨요. 저같이 융통성 없는 사람을 잘 견뎌주니까."

"립 서비스 하지 말고."

사실 민수가 전에 만났던 여자들 중에 유진보다 예쁜 사람도 있었고, 학력이나 직업이 좋은 여자도 있었다. 유진은 어떻게 보면 평범한 축에 속했다. 물론 민수 본인이 대단한 사람은 아니라고 자인하고 있지만 말이다. 하여튼 객관적으로는 그렇다는 것이다.

"오랫동안 잘 지내는 사람들 보면, 둘 다 에이급인 경우는 없는 것 같아요. 오래가지는 못하는 듯하더라고요. 약간 부족한 것이 있는 2부 리그 사람들이 은근히 오래가는 것 같아요. 대단한 사람을 만나면 아드레날린이 솟구치기는 하는데, 내 것으로 하고 싶다는 소유욕이 확 타오른 다음에 정작 본인은 지치기 쉬워요. 관계를 유지하기 위한 비용이 꽤 든다고 할까요. 그에 반해 서로에게 뭔가를 해줄 것이 있는 관계가 좋죠. 나를 사랑해주는 것에 감사하고 만족할 가능성이 높아요. 물론 두 사람이 모자라다는 게 아닌 건 아시죠?"

철주가 민수의 얼굴을 바라보았다. 가보지 못한 곳을 향해 한 발 내디뎌볼 용기가 필요하다. 모험을 해보지 않으면 좋은 어른이 될 수 없다.

"서로에게 도움이 되고 나의 발전에 자극이 되는 관계?"

"네, 그럴 만한 사람인지 보는 것이 좋을 듯해요. 사람은 원래 이기적이에요. 그를 위해 나를 희생한다고 여기거나, 그동안 서로가 보낸 시간이 있는데, 이 정도 책임은 저야 한다는 식으로 생각하면 안 되지 않을까요. 호봉제로 승진하듯이 말이에요."

너를 위해 사는 게 아니라, 나를 위해 사는 것이다. 사실 모든 삶은 그렇다. 다만 결혼이라는 동반자 관계를 상정하는 것은 나를 중심으로 팀을 꾸리는 것에 대해 고민하는 것이다. 사랑은 긴장으로 가득 찬 이기적 관계여야 한다. 조화롭고 이타적인 관계를 기대해서는 안 된다. 철주가 생각난 것이 있는지, 빔 프로젝터를 켜고 유튜브에서 동영상을 찾아 줬다.

"이걸 한번 보세요."

"이게 뭐죠? 자전거 경주 같네요."

"네, 사이클 경주예요. 그중에서 팀 로드 레이스라는 건데요, 혼자 달리는 것이 아니라 같이 뛰는 거죠."

"그런데요?"

"착 달라붙어서 한 치의 오차도 없이 가는데, 꽤 긴 거리를 저렇게 달려요. 재미있는 건 성적을 매기는 방식이에요. 네 명이 한 팀으로 경주를 하는데 맨 앞 사람이 결승선을 통과한 시간이 아니라 세 번째 선수가 통과한 시간으로 팀 전체의 순위를 결정합니다."

"아하……."

민수는 철주가 무슨 말을 하려고 하는지 이해했다.

"혼자 달리고 최선의 성적을 내는 것보다 같이 달리고 낙오 없이 같이 가는 것이 중요한 경기군요."

"그렇죠. 팀을 이뤄 함께 달리는 선수, 그것도 세 번째 선수의 기록으로 순위가 매겨지니까. 나만 혼자 치고 나간다고 될 일이 아니죠."

"많이 달라져야 할 일이네요."

"그래서 옛날에 결혼하면 상투를 틀었나 봐요. 많이 달라질 거라고 너무 겁을 먹을 것도 없어요. 아직 아무것도 끝나지 않았고, 또 아무것도 시작되지 않았잖아요."

민수는 지금 자기가 하려는 일이 무엇인지 어렴풋이 짐작이 가기 시작했다. 물론 가보지 않은 길이라 근본적인 불안이 사라진 것은 아니다. 그렇지만 처음의 막막함이 주는 두려움은 많이 사라졌다. 잘 모르겠으면 노사이드에 와서 상의하면 되지 않을까. 연애도 여기서 시작했으니, 마무리와 다음 단계로의 진입도 함께할 수 있을 것 같다.

그때 갑자기 문이 열리면서 한 남자가 급히 들어왔다. 영철이었다.

"형님!"

영철이 철주를 불렀다. '언제부터 내가 네 형이야'라는 말이 입 밖으로 나오려다 멈췄다. 뭔가 긴박한 일이 있는 듯했다. 영철이 숨을 몰아쉬며 철주를 향해 애타게 말을 이었다.

"저랑 좀 같이 가세요. 큰일 났어요."

상견례와 연애 사이에서

영철이 철주를 데리고 간 곳은 노사이드 인근의 삼겹살과 김치찌개를 주로 파는 식당이었다. 안쪽의 좌식 마루 상 위에 어지럽게 널려 있는 소주병의 개수를 어림짐작해보니, 수지가 평소 주량 이상을 마신 것이 분명했다. 그동안 노사이드에서 관찰한 영철은 술을 무척 조심하고 잘 마시지 못하는 타입이었다. 얼추 4분의 3은 수지의 몫이었을 게 분명했다.

"어쩌다 이렇게 된 거죠?"

"아, 말 낮추세요, 형님."

확 짜증이 났지만 참고 다시 한 번 물었다.

"어떻게 된 거예요?"

"오늘 낮에 갑자기 확인할 게 있다고 전화가 왔어요. 약속을 다 미루고 만났는데, 다짜고짜 술부터 마시더라고요. 이렇게 마시는 걸 못 봤는데."

"정말 처음이에요?"

철주는 먼저 놀랐다. 수지가 영철 앞에서 술로 달리는 모습을 한 번도 보여주지 않았다는 것이 신기했다. 수지가 영철을 나름대로 특별하게 여긴다는 증거였을까, 아니면 술 마시기에 재미없는 상대여서였을까.

"사실은…… 저희 집에서 수지 씨 집으로 연락을 했나 봐요. 저는 몰랐는데, 오늘 밤에 확인해보니까 확답을 달라고……. 그래서 수지 씨 어머니가 오늘 수지 씨 만나서 그 얘기를 했는데……."

"엥?"

그제야 감이 잡혔다. 재미로 만나고 있었는데, 갑자기 정색을 하고 혼담이 나오니 놀라는 게 충분했다.

"저는 수지 씨가 저를 좋아하는 줄 알았어요. 그래서 만나는 줄로
요……. 어머님이 물어보시기에 저도 호감이 있다고, 계속 만나는 중
이라고 했더니, 신이 나셨는지…… 죄송합니다."

영철이 철주 앞에서 사죄를 한다고 허리를 꾸벅 숙였다.

"애는 어디 있어요?"

"많이 취해서 막 화를 내다가 화장실에 가는 듯하더니 안 나와서
요. 기다려도 안 와서 어떻게 된 건가 하고 가봤더니 안에서 문을 잠
그고 그냥 저보고 꺼지라고만 해서, 주인 아저씨도 화를 내고 어떻게
제가 할 수 없어서, 너무 급한 나머지…… 죄송합니다."

다시 허리를 숙였다.

"애가 꽐라 되면 꼬장이 장난 아니에요. 가봅시다."

철주가 영철에게 앞장서라고 지시했다. 공용 화장실 하나가 굳게
잠겨 있었다.

"수지야, 김수지. 야!"

"어? 오빠? 오빠가 여긴 왜 왔어? 영철 씨가 데려왔나? 아, 쪽팔려.
픽 업!"

"나와, 얼른."

"그 사람 가라고 해, 그러면 나갈게."

철주가 영철을 보고 눈짓을 했다. 영철이 뒤로 물러나 나갔다.

"야, 갔다. 나와라."

수지가 영철을 신경 쓴다는 것이 신기했다. 잠시 후 수지가 문을 열

고 나왔다. 많이 헝클어져 있었다.

"너 많이 마셨더라."

"아, 쪽팔려. 그냥 잘 얘기하고 헤어지려고 했는데…… 마시다 보니까 막 달렸네. 오빠 나가자. 밖에 없지?"

수지가 화장실 밖을 슬쩍 보더니 가게 안으로 들어가지 않고 건물 밖으로 확 나가버렸다. 철주는 영철에게 정리를 하라고 지시하고 바로 수지를 따라 나갔다. 수지는 근처의 놀이터로 갔다. 철주는 수지에게 편의점에서 산 생수를 건네줬다. 물을 벌컥벌컥 마시고 난 수지가 천천히 말을 시작했다.

"어떻게 하지?"

수지가 이렇게 복잡한 표정을 짓는 것은 본 적이 거의 없었던 것 같았다.

"난 그냥 편하게 만난 건데, 이렇게 막 나가면 어떡해? 난 끌려가는 거 싫은데."

"그렇지? 한국에서는 선보면 그런 게 좀 있어."

"오빠도 그랬었나? 나 한국에 없을 때라 잘 기억도 안 나네."

"비슷했어?"

소개팅과 선은 잘 선택된 두 남녀가 제3자의 주선으로 만난다는 점에서 동일하지만, 결의의 수준은 많은 차이가 난다. 왠지 어울릴 것 같은 두 사람을 연결해줘서 요행껏 알아서 잘되기를 바라는 선의의 주선이 소개팅이라면, 선은 기본적으로 처음부터 개입하는 구조라는 면부터 다르다. 출발점과 목적지가 다른 만남이다. 선이라는 계약적 만남은 많은 성가신 부분을 역순으로 해결한 상태에서 만남을 시작한다. 즉, 가족의 배경, 각 집안이 원하는 상대방에 대한 기본적 사항을 매칭한 상태로 만남을 시작하는 것이다. 어떤 이는 그런 만남을 더 선호하기도 한다. 가슴 설레는 로맨스보다는 실질적인 결혼 관계로 가는 지름길에 무임승차하기를 원하는 심리다. 내지는 이전에 불타는 연애 경험이 있고, 그 경험의 결실을 맺으려다가 가족의 강력한 반대와 저항에 무력화돼버린 일을 겪고 난 다음, 더 이상의 노력을 포기한 타입일 수도 있다. 아니면, 처음부터 부모가 승낙하지 않는 결혼은 불가능하다고 체념하고, 결혼을 현실로 안착하는 단계로 여기며 살아온 경우다. 문제는 수지는 그 어떤 타입에도 맞지 않는 사람이라는 것. 그저 어머니의 압력에서 숨통을 트고, 실리를 얻기 위한 꼼수를 부렸을 뿐인데 이런 상황에 빠지게 되었으니 당황할 수밖에 없었다.

"그런데 너 생각보다 오래 만나더라."

"그렇지? 한두 번 만나고 씹었어야 하는데……."

이런 상황을 잘 빠져나가는 방법은 매번 마음에 들지 않는다거나 하면서 만남을 한두 번 이상은 이어가지 않는 것이다. 그런데 이번에는 생각보다 오래 만났고 철주의 가게에 데려오기까지 했다.

"너 그 사람 좋아하니?"

"응? 몰라……. 나쁘지는 않아. 가슴이 두근거리고 막 키스하고 섹스하고 싶고 그래야 사랑이라고 생각했거든. 그런데 이 사람은 뭐랄까…… 나쁘지 않아. 싫은 게 별로 없어. 이상해, 그동안은 한두 번 만나면 바로 짜증 나는 점이 발견됐거든. 내가 예민하잖아. 그런데 싫은 게 없어. 편안해."

"놀이공원 롤러코스터도 재미있지만 그냥 호수에서 오리배 띄우는 것도 괜찮다는 말?"

연애는 롤러코스터여야 한다고 믿는 사람이 있다. 서로를 짜릿하게 하고, 아드레날린이 솟구치게 하는 게 진짜 사랑이라고. 그런데 그 화학 작용은 오래가기 어렵다. 그런 걸 추구하면서 결혼까지 간다면, 부부 은행강도단이 나오는 미국 드라마같이 될 것이다. 수지가 처음 경험한 영철의 특성은 안정감이었다. 그리고 그게 지루하고 재미없다고 느껴지지 않고 도리어 편안하게 느껴졌다. 철주는 영철이 그 친구 생각보다 괜찮은 사람인지도 모른다는 생각이 들었다.

"그런데, 오늘 왜 그런 거야?"

"편안하기는 해도, 난 전혀 생각이 없어. 결혼을 왜 해? 난 가족을 만들고 애를 낳고 그런 거 아직 하기 싫어. 무서워, 생각도 하기 싫어. 그림이 그려지지 않아. 아직은 하고 싶은 게 많단 말이야."

"그렇구나……."

"그런데 이 사람을 계속 만나려면 결혼을 해야 하게 생겼잖아. 그만 만나고 싶은 건 아닌데. 그래서 화만 나고 짜증이 나서 술을 마셨는데, 마시다 보니까 영철 씨 앞에 두고 내가 그러고 있는 게 또 짜증이 나는 거야. 미안하고. 그 사람이 무슨 죄가 있다고."

"그러면 일단 만나. 그냥 끌고 가봐."

"어떻게? 영철 씨도 미안하다면서 그렇게 말은 했지만 그게 쉬운 게 아니잖아."

"몰래 만나면 되잖아. 하하."

"그럴까? 헤어졌다고 하고?"

수지가 눈을 반짝였다. 안정적이고 편안한 만남이 좋기도 하지만, 수지는 아직 스릴과 자극적인 은밀함이 빠진 관계는 밋밋하고 허전하게 느껴지기도 했다.

"아, 그러면 되겠다. 오빠 천재야."

수지의 마음은 아직 정리가 되지 않은 채 엉켜 있었다. 철주는 섣불리 어떻게 해야 한다고 조언하는 것은 역효과만 내기 쉽다고 느꼈다. 게다가 오빠와 동생 사이라는 혈연관계까지 엮여 있기 때문에 철주가 어떤 조언이나 설득을 해도 그 점에 갇혀 해설할 수밖에 없었다. 그렇기에 더욱더 철주는 이 문제에 조심스럽게 다가갔다. 수지에겐 지금 충분히 경험하고, 아파보고, 애달파해보고, 겁도 먹어보고 하면서 한 발 한 발 인생의 무거운 짐을 안고 가는 연습을 하는 것이 가장 필요했다.

"버텨봐. 잘 모르겠으면 확 도망가지 말고, 그냥 버텨봐. 어떻게 되겠지. 미리 짐작만 하고 훌쩍 떠버리면, 나중에 너무 후회스럽지 않을까."

철주가 수지에게 해줄 말은 이 정도였다. 어떻게 되겠지 하고 마음

먹는 것은 나쁘지 않은 선택지다. 오빠로서 뒤에서 든든히 받쳐주고 응원해주는 것이 철주가 할 수 있는 역할이었다. 대신 뛰어줄 수 없고, 감독이나 코치가 돼서 세세한 작전 지시를 할 수 없다. 또 해서는 안 된다. 철주는 펜스 뒤의 좌석에 앉아 열심히 응원할 것이다. 응원단은 이길 때 함께 기뻐하고, 지고 있거나 어이없는 실수를 하더라도 "괜찮아, 괜찮아!" 하고 힘을 북돋아주는 존재. 부모가 해주지 못한다면 철주가 오빠로서, 인생 선배로서 해주어야 할 역할이다.

"그렇겠지. 그런데 어떡하지? 이렇게 진상 짓을 해버렸으니 얼마나 황당했을까. 날 다시는 안 볼 거야."

"그럴까? 그런데, 수지야 저기 봐봐."

수지가 고개를 돌려 철주가 가리킨 곳을 보았다. 멀리서 영철이 서 있었다. 자리를 정리하고 수지를 찾아 헤매다가 두 사람이 놀이터에 있는 것을 발견했지만 막상 오지는 못하고 그렇게 서 있었던 것이다.

"언제부터 있었어?"

"글쎄, 나도 바로 전에 보니 있던데?"

"오빠, 나 지금 이상하지 않아? 눈 퉁퉁 부었지?"

"괜찮아. 어두워서 괜찮아. 너무 밝은 카페 같은 데만 가지 마. 하하, 가봐라. 너무 오래 기다리게 두면 가버릴지 몰라."

"응. 알았어."

수지가 일어나 영철에게 갔다. 영철이 반갑게 맞는 것 같았다. 두 사람은 잠시 얘기를 나누는 것 같더니 돌아서서 어디론가 갔다. 수지가 영철의 손을 먼저 잡았다. 아니었나? 누가 먼저 잡은 거지? 철주는 둘의 뒷모습을 바라보았다. 어떻게 되겠지 하는 생각, 맞다 그렇다.

철주도 휴대전화를 꺼냈다. 문자를 보낸다.

"통화 가능할 때 연락해줄 수 있는지……."

누군가에게 계기가 되어준다는 것은

"언니, 그래서 어떻게 할 거야?"

"나도 모르겠어. 어떻게 하지? 그냥 좋기도 하고 걱정도 되고."

보라가 유진을 추궁하고 있었다. 지난밤 민수와 유진 사이에 그런 일이 있고 난 후, 유진도 비슷한 과정을 겪었다. 집에 가는 내내 답답했다. 유진은 이런 일이 처음이라 상황 파악부터 막막했다. 좋기도 하고, 가슴이 벌렁거리면서 약간 구역질이 날 것만 같았다. 버스에서 중간에 내려 편의점에 들러 콜라를 마시고 난 다음에야 겨우 진정이 될 정도였다. 집에 가서 보라에게 전화를 걸어 자초지종을 설명했다. 마음은 노사이드로 달려가고 싶었지만, 눈치 빠른 유진은 민수가 그곳에 가리라는 확신이 들었다. 꿩 대신 닭이라고 사촌동생이자 정신과 전공의인 보라를 찾은 것이다. 한참 이야기를 듣고 난 보라는 웃으면서 축하를 해주었다. 유진은 보라가 이십대 아가씨 특유의 흥미와 호기심으로 꼬치꼬치 캐물어대는 것에 답하다 보니, 아무리 사촌지간이라도 밝히고 싶지 않았던 두 사람의 스킨십까지도 솔직히 털어놓고 말았다. 민망하기는 했지만 한편으로 후련했다. 두 사람은 휴대전화가 과열돼서 더 이상 통화를 할 수 없을 때에야 다음 날 노사이드에서 만나기로 약속하고 비로소 통화를 멈췄다. 지난 새벽 세 시였다.

열여덟 시간이 지나 노사이드에 두 사람이 앉아 있었다. 앞에는 언제나처럼 철주가 서서 그들을 바라보고 있다. 어딘지 모르게 피곤해 보이는 얼굴.

"어디 아프세요?"

유진이 걱정이 되어 물었다.

"아뇨, 어제 여러 일이 겹쳐 피곤하네요."

"수지 씨는 괜찮아요?"

"아, 그 얘기 들었어요? 하여튼 인간들 소문 정말 빨라. 네, 뒤가 어찌 되었는지는 모르겠고 오늘은 안 올 거예요. 술 냄새만 맡아도 토할 것 같다고."

철주는 오프스프링의 〈워스트 행오버 에버Worst hangover ever〉를 틀었다.

"지금 이런 상황일 거야. 다시는 술을 마시지 않겠다는 강한 결의. 기어서 화장실 가는 그런 분위기."

"통쾌해하시는 거 같아요."

"정신 차려야지."

음악이 잦아들어 조용해지면서 보라가 유진의 이야기를 꺼냈다.

"언니는 뭐가 제일 신경 쓰여? 민수 씨 강박적인 면이 있기는 한데, 그게 좋을 때도 많아. 꼼꼼하고 분명하고, 웬만해서는 흔들리지 않거든. 기본적으로 튼튼해."

"보라 샘 잘 아는데? 맞아. 그런 성격의 사람들이 그런 면이 있지."

"민수 씨에 대해 고민이 되거나 망설여지는 게 아니라, 내가, 내 인생이 어찌 될지 그게 걱정인 거지."

"어떻게 될까 봐? 결혼해보니 집에 빚이 10억이라 통장에 가압류 들어온다? 알고 보니 알콜 중독 집안이다?"

"아니, 그런거 말고, 내 인생 말이야. 난 그런 건 별로 두렵지 않아. 어떻게든 같이 해나가면 되니까. 남자랑 달리 여자는 아무래도 가둬지잖아."

"가둬진다?"

"대장, 대장은 이해하시죠? 제가 뭘 말하는지? 난 아직 내 삶에 집중하고 싶거든. 보라 너는 의사니까, 이대로 가면 완성되잖아. 하지만 난 월급쟁이 회사원이야. 물론 지금 하는 일이 재미없다는 얘기는 아니야. 아직 펴보지 못한 꽃 같은 느낌 때문이지."

유진은 결혼도 기다려지고 한 번은 풀어야 할 숙제라는 압박감은 있었다. 그렇지만 동시에 그동안 들인 노력이나 해온 일에 대한 성취감을 느끼고 싶은 마음도 컸다. 이 일에 대해서만큼은 내가 잘 알고 있고, 누구의 아내나 누구의 엄마가 아니라, 내 이름 석 자로 분명히 각인시키고 싶은 욕심. 두 마리 토끼를 다 잡을 자신은 없었다.

"다 잘할 수 있을 거라고 자신하는 선배들을 많이 봤어. 나보다 능력도 있고 멋진 선배들인데, 결혼하고 애를 낳고 나면 전 같지는 않아. 회사에서 보는 평가도 그렇고."

"그건 회사가 바뀌고 복지 시스템을 바꿀 일이지 언니가 걱정할 일이 아니잖아."

"얘, 난 투사가 아니야. 언젠가는 해야 할 거라면 매도 먼저 맞는 심정으로 해볼까 하는 생각도 드는데, 잘 모르겠어. 대장 어떻게 해야 할까요? 답을 주세요."

유진의 고민은 현실적이었다. 이삼십대의 과제가 결혼만은 아니다. 프로이트는 성인기의 발달과제를 '일과 사랑'으로 정의했다. 가족이 아닌 남과 진한 사랑을 하고 가족을 만들어가는 것, 그리고 부모가 되어보는 것이 성인기의 과제이며 동시에 '일'이라는 말로 통칭되는 '사회속의 나'를 확립하는 것도 아주 중요한 과제다. 특히 한국 사회에서는 그 둘의 균형이라는 측면에서 보면 남녀가 같이 달리다가 결혼이라는 통과점을 지난 순간 방향이 달라진다. 남성은 상대적으로 안정되고, 생활 속에 더욱 강한 탄력을 받으면서 앞으로 뻗어 나갈 힘이 생기는 데 반해, 여성은 짊어지고 가야 할 짐이 늘어나고, 속도를 내야 할 곳에서 내지 못하면서 서서히 뒤처지거나 다른 길을 찾게된다. 결혼이라는 것이 궁극적으로 상대를 위한 게 아니라 나를 위한 선택이어야 한다면, 둘은 충돌할 수밖에 없다. 그게 미혼 여성의 딜레마 중 하나다. 파란 알약과 빨간 알약 중 하나를 선택하도록 강요하는 매트릭스의 세계 같다.

"고민이 많이 되는 부분이에요. 둘 다 잘하세요, 라는 말처럼 무책임한 것은 없어요. 다만 선택의 순간이 왔을 때 마음이 어떻게 가는가, 그걸 감당할 수 있는가, 그로 인한 손해라면 손해를 감당할 만한 상대인가, 내가 그다음 단계를 가볼 만한 뱃심이 생겼는가의 관점에서 선택할 수 있을 것 같기는 해요. 등 떠밀리는 게 아니라 선택의 문제로 치환해서 보는 거죠."

"선택의 문제……. 한때는 불행한 결혼 생활을 할까 봐 무섭기도 했어요. 우리 부모님이 그리 화목하지는 않았어요. 지금은 전보다 낫지만."

"그런 걱정도 많이 하죠. 하지만 늘 행복한 부부도 가짜예요. 치열해야지 진짜지요. 자기가 바란 삶이 이루어지지 않는다면 당당하게 요구해야죠. 부당하고 막무가내인 요구나 일방적인 지배가 아니라면요. 저는 이렇게 생각해요. 배우자니까 미워할 수 있다고. 유쾌하게 미워할 수 있다면 더 나은 사랑을 할 수 있을 것이라고요."

"유쾌하게 미워한다……. 재미있네요."

"유진 씨는 특히나 남 미워하는 게 안 되고, 남이 나를 어떻게 보는가가 더 중요한 사람이었으니까 그게 어렵겠죠."

"그런 면에서 민수 씨가 신기한 게, 내가 가끔 그 사람한테 짜증을 내게 된다는 거예요."

"정말 언니가? 재미있다."

보라가 신기해하면서 말했다.

"회사에서 화가 난 날 민수 씨가 조금 늦게 오면 내가 짜증을 내고 화를 내. 이 사람 내가 화내도 잘 몰라. 그래서 더 마음 놓고 하는지도 모르겠어. 그러고 나면 마음이 편해져. 엄청나게 세심하게 내 표정을 읽고 잘 대해주고 그런 사람은 아니거든."

"둘 다 그러면 얼마나 피곤하겠어."

"맞아. 짜증을 낼 상대가 있다는 것이 참 좋더라고."

철주는 유진이 천천히 길을 찾아가고 있다는 생각을 했다. 프로이트를 이어서 성인기의 발달에 대해 많은 연구를 한 에릭슨은 이삼십대의 발달과제를 친밀감을 형성할 수 있는 능력이라고 했다. 친밀감이란 가족이 아닌 남과 아주 가까워지고 그걸 견뎌내는 능력이라고 할 수 있다. 유진은 지금 가족이 아닌 남에게 처음으로 감정을 드러내보이고, 그렇게 한다고 해도 위험하지 않고 큰일이 벌어지는 것도 아니라는 것을 경험하고 있었다.

"남녀가 특별한 관계가 되면 그 안에 우정을 넘어서는 집착이 있고, 기대가 있고, 이상을 현실화시키고 싶은 꿈이 있는데…… 그게 꼭 찼다가 조금씩 허물어져도 그로 인한 실망이 관계를 끊게 되는 수준보다 높지 않다면, 그 관계는 성공적이라고 저는 봐요. 내가 누군가를 구원해서 사람 만들겠다, 뭐 그런 욕심만 버리면 되지 않을까요."

"어떻게 보면 단순하네요"

"그런가요? 내 일도 부담을 더 갖게 되기는 하겠지만 아주 못하게 되지는 않죠. 많은 사람들이 묵묵히 해나가고 있어요. 물론 혼자 살 때보다는 여러모로 신경 쓸 것이 많겠지요. 부족한 만큼 노력할 수밖에요. 대신 든든한 전진 기지가 있고, 심리적 독립을 이룰 수 있고, 내 잠재력을 자극하는 사람이 있게 되잖아요."

"아, 맞아요. 민수 씨 비평 참 잘해요. 논리적이라서 말싸움 하면 이기기 어렵죠."

"유능한 비평가, 무너뜨리기 힘든 경쟁자가 배우자라는 말도 있지요. 사실 유진 씨 만나면서 민수 씨가 많이 편안해졌어요. 나만 그렇게 보나?"

철주가 보라를 쳐다보았다.

"맞아요. 우리끼리 있을 때 민수 씨가 '유진 씨 덕분'이라는 말을 꽤 자주 해요. 유진 씨 덕분에 안 보던 영화도 보게 되었고, 안 먹던 음식도 먹어보게 되었고, 반바지도 입고 밖에 나와보고……."

"그랬어?"

누군가에게 계기가 되어준다는 것은 참으로 멋진 경험이다. 지금 유진이 하는 결혼에 대한 고민은 사실은 결혼이라는 한 가지 일에 대한 고민이 아니었다. 삶의 다음 단계로 넘어가는 총체적 문제였다. 그로 인한 혜택과 도움을 얻기도 하겠지만, 또 동시에 그로 인해 발생할 수밖에 없는 비용과 부담에 대한 걱정도 있다. 결국 마음 가는 대로다. 만화 〈찰리 브라운〉에서 스누피가 말했다. "내 인생엔 목표도, 방향도, 의미도 없어. 그런데도 난 행복해. 왜 그런지 알 수가 없네. 내가 뭘 잘하고 있는 거지?" 원작자 슐츠의 현명한 인생관이 드러나는 대목이다.

"고민해봐도 잘 모르겠으면요?"

"버텨보는 거지요. 잘 모르겠고 마음이 확 가는 곳이 아직 없는 것 같으면 섣불리 선택하지 마세요. 베스트를 고르는 것이 아니라면 후회할 일은 하지 말자는 생각으로 견뎌내는 거예요. 시간이 의외로 많은 문제를 풀어줘요. 자연스럽게."

철주는 더 이상의 말은 아끼기로 했다. 대신 음악을 하나 골랐다. 흑백 부부 듀엣, 턱 앤 패티. 남편은 기타를 치고, 아내는 노래를 부르는 부창부수 커플. 〈러닝 하우 투 플라이Learning how to fly〉. 이것으로 충분할 것이다. 유진은 충분히 이해했을 것이다. 방향만 살짝 틀어주거나, 여기가 어딘지만 알려주는 것으로도 충분한 경우가 더 많다. 과거에 비해 많이 건강해진 유진이다. 그런 생각을 하고 있는데, 철주의 휴대전화가 울렸다.

"여보세요? 아, 그래. 어디? 알았어. 내가 나갈게. 여기로 올 것 없고……."

철주는 전화를 끊고 보라에게 말했다.

"자리를 잠깐 비워야 할 것 같은데, 한두 시간쯤? 괜찮을까?"

"우리 마음대로 음악 틀고 놀아도 되죠?"

"당연하지. 알바비 대신 맥주는 무제한. 오케이?"

"딜! 그런데 어디 좋은 데 가세요?"

"친구가 요 앞에 와서."

"일루 오라고 하시지."

"아니, 따로 얘기할 것도 있고······."

보라는 철주가 말꼬리를 흐리는 것을 보고 더 추궁하지 않았다. 철주에게도 무슨 일이 있어야 할 것 아닌가. 이 조그마한 바에서 남의 인생을 돕고 좋아하는 음악만 들으며 사는 것도 좋은 일일 수 있겠지만 말이다.

철주는 경은이 왔다는 연락에 잠시 놀랐다. 이렇게 빨리 연락이 되어 바로 앞까지 와 있을 줄은 예상하지 못했다. 마침 이 동네에 일이 있어서 들렀다고는 했지만 예의상 한 말이었을 것이다. 무슨 말을 해야 할까. 내가 왜 그 시점에 문자를 보낸 걸까. 철주는 일단 부딪쳐볼 생각이다. 미리 짐작하지 말고, 먼저 말하고 나중에 생각하기로 했다. 너무 생각이 많아도 일은 잘 안 풀린다. 철주는 유진에게 살짝 목례를 하고 나갔다.

유진의 마음도 이제 그리 불안하지 않았다. 이만큼이면 된 듯했다. 최소한 어제보다는 덜 막막했다. 노사이드가 있어서 좋았다. 사실 분명한 답을 족집게처럼 집어주는 것도 아니다. 그렇지만 고민을 풀어가는 과정을 세심하게 함께해나간다. 유진이 보는 철주의 아트는 생각지 못한 대단한 답을 주는 게 아니었다. 그보다는 상대가 친 방어막을 넘어 안으로 들어오지 않은 상태로, 자연스럽게 현재의 상황을 알려주고, 길을 찾을 수 있게 도와준다는 점이었다. 넘어져 있어도 일으

켜 세워주지 않는다. 그냥 옆에 앉아서 기다려준다. 먼산을 보는 것도 아니고, 일어나라고 재촉하거나 혼을 내는 것도 아니다. 옆에 앉아서 세심하게 바라보고 있을 뿐이다. 처음에는 야속했다. 왜 부축해주지 않는지, 왜 따끔하게 혼을 내주지 않는지. 그런데 여러 번 그를 접하면서, 왜 그런지 이해할 수 있었다. 그게 진짜 도와주는 것임을. 그리고 철주도 사실은 그러기 위해서 무척 애쓰고 있다는 것을. 오늘도 철주는 유진에게 그냥 운만 띄워줬을 뿐이다. 이제 답을 구하는 것은 유진이 할 일이다. 아니, 민수랑 같이 풀어가야 할 일이다. 혼자 하기보다는 둘이 같이 할 일이 생겼다고 여기니 덜 외로워진다. 유진은 지금의 자신이 마음에 들었다. 그리고 앞으로도 더 좋아질 것 같았다. 반드시 그렇게 될 것 같았다.

관성의 틀을 깨는 계기, 사랑

인생에서 사랑만큼 전방위로 임팩트가 크고 강렬한 일도 없는 것 같다. 한번 큰 사랑을 겪고 나면 팍 늙어버려서 보기 안쓰러운 사람이 있는가 하면, 잠깐 힘들기는 했지만 사랑을 통해 마음이 한 뼘은 더 커지고, 표정이 풍성해지고, 관계의 내공이 한 길은 깊어지는 사람도 만날 수 있다.

사람의 삶에는 관성의 법칙이 작용한다. 한번 방향을 잡고 움직이기 시작하면 웬만해서는 그 방향을 바꾸거나 세우기가 쉽지 않다. 변화하는 과정에 드는 비용과 불편함이 지금 겪는 자잘하고 오래된 괴로움보다 크다고 판단하기 때문이다. 그래서 우리의 삶은 쉽사리 변하지 않고, 만나던 사람이 마음에 안 들어도 계속 만나고, 관계에서 실수를 반복하고, 또 후회하면서도 같은 일을 저지른다. 누가 옆에서 진지하게 충고를 하면, 맞는 말이라 생각하면서도 "내버려둬, 나 그냥 이렇게 살다 죽을래"라는 반응을 보인다. 돌아서서는 정말 문제가 있구나 잠시는 생각하나, 오래가지는 못한다. 관성의 힘은 그만큼 세다. 그 센 관성의 법칙을 뿌리 채 흔들 수 있는 것이 바로 '사랑'이다. 사랑을 하게 되면 그동안 아무 생각 없이 해온 익숙한 행동들을 다시 돌아볼 수 있고, 바꿔보려는 노력을 선뜻 할 수 있게 된다. 그렇게 어렵던 변화가 너무 쉽고 빠르게 일어난다. 참으로 신기한 일이다. 사랑을 통해 우리는 변할 수 있고, 더 나은 사람이 되는 계기를 얻는다.

처음 노사이드를 찾아올 때 사람들은 관성 속에 머물러 있어 같은 실수를 반복하고 있거나, 사랑이 준 상처가 인생의 결정타라고 믿고 또 확인받으려 했다. 그러나, 그래서는 안 된다. 노사이드를 찾은 이들이 그랬듯이 이 책을 읽은 여러분의 삶에도 관성의 틀을 깰 계기가 필요하고, 그것은 사랑일 수 있다. 인생의 발목을 잡는 지뢰가 아니라, 관성적으로 흘러가던, 또 반복하던 삶의 패턴에서 벗어나 새로운 단계로 도약하고 방향으로 나아갈 수 있는 힘이 될 수 있다. 다시 시작하는 게 두렵고 힘들지 모른다. 사랑이 주는 상처는 그만큼 깊고 오래 가니까. 하지만 사랑이 나를 향한 칼일지, 내 무기가 되는 칼이 될지 정하는 것도 결국 내가 할 일이다. 전문가가 해줄 수 있는 것은 작은 팁이다. 여러분은 충분히 건강하고 잘해오고 있다. 다만 내가 잘해내지 못할 것이라는 근거 없는 걱정이 머리를 멈추게 하고, 다리를 얼어

붙게 만들어 더 나아가지 못하게 할 뿐이다. 노사이드의 철주와 친구들이 그랬듯이 이 책이 여러분의 삶에 계기를 만들어주기를 바란다.

심야치유식당 첫 번째 이야기는 철주가 애써 만든 노사이드라는 공간에 원하지 않은 침입자가 들어오면서 끝이 났다. 이제는 자기가 원하는 자유로운 삶을 살기를 바랐지만 세상은 그렇게 호락호락하지 않았다. 철주는 무작정 떠나며 소리친다. "제발 나를 가만히 내버려 두란 말이야." 그렇게 떠난 며칠, 철주는 뭔가 다른 것을 느끼기 시작한다. 철주가 외로움을? 그랬다. 철주가 사람들과 부대끼며 너무 열심히 살아서 문제였던 손님들을 치유해온 심야 치유 식당 노사이드는 사는 게 힘들고 아픈 사람들에게만 도움을 주는 치유의 장소가 아니라 철주에게도 의미가 있는 공간이었다. 노사이드라는 공간은 앞으로 새로운 이야기로 다시 여러분을 찾아갈 곳이다.

우리는 누구나 자신의 마음을 들여다보는 계기가 필요하고 그런 공간이 필요하다. 노사이드는 사랑 문제로 혼란스러워하는 여러분이 찾아와 방향을 찾아가는 곳이다. 이곳을 찾은 손님들과, 주인공 철주 역시 멈추어 있던 관계의 한 축을 움직일 용기를 낼 수 있었다. 그것은 그가 홀로 서는 것의 중요성뿐 아니라, 곁에 있는 소중한 사람들과 도움을 주고받으며 사랑이라는 관계에서 적절한 의존성이 필요하다는 걸 깨달았기 때문이다.

이 책의 끝까지 달려온 여러분도 삶이 도돌이표를 되풀이하며 머물러 있다고 느낄 때 사랑에 기대보기를 바란다. 그나마 지켜온 작은 삶을 파멸시키는 사랑이 아니라, 넉넉하고 괜찮은 사람이 될 수 있는 시작으로서 사랑은 좋은 동반자다. 망설임을 견디는 능력, 배반을 극복하는 힘, 다음 단계로 넘어가는 결단, 결실이 없어도 한 방향으로 꾸준히 나아가는 인내 등을 우리는 사랑을 통해 배울 수 있다. 그래서 감히 말한다. 어른이 되려면 사랑을 해야 한다고. 사랑은 가족이 아닌 남과 얼마나 가까이 지낼 수 있는지 실험해보는 일이고, 또 너무 가까워지고 하나가 되고 싶은 욕망을 참고 나의 의존성을 인정하며 타인의 삶의 영역도 인정할 줄 아는 능력을 키우는 것이다. '남'과 '님'은 한 끗 차이지만 핵심적인 한 획의 차이다. 둘을 제대로 구별할 줄 알 때 우리는 비로소 어른이 된다. 문제는 머리로는 배울 수 없고, 마음으로 몸으로 직접 겪어봐야만 한다는 것. 그걸 깨닫기 위한 여정은 괴로움보다 사실 즐거움이 많다. 사랑은 한 번도 경험해보지 못한 대단한 쾌락을 선사하니 말이다. 마음은 있지만 짝이 없어서 하고 싶어도 못 한다고? 지금 여기, 바로 옆에 그 사람이 있을 것이다. 잘 보이지 않으면 방의 불을 낮춰보라, 동공이 커지면서 전에는 보이지 않던 것들이 보이기 시작할 것이다. 그 안에서 빛나고 있는 사람이 있을 것이다. 내가 찾는 그 사람이, 그 관계가. 그것이 사랑이다.

2012년 9월
하지현

심야 치유 식당 2

첫판 1쇄 펴낸날 2012년 10월 5일
3쇄 펴낸날 2021년 7월 27일

지은이 하지현
발행인 김혜경
편집인 김수진
편집기획 김교석 조한나 이지은 유승연 임지원
디자인 한승연 성윤정
경영지원국 안정숙
마케팅 문창운 박소현
회계 임옥희 양여진 김주연

펴낸곳 (주)도서출판 푸른숲
출판등록 2003년 12월 17일 제 406-2003-000032호
주소 경기도 파주시 심학산로 10 3층 우편번호 10881
전화 031)955-9005(마케팅부), 031)955-9010(편집부)
팩스 031)955-9015(마케팅부), 031)955-9017(편집부)
홈페이지 www.prunsoop.co.kr
페이스북 www.facebook.com/prunsoop   **인스타그램** @prunsoop

©하지현, 2012
ISBN 978-89-7184-887-6(03810)